AGATHA CHRISTIE COMPLETE COLLECTION

HICKORY DICKORY DOCK

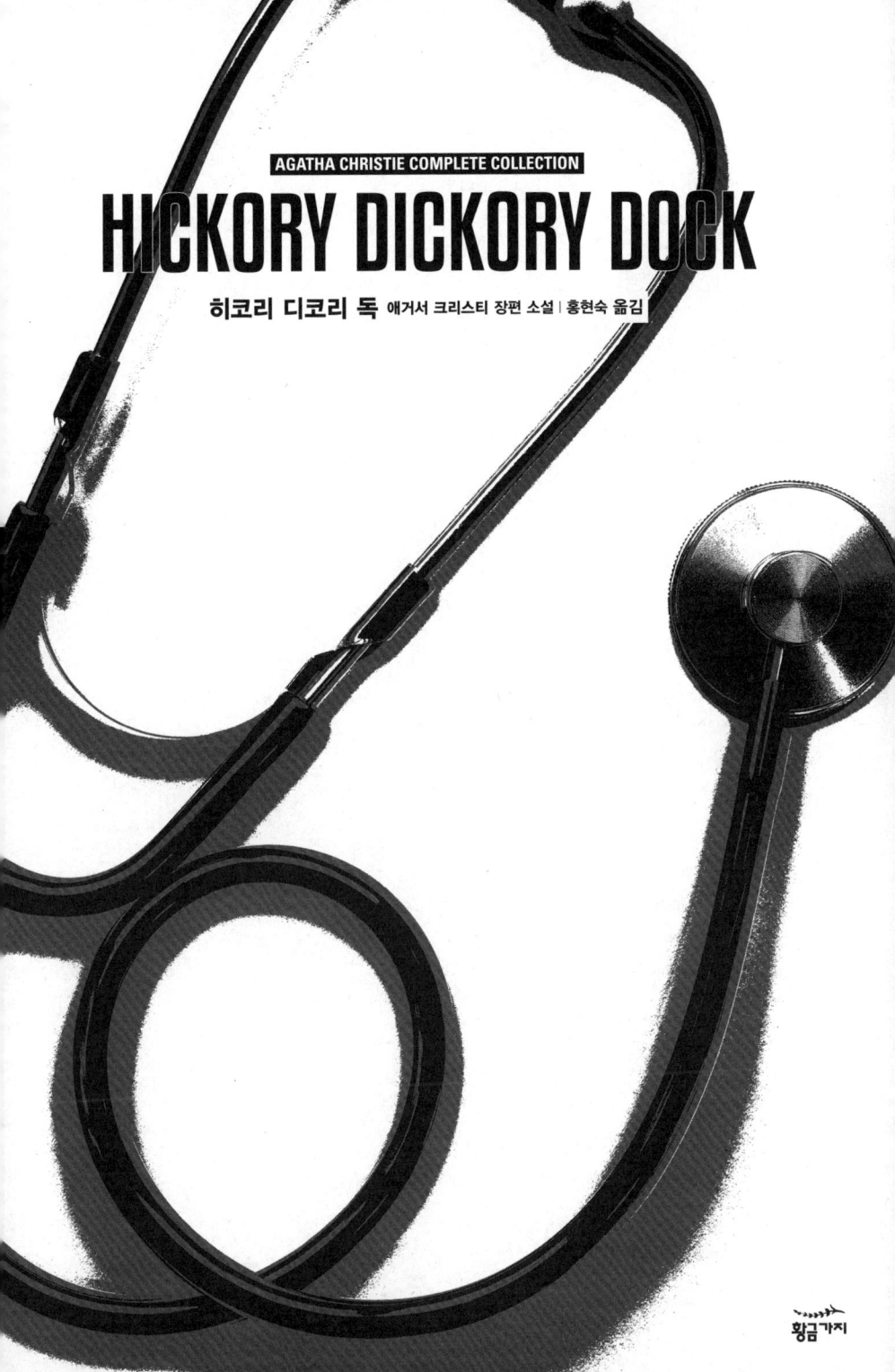

AGATHA CHRISTIE COMPLETE COLLECTION

HICKORY DICKORY DOCK

히코리 디코리 독 애거서 크리스티 장편 소설 | 홍현숙 옮김

HICKORY DICKORY DOCK

Copyright © 1955 John Mallowan and Peter Mallowan.
All rights reserved.

AGATHA CHRISTIE, POIROT,

the Agatha Christie Signature and the AC Monogram Logo

are registered trademarks of Agatha Christie Limited in the UK and elsewhere.
All rights reserved.
www.agathachristie.com

Korean Translation Copyright © Minumin 2013, 2025

Korean translation edition is published by arrangement with
Agatha Christie Limited through Shinwon Agency.

이 책의 한국어판 저작권은 신원 에이전시를 통해
Agatha Christie Limited와 독점 계약한 ㈜민음인에 있습니다.

저작권법에 의해 한국 내에서 보호를 받는 저작물이므로
무단 전재와 무단 복제를 금합니다.

정식 한국어 판 출간에 부쳐

나는 한국에서 우리 할머니의 작품을 정식으로 출간한다는 소식을 듣고 무척 기뻤다. 할머니가 1920년부터 1970년 무렵까지 오랜 세월에 걸쳐 집필한 작품들은 21세기인 지금 읽어도 신선하고 재미있다. 등장 인물들이 워낙 자연스러워서 요즘 사람들과 다를 바 없고 이들이 등장하는 상황과 장소가 전 세계 사람들의 애정과 향수를 자극하기 때문이다. 한국 독자들은 이번에 새로 나온 정식 한국어 판을 통해 그동안 접하지 못했던 애거서 크리스티의 일부 작품들을 읽을 수 있을 것이다. 덕분에 한국에 새로운 세대의 애거서 크리스티 팬들이 탄생할지도 모르겠다는 생각을 하면 가슴이 벅차다.

애거서 크리스티는 대표적인 두 명의 주인공으로 기억되는 작가이다. 14권의 작품에 등장하는 마플 양은 영국의 작은 시골 마을에서 평온한 나날을 보내며 뜨개질과 수다로 소일하는 미혼의 할머니이지만, 놀라운 기억력과 날카로운 두뇌 회전으로 주변에서 벌어진 살인 사건을 해결한다.

그리고 마플 양과 상반되는 성격을 지닌 에르퀼 푸아로는 자신만만하고 콧수염을 포함한 자신의 외모와 벨기에라는 국적에 대한 자부심이 상당하다. 그는 이집트와 이라크를 비롯한 세계 각지에서 수수께끼를 해결하며 『오리엔트 특급 살인 Murder On The Orient Express』, 『나일 강의 죽음 Death On The Nile』, 『애크로이드 살인 사건 The Murder Of Roger Ackroyd』 등 애거서 크리스티의 여러 대표작에 모습을 드러낸다.

황금가지의 대담하고 참신한 표지와 전반적인 디자인 덕분에 작품의 성격이 잘 살아난 것 같아 기쁘다. 또한 한국 독자들이 할머니의 원작이 지닌 참된 묘미를 느낄 수 있도록 충실한 번역을 위해 애써 준 점도 높이 사고 싶다.

할머니의 작품이 20세기의 그 어떤 작가들보다 많이 팔리고 있는 이유는 나이와 국적에 상관없이 읽을 수 있는 재미와 감동을 갖추었기 때문이다. 모쪼록 한국 독자들도 황금가지에서 선보이는 애거서 크리스티 작품들을 즐겁게 감상하기를 바란다.

매튜 프리처드
애거서 크리스티의 손자
ACL 이사장

차례

정식 한국어 판 출간에 부쳐 ─── 5

1장 ─── 9
2장 ─── 17
3장 ─── 30
4장 ─── 46
5장 ─── 60
6장 ─── 79
7장 ─── 97
8장 ─── 112
9장 ─── 122
10장 ─── 143
11장 ─── 163
12장 ─── 176
13장 ─── 187
14장 ─── 204
15장 ─── 227
16장 ─── 240
17장 ─── 263
18장 ─── 275
19장 ─── 282
20장 ─── 289
21장 ─── 296
22장 ─── 307
23장 ─── 310

1장

에르퀼 푸아로가 인상을 찌푸렸다.

"레몬 양."

"네, 무슈 푸아로?"

"이 문서가 세 군데나 잘못되었습니다."

푸아로는 믿기지 않는다는 목소리였다. 못생겼지만 유능한 여성인 레몬 양 사전에 실수란 없었다. 그녀는 평생 아프지도 피곤해하지도 화를 내지도 않았으며, 자로 잰 듯 빈틈없이 일을 처리했다. 사실 레몬 양은 여자라고도 할 수 없는 축에 속했다. 그녀는 기계나 다름없는 완벽한 비서였다. 레몬 양은 모르는 게 없었으며, 못하는 일도 없었다. 그녀는 에르퀼 푸아로의 생활이 기계처럼 한 치의 어긋남도 없이 돌아가도록 도왔다. 오래전부터 에르퀼 푸아로는 '질서와 체계'를 표어로 내건 삶을 살아왔다. 완벽한 하인 조지와 완벽한 비서 레몬 양 덕분에 그의 삶은 '질서와 체계' 그 자체나 다름없었다. 둥근 크럼펫은 물론 사각 모양 크럼펫(철판에 굽는 동글납작한 빵으로 잉글리시 머핀과 함께 영국의 대표적인 빵 — 옮긴이)까지 먹는 푸아로로서는 불평하려야 할 게 없는 생활이었다.

그런데, 오늘 아침 레몬 양이 아주 간단한 문서를 타자로 치다 실수를 3개나 저지른 것이다. 설상가상으로 레몬 양은 자신이 실수를 저질렀다는 사실조차 모르고 있었다. 문제가 아주 심각했다.

에르퀼 푸아로가 불쾌감을 자아내는 문제의 서류를 내밀었다. 화가 난 게 아니라, 어리둥절했다. 이건 있을 수도 없는 일이었다. 그런데 그런 일이 일어나다니!

레몬 양이 문서를 받아 들고 들여다봤다. 푸아로는 레몬 양의 얼굴이 붉어지는 것을 난생 처음 봤다. 뻣뻣한 회색 머리칼의 모근까지 그녀의 얼굴이 온통 추하고 꼴사나운 뻘건색으로 물들어 갔다.

"맙소사, 어떻게 이런 일이 벌어졌는지 모르겠네요. 아니, 적어도 이유는 알아요. 언니 때문이에요."

"언니라고요?"

푸아로는 또 한 번 놀랐다. 그는 레몬 양에게 언니가 있으리란 생각을 단 한 번도 해 본 적이 없었다. 아니, 아버지나 어머니, 심지어 할아버지나 할머니도 마찬가지였다. 레몬 양은 빈틈없는 기계, 말하자면 완벽한 도구 같은 인간이어서, 그녀가 애정이나 분노 또는 가족으로 인한 근심 같은 감정을 느낀다는 것 자체가 우스꽝스럽게 여겨졌다. 사무실에 나오지 않는 날이면 레몬 양은 자신의 이름으로 특허를 받을 새로운 서류 정리법에 더욱 완벽을 기하기 위해 열과 성을 다했다.

"언니라고요?"

에르퀼 푸아로가 못 믿겠다는 목소리로 같은 말을 되풀이했다.

레몬 양이 세차게 고개를 끄덕였다.

"네, 제가 한 번도 언니 얘기를 하지 않았을 거예요. 실은 언니가 내내 싱가포르에서 살았거든요. 형부가 거기서 고무 사업을 했어요."

에르퀼 푸아로가 알겠다는 듯이 고개를 끄덕였다. 그는 레몬 양의 언니가 줄곧 싱가포르에서 산 것이 당연하다고 생각했다. 싱가포르 같은 곳은 바로 그런 목적 때문에 존재하는 곳이었다. 레몬 양 같은 여자의 언니는 결혼해서 싱가포르에서 살아야, 이 세상의 모든 레몬 양이 자신을 고용한 상사의 일에 기계 같은 정확함으로 헌신할 수 있는 것이다. (남는 시간에 서류 정리법을 고안하는 것은 물론이고.)

"그렇군요. 계속해 봐요."

"언니는 4년 전에 과부가 됐어요. 아이는 없었고요. 그래서 제가 상당히 좋은 가격에 아담하고 깨끗한 아파트를 하나 알아봐 주었지요……(레몬 양은 그처럼 불가능해 보이는 일도 척척 해내는 사람이었다.) 언니는 별 탈 없이 잘 지냈는데, 아무래도 예전보다는 돈에 쪼들렸죠. 그래도 사치스럽지 않으니, 알뜰하게 살기만 하면 그럭저럭 지낼 만은 했답니다."

레몬 양이 잠시 말을 멈추었다 이어 나갔다.

"하지만 물론 적적한 생활이었죠. 영국에서 산 적이 없어서 옛 친구도 말벗도 없는 데다, 시간이 남아돌았으니까요. 그러다 6개월 전쯤 언니가 제게 어떤 일을 시작해 볼까 생각 중이라고 하더군요."

"일이라고요?"

"학생들이 묵는 어떤 하숙집의 사감이나 관리인 같은 일이었어요. 그리스계 여자가 주인인데, 그 여자가 자기를 대신해서 하숙집을 관리해 줄 사람을 찾는다고 하더군요. 식사가 제대로 제공되도록 챙기고, 하숙집이 원만히 돌아가도록 살피는 일이었죠. 보셨는지 모르지만 히코리가(街)에 있는, 널찍한 구식 건물이랍니다."

푸아로는 그곳이 어디인지 알지 못했다.

"예전엔 상당히 좋은 동네였어요. 그래서 집들이 아주 잘 지어져 있죠. 언니가 묵는 숙소도 아주 좋아서, 침실에 거실과 작은 부엌까지 딸려 있답니다."

레몬 양이 말을 멈추자, 푸아로가 계속하라고 채근했다. 지금까지는 아무 문제도 없어 보였다.

"언니가 그 일을 하는 게 좋겠다는 확신이 들지는 않았지만, 언니 말에도 일리가 있었어요. 언니는 하루 종일 손을 놓고 앉아 있는 사람이 못 되는 데다, 사리에 밝고 일을 잘 처리하거든요. 물론 언니가 자기 돈을 투자할 계획이라든가 한 건 아니었어요. 월급을 받는 일이었죠. 월급이 많지는 않았지만, 언니에게 돈이 많이 필요한 것도 아니고, 힘든 육체노동을 하는 일도 아니었으니까요. 언니는 젊은 사람들을 좋아해서 잘 어울려 지내는 데다, 동양에서 오래 살아 인종적인 차이와 사람들의 예민한 구석에 대해서도 잘 알거든요. 그 하숙집 학생들은 대부분 영국인이지만, 다른 나라에서 온 학생들도 꽤 있다나 봐요. 분명 흑인도 있겠지요."

"당연하지요."

"요즘 이곳 병원의 간호사 중 절반은 흑인인 것 같아요. 그 사람들이 영국인보다 훨씬 더 명랑하고 친절하다는 건 알아요. 그래 봤자 아무 상관 없는 일이지만요. 우린 언니가 그 일을 할 것인지에 대해 한동안 의견을 나누었고, 결국 언니가 거처를 옮겼답니다. 저도 언니도 여주인에 대해서는 별로 신경 쓰지 않았어요. 그 하숙집의 소유주인 니콜레티스 부인은 아주 변덕스러워서, 어떤 때는 한없이 좋다가도, 어떤 때는 이런 말하긴 좀 그렇지만, 정반대로 돌변해서 인색하고 괴상하게 군답니다. 하기야 유능한 여자라면 다른 사람의 도움을 필요로 하지도 않았겠지만요. 언니는 누가 화를 내거나 엉뚱한 짓을 해도 눈 하나 깜짝하지 않는 사람이에요. 어떤 사람에게도 굴하지 않고, 누가 허튼수작을 하면 그냥 넘어가지 않지요."

푸아로가 고개를 끄덕였다. 레몬 양의 말을 들으니, 언니도 레몬 양과 비슷한 사람인 것 같았다. 언니는 결혼 생활을 하고 싱가포르에서 살아 조금 둥글둥글해졌겠지만, 타협하지 않는 본질만은 차이가 없을 듯했다.

"그래서 언니가 그 일을 시작했나요?"

"네, 언니는 6개월 전에 히코리가 26번지로 이사했어요. 거기서 일하는 걸 대체로 좋아하고 재미있어했죠."

에르퀼 푸아로는 레몬 양의 말에 귀를 기울였다. 지금까지 레몬 양 언니의 모험담은 실망스러울 정도로 뻔했다.

"그런데 얼마 전부터 언니에게 큰 걱정거리가 생겼어요. 언니가 걱정을 아주 많이 해요."

"이유가 뭐지요?"

"그러니까 지금 벌어지는 일이 마음에 들지 않는 거죠."

"남학생, 여학생이 함께 묵는 하숙집인가요?"

푸아로가 완곡하게 돌려서 물었다.

"아, 아니에요, 무슈 푸아로. 그런 말이 아니에요! 그런 유의 곤란함이야 언제든 있을 수 있죠. 충분히 예상할 수 있는 일이라고요! 그게 아니고, 뭔가가 계속 없어진다고 하더라고요."

"없어진다고요?"

"네, 그것도 아주 이상한 물건들이…… 아주 기이한 방식으로요."

"그러니까 무언가 없어진다는 건, 누가 물건을 훔친다는 뜻인가요?"

"네."

"경찰에 신고는 했습니까?"

"아뇨, 아직 안 했어요. 언니가 그럴 필요까지는 없다고 하네요. 언니는 하숙집에 있는 젊은 애들을 좋아하고, 또 이번 일을 직접 해결하고 싶어 하거든요."

"그렇군. 무슨 말인지 알겠어요. 하지만, 이런 말 해도 될지 모르지만, 언니가 그런 일로 걱정한다고 해서 레몬 양까지 이렇게 걱정하는 건 납득이 가질 않는군요."

푸아로가 생각에 잠긴 얼굴로 이렇게 말했다.

"무슈 푸아로, 저는 이런 상황이 싫어요. 너무 마음에 걸려요. 제가 이해할 수 없는 어떤 일이 벌어지고 있는 느낌이에요. 상식적인 설명이 적용되지 않는 상황이에요. 아니, 설명이 가능하기나 한지도 모르겠어요."

푸아로가 생각에 골몰한 얼굴로 고개를 끄덕였다.

레몬 양의 아킬레스건은 바로 그 상상력에 있었다. 그녀에게는 상상력이 없었다. 사실의 영역에서는 천하무적이지만, 추측의 문제에서는 백전백패였다. 레몬 양에게는 다리엔 정상에 오른 코르테스(아스텍 왕국을 정복한 스페인 군인 — 옮긴이)의 부하들이 품었을 법한 꿈과 상상력이 눈곱만큼도 없었다.

"뻔한 좀도둑질이 아닌 모양이죠? 그렇다면 병적인 도벽인가요?"

"그렇지는 않은 것 같아요. 저도 백과사전과 의학 논문에 실린 증상에 대해 읽어 봤거든요. 하지만 거기 해당되지 않는 것 같았어요."

레몬 양이 조심스럽게 자신의 의견을 밝혔다.

에르퀼 푸아로는 한동안 아무 말도 하지 않았다.

그는 레몬 양 언니의 고민과, 여러 나라 학생들로 북적대는 하숙집의 열정과 푸념에 기꺼이 휩쓸릴 생각인 것일까? 레몬 양이 그의 서류를 타자로 치다 실수를 저지르는 것은 몹시 불편하고 성가신 일이었다. 푸아로는 만일 자신이 이 일에 관여한다면, 바로 그 이유 때문이라고 생각했다. 그는 요즘 자신이 조금 지루하며, 아주 하찮게 여겨지는 이 일에 왠지 마음이 끌린다는 사실은 시인하고 싶지 않았다.

"더운 날씨에 버터가 녹아 위에 얹은 파슬리가 내려앉듯, 요즘 왠지 나른하고 축축 처지는 느낌이야."

푸아로가 혼잣말처럼 중얼거렸다.

"파슬리요? 버터요?"

레몬 양이 깜짝 놀란 얼굴로 물었다.

"영국의 고전에서 따온 문구입니다. 아무 공적도 이루지 못하는 『셜록 홈즈의 귀환』 잘 알지 않나요?"

"베이커가(街)의 여러 사교 모임과 그것을 둘러싸고 벌어지는 온갖 사건 말씀이시죠? 다 큰 남자들이 그렇게 어리석다니! 하지만 그런 남자들은 사방에 널려 있죠. 그치들이 갖고 노는 모형 철도처럼 말이에요. 하지만 전 그런 책을 읽을 시간이 없어요. 시간도 별로 없지만, 책을 읽을 시간이 있다면 차라리 유익한 책을 읽겠어요."

에르퀼 푸아로가 우아하게 고개를 숙여 경의를 표했다.

"레몬 양, 이렇게 하면 어떨까요. 간단한 다과를 준비해 놓고 이곳으로 언니를 부르면요? 제가 레몬 양의 언니에게 작은 도움이라도 되어 드릴 수 있을지 모르잖습니까."

"무슈 푸아로, 이렇게 신경 써 주시다니 감사합니다. 정말 감사합니다. 언니는 오후엔 늘 한가한 편이에요."

"그럼 내일 한번 추진해 볼까요?"

이렇게 해서 충직한 하인 조지는 버터를 듬뿍 바른 사각 모양의 크럼펫과 완벽하게 대칭을 이루는 샌드위치, 그리고 풍성하게 즐기는 영국 오후의 티타임에 어울리는 음식을 마련하라는 지시를 받았다.

2장

 레몬 양의 언니인 허버드 부인은 동생을 빼닮은 모습이었다. 허버드 부인은 동생보다 조금 더 누런 피부에 조금 더 통통했고, 조금 더 천박한 머리 모양을 했으며, 민첩성은 동생보다 좀 떨어져 보였다. 그러나 귀염성 있는 동그란 얼굴에 박힌 허버드 부인의 눈은 코안경 너머로 반짝이는 레몬 양의 날카로운 눈과 똑같았다.
 "무슈 푸아로, 이렇게 불러 주셔서 정말 감사합니다. 게다가 이렇게 맛있는 다과까지 베풀어 주시다니요. 너무 많이 먹은 것 같습니다만, 샌드위치 하나만 더 먹어야겠는걸요. 차요? 아, 네. 반 잔만 더 주세요."
 "먼저 다과를 즐긴 후에 본론으로 들어가도록 하죠."
 푸아로가 콧수염을 비비 꼬며 허버드 부인에게 상냥한 미소를 지어 보였다.

"어쩜, 펠리시티의 말을 듣고 상상한 모습 그대로시네요."

늘 심각한 레몬 양의 세례명이 펠리시티(라틴어에서 유래된 '행복'이란 의미의 이름 — 옮긴이)임을 깨닫고 푸아로는 잠시 놀랐지만 레몬 양의 그런 면을 진작 알고 있었다고 둘러댔다.

"물론 펠리시티는 사람들을 별로 좋아하지 않아요. 하지만 전 좋아한답니다. 그래서 걱정이 많이 돼요."

허버드 부인이 방심했는지 두 번째 샌드위치를 집어 들며 말했다.

"걱정하고 계신 일에 대해 정확히 설명해 주시겠어요?"

"그럴게요. 돈이 없어지는 건 어찌 보면 당연한 일 아니겠어요. 여기저기서 돈이 조금씩 없어지는 거 말이에요. 그리고 보석이 없어진다 해도 납득할 수 있어요. 그런데 이건 납득할 수 있기는커녕 그 반대랍니다. 도벽이나 좋지 않은 버릇 때문일지도 몰라요. 제가 없어진 물건 목록을 적어 왔으니 한번 보세요."

허버드 부인이 가방을 열고 작은 수첩을 꺼냈다.

파티용 구두(새 구두의 한 짝)
팔찌(모조 보석)
다이아몬드 반지(수프 접시 안에서 발견)
화장용 분
립스틱
청진기
귀걸이

라이터

낡은 플란넬 바지

전구

초콜릿 상자

실크 스카프(토막토막 잘린 채 발견)

배낭(위와 동일)

붕소 가루

목욕용 소금

요리책

"별스럽군요. 그리고 아주, 아주 흥미진진합니다."

에르퀼 푸아로가 깊이 숨을 들이쉰 후에 말했다.

푸아로는 흥미를 느꼈다. 그는 도저히 있을 수 없는 일이라고 말하는 레몬 양의 얼굴과 진심으로 고민하는 허버드 부인의 얼굴을 번갈아 응시했다.

"축하합니다."

푸아로가 허버드 부인에게 상냥하게 말했다.

"무슈 푸아로, 뭘 축하한다는 말씀이세요?"

허버드 부인이 깜짝 놀란 얼굴로 물었다.

"이렇게 독특하고 아름다운 문제를 갖고 계신 것을 축하드립니다."

"무슈 푸아로께는 이해가 가는 일인지 모르지만……."

"저도 전혀 이해할 수 없는 일입니다. 오히려 지난 크리스마스 때 젊은 친구들의 권유로 함께한 라운드 게임이 생각나는군요. '뿔 셋 난 귀부인'이라는 게임입니다. 둘러앉은 사람들이 돌아가며 '나는 파리에 가서 무엇을 샀지.'라고 말하면서 어떤 물건의 이름을 댑니다. 다음 사람이 앞 사람 말을 반복하고 나서, 다른 물건을 하나 더 추가합니다. 이 게임은 사람들이 말한 여러 가지 물건의 이름을 외워서 순서대로 나열하는 건데, 때로는 아주 기괴하고 우스꽝스러운 말이 되고 맙니다. 비누, 흰 코끼리, 접이식 탁자 그리고 사향 오리 같은 것들이 기억나는군요. 물론 아무 관련도 없는, 그러니까 아무런 전후 관계도 없는 물건을 순서대로 외우기는 어렵습니다. 허버드 부인이 방금 제게 보여 주신 목록처럼 말입니다. 게임이 무르익어 열댓 개의 사물이나 동물의 이름이 나오면, 그것을 순서대로 나열하는 것은 거의 불가능해집니다. 제대로 열거하지 못한 사람은 종이로 된 뿔을 받아야 하고, 그러면 그 사람은 다음 차례가 돌아오면 '뿔 하나 난 귀부인인 나는 파리에 가서······.' 라고 말을 시작해야 합니다. 그렇게 뿔 3개를 받으면 게임에서 빠져야 하고, 마지막까지 남은 사람이 승자가 되는 것입니다."

"분명 무슈 푸아로가 이기셨을 거예요."

레몬 양이 고용주에 대한 충성심을 드러내며 말했다.

푸아로가 환한 미소를 지었다.

"사실 그랬습니다. 아무 관련도 없어 보이는 물건의 조합이라 해도 연관성을 만들어 내면 순서대로 외울 수 있는 법이거든요. 그러니까, '비누로 흰 대리석 코끼리에 묻은 더러움을 깨끗이 씻어 접이식 탁자에 올려놓는다.' 하는 식으로 마음속으로 되뇌는 겁니다."

"그렇다면 선생님께선 제가 방금 드린 목록으로도 그렇게 하실 수 있으시겠군요."

허버드 부인이 정중하게 요청했다.

"물론 할 수 있습니다. '오른쪽 구두 한 짝만 신은 부인이 왼팔에 팔찌를 차고, 화장용 분과 립스틱을 바른 다음 저녁을 먹으러 가서 반지를 수프에 떨어뜨려.' 하는 식으로 만들면 되죠. 그러면 그 목록을 외울 수 있습니다. 하지만 지금은 라운드 게임을 하는 게 아닙니다. 그렇게 이상한 물건들을 마구잡이로 훔친 이유가 무엇일까요? 그 이면에 어떤 일정한 방식이 숨어 있는 건 아닐까요? 일관된 의도 같은 건 없을까요? 우선 분석을 해야 합니다. 먼저 목록에 적힌 물건들을 꼼꼼히 따져 봅시다."

푸아로가 분석에 골몰하는 동안 아무도 입을 열지 않았다. 허버드 부인은, 줄줄이 이어진 색색의 리본이나 토끼가 튀어나오길 기다리며 마술사에게서 눈을 떼지 못하는 어린 소년처럼 넋을 놓고 푸아로를 응시했다. 별다른 감명을 받지 못한 레몬 양은 물러앉아 더 좋은 서류 정리법을 궁리했다.

마침내 푸아로가 입을 열자, 허버드 부인은 소스라치게 놀랐다.

"제일 먼저 이런 생각이 드는군요. 사라진 물건들은 대부분 값어치가 얼마 안 나가고 상당히 하찮은 것들입니다. 청진기와 다이아몬드 반지, 이 두 가지만 빼고 말입니다. 청진기는 잠시 접어 두고 반지에 대해 먼저 알아봅시다. 물론 비싸겠지만, 값이 얼마나 나가는 반지였나요?"

"정확히는 몰라요, 무슈 푸아로. 작은 다이아몬드 여러 개가 아래위로 박히고, 가운데 큰 다이아몬드가 하나 박힌 반지예요. 레인 양의 어머니가 약혼할 때 받은 것으로 알고 있어요. 그 반지가 없어지자 레인 양이 안절부절못했는데, 그날 밤 홉하우스 양의 수프 그릇에서 발견되어 우리 모두 마음을 놓았답니다. 누군가 심술궂게 장난을 쳤던 거죠."

"그럴 수도 있습니다. 하지만 무언가를 훔쳐 갔다 되돌려 준 것이 의미심장하게 느껴집니다. 립스틱이나 화장용 분 또는 책이 없어진다고 해서, 경찰을 부르지는 않습니다. 하지만 값비싼 다이아몬드 반지라면 경우가 다르죠. 경찰에 신고할 가능성이 아주 높아집니다. 그래서 반지를 돌려준 것 같습니다."

"하지만 돌려줄 거라면 왜 훔쳐 간 걸까요?"

레몬 양이 얼굴을 찌푸리며 물었다.

"정말 왜 그랬을까요. 그렇지만 당분간 이 의문은 접어 둡시다. 지금은 도난품을 분류하는 중이고, 반지에 대한 연구를 제일 먼저 시작했으니까요. 반지를 도난당한 레인 양은 어떤 사람인가요?"

"퍼트리샤 레인 말씀이신가요? 아주 상냥한 처녀랍니다. 뭐라더라, 역사학인가 고고학인가 하는 분야의 졸업장을 따려고 열심히 공부하고 있지요."

"부유한가요?"

"아뇨, 그렇지는 않아요. 돈을 조금 갖고 있긴 하지만, 아주 알뜰하지요. 그 반지는 엄마 것이었다더군요. 레인 양은 좋은 보석을 한두 개 갖고 있을 뿐, 새 옷도 별로 없고 얼마 전에 담배를 끊었답니다."

"어떤 사람인지 부인이 느끼신 대로 설명해 보세요."

"음, 이도저도 아닌 애매한 피부색을 갖고 있고, 창백해 보이는 편이지요. 조용하고 숙녀답지만, 활기는 별로 없답니다. 그러니까 늘 진지한 유형이라고나 할까요."

"그런데 그 반지가 홉하우스 양의 수프 그릇에서 나왔단 말씀이시죠. 홉하우스 양은 누군가요?"

"발레리 홉하우스요? 검은 피부를 한 영리한 아가씨로, 빈정대는 말버릇을 갖고 있죠. '사브리나 페어'라는 미용실에서 일하는데, 그 미용실 이름을 들어 보셨을 거예요."

"두 아가씨가 친한 사이인가요?"

허버드 부인이 잠시 따져 보았다.

"그렇다고 할 수 있어요. 두 사람이 함께 많은 시간을 보내지는 않지만요. 퍼트리샤는 모든 사람과 두루두루 잘 지내지만, 특별히 인기가 있지는 않아요. 발레리 홉하우스는 입을 함부로 놀려 적이 많은 편이지만, 반면에 추종자도 많이 거느리고 있답니다. 제 말뜻을 아신다면요."

"알 것 같아요."

그렇다면 퍼트리샤 레인은 상냥하지만 활력이 없고, 발레리 홉하우스는 개성이 강한 여자였다. 푸아로가 없어진 물건의 목록을 다시 들여다봤다.

"서로 다른 갖가지 물건들이 여기 나열되어 있는 게 몹시 당혹스럽군요. 립스틱이나 모조 보석, 화장용 분이나 목욕용 소금 그리고 초콜릿 상자는 허영심이 있거나 돈에 쪼들리는 여자가 탐낼 만한 자질구레한 물건이지만, 청진기는 그것을 팔거나 저당 잡힐 곳을 잘 아는 남자가 훔칠 법한 물건이거든요. 청진기는 누구 것인가요?"

"베이트슨 군 거예요. 키가 크고 친절한 청년이지요."

"의대생인가요?"

"맞아요."

"그 학생이 화를 많이 내던가요?"

"그야말로 노발대발했답니다, 무슈 푸아로. 성미가 불같거든요. 화가 나면 못하는 말이 없다가도, 곧 깨끗이 잊어버려요. 베이트슨 군은 자기 물건을 호락호락 빼앗길 사람이 아니랍니다."

"그런 사람도 있나요?"

"인도에서 온 고팔 람이라는 학생이 있는데, 그 학생은 어떤 일이 벌어져도 웃음을 잃지 않는답니다. 손을 휘휘 저으며 물질적인 것은 중요하지 않다고 말하죠."

"그 학생도 잊어버린 게 있나요?"

"없어요."

"아, 참! 플란넬 바지는 누구 건가요?"

"콜린 맥냅 군 거예요. 아주 낡은 바지라서, 누가 봐도 버려야 한다고 말할 만한 거지요. 그래도 맥냅 군은 자기가 입던 낡은 옷에 강한 애착을 느껴서 옷가지 하나도 버리지 않는답니다."

"종합해 보면, 낡은 플란넬 바지, 전구, 붕소 가루, 목욕용 소금, 그리고 요리책은 훔칠 만한 가치가 없는 물건인 셈이군요. 중요할 수도 있지만 대체로는 그렇지 않은 물건이지요. 붕소 가루는 누가 실수로 치웠을 수도 있고, 또 누군가 끊어진 전구를 갈기 위해 전구를 빼 놓고는 잊어버렸을 수도 있습니다. 요리책은 누가 빌려 갔다가 돌려주지 않았을 수도 있지요. 또 낡은 바지는 청소부가 버렸을 수도 있지 않을까요?"

"우리 하숙집에는 아주 믿을 만한 청소부 아주머니 두 분이 계십니다. 두 분 모두 주인에게 먼저 묻지 않고 그런 짓을 할 분이 아니랍니다."

"부인의 판단이 맞을 수도 있겠죠. 그다음은 파티용 새 구두 한 짝입니다. 이 구두는 누구 것인가요?"

"샐리 핀치요. 풀브라이트 장학금으로 여기 와서 공부하는 미국인 여학생입니다."

"구두 한 짝을 딴 데 두고 잊어버린 게 아닌 건 확실한가요? 구두 한 짝을 훔쳐다 어디 쓸지 납득이 가질 않는군요."

"딴 데 둔 건 아닙니다, 무슈 푸아로. 우리 모두 정신없이 그 구두를 찾았답니다. 우리가 이브닝드레스라고 하는 걸 핀치 양은 '파티용 드레스'라고 하던데, 아무튼 핀치 양이 그 드레스를 입고 파티에 막 가려던 참이었지요. 그러니까 구두가 아주 중요한 상황이었어요. 핀치 양에게 파티용 구두는 그것뿐이었으니까요."

"핀치 양이 그 일로 몹시 난감하고 그러니까…… 곤혹스러웠겠군요. 그랬을 거예요. 아마 거기 뭔가……."

푸아로가 한동안 침묵을 지키다 마침내 입을 열었다.

"물건이 2개 더 있습니다. 토막토막 잘린 배낭과 똑같이 꼴이 된 실크 스카프 말입니다. 이 둘은 허영심으로 인한 것도, 이익을 얻기 위한 행동도 아닙니다. 누군가 고의로 악의적인 짓을 한 거죠. 배낭은 누구 건가요?"

"거의 모든 학생이 배낭을 갖고 있어요. 아시다시피 학생들은 히치하이크 여행을 하는 경우가 많으니까요. 게다가 똑같이 생긴 배낭이 많답니다. 같은 데서 산 것도 많고요. 그래서 누구 배낭인지 구분하기 힘들죠. 하지만 그 배낭은 레너드 베이트슨이나 콜린 맥냅 거였을 거예요."

"그렇다면 토막 난 실크 스카프는요? 주인이 누구죠?"

"발레리 홉하우스예요. 크리스마스 선물로 받았다는데, 에메랄드 빛 초록색에 상당한 고급품이랍니다."

"홉하우스 양 거라고요……. 알겠습니다."

푸아로가 두 눈을 감았다. 그의 머릿속에 떠오르는 것은 만화경 그 이상도 이하도 아니었다. 토막 난 스카프와 배낭, 요리책, 립스틱, 목욕용 소금, 거기에 낯선 학생들의 이름과 간략한 인상착의까지. 일관성이나 일정한 형식은 찾아볼 수 없었다. 아무 관련 없는 사건과 사람들이 머릿속에서 소용돌이쳤다. 그러나 푸아로는 어딘가에 어떤 식으로든 일정한 방식이 숨어 있음을 잘 알고 있었다……. 하지만 어디서부터 시작해야 할지 감이 잡히지 않았다…….

푸아로가 눈을 떴다.

"생각을 좀 해 봐야 할 문제로군요. 한동안 곰곰이 따져 봐야겠어요."

"물론 그러시겠죠, 무슈 푸아로. 제가 괜히 귀찮게 해 드린 건 아닌지 모르겠네요……."

허버드 부인이 진심으로 동의하며 이렇게 말했다.

"귀찮은 게 아니라, 흥미를 느낍니다. 제가 생각하는 동안 실질적인 측면에서부터 일을 시작하는 게 좋겠어요. 그러니까 시작은…… 그 구두, 파티용 구두……. 그래요, 거기서부터 시작하기로 합시다. 레몬 양."

"네, 무슈 푸아로?"

생각에 잠겨 있던 레몬 양이 허리를 더욱 똑바로 펴고 앉으며 반사적으로 연필과 수첩을 집어 들었다.

"허버드 부인에게서 남은 구두 한 짝을 받아, 베이커스트리트역의 분실물 센터에 가 보도록 하세요. 구두가 없어진 게 언제죠?"

허버드 부인이 생각에 잠겼다.

"글쎄요, 정확히 기억나지는 않지만 2달 전쯤인 것 같아요. 정확한 날짜는 모르겠어요. 하지만 샐리 핀치 양에게 파티가 있던 날을 물어볼 수는 있어요."

"좋습니다."

푸아로가 다시 레몬 양에게 고개를 돌렸다.

"애매한 지시이긴 하지만, 도심 순환선에서 구두 한 짝을 잃어버렸다고 얘기하도록 해요. 이게 제일 가능성이 높겠지. 아니면 다른 지하철 노선에서 그랬다고 해도 되고. 버스일 수도 있겠군요. 히코리가를 지나는 버스가 몇 대죠?"

"2대뿐입니다, 무슈 푸아로."

"좋아요. 베이커스트리트역에서 성과를 얻지 못하면, 런던 경시청으로 가서 택시 안에 놓고 내렸다고 말하도록 해요."

"램버스 경찰서로 먼저 가야죠."

레몬 양이 얼른 잘못을 바로잡아 주었다.

"레몬 양은 이런 걸 놓치는 법이 없군요."

푸아로가 한 손을 내저으며 말했다.

"그런데 왜 그렇게 하라고 하시는지……."

푸아로가 허버드 부인의 말을 가로막았다.

"먼저 어떤 결과가 나올지 기다려 보기로 합시다. 그런 다음, 결과가 긍정적이든 부정적이든 우리 세 사람이 다시 모여 의논을 하는 겁니다. 하실 말씀이 있으면 그때 해 주십시오."

"아는 것은 모두 말씀드렸는걸요."

"아뇨, 그렇지 않습니다. 여기 다양한 기질을 지닌 청춘남녀가 한데 모여 있습니다. A는 B를 사랑하지만, B는 C를 사랑하고, D와 E는 A 때문에 서로를 질시합니다. 이런 걸 알아야 합니다. 인간이 느끼는 감정의 속내 말입니다. 다툼과 질투, 우정과 악의 그리고 온갖 무자비한 감정들 말입니다."

"저는 그런 건 전혀 모릅니다. 젊은 사람들과 어울리지 않거든요.

전 하숙집을 운영하고, 식사 제공이 제대로 되는지 등을 살필 뿐이랍니다."

허버드 부인이 불편한 기색을 내비치며 말했다.

"하지만 부인은 사람들을 좋아합니다. 제게 그렇게 말씀하셨잖아요. 젊은 사람들도 좋아하시고요. 이 일을 맡게 된 것도 돈을 벌기 위해서라기보다는 사람들과 어울려 지내기 위해서였습니다. 하숙집에 있는 학생들 중에는 부인이 좋아하는 사람도 있고, 그다지 좋아하지 않는 사람도 있고, 아주 싫어하는 사람도 있을 겁니다. 그런 얘기를 해 주시면 됩니다. 그래요, 바로 그런 얘기 말입니다! 아마도 부인은 지금 벌어지고 있는 일 자체를 걱정하신다기보다는 이 일로 경찰이 오게 될까 봐 염려하시는……."

"경찰이 오는 걸 니콜레티스 부인이 반기실 리 없으니까요."

"아뇨, 부인은 누군가를 걱정하고 있습니다. 이 일을 저질렀을 가능성이 있거나, 아니면 최소한 관련되어 있는 어떤 사람 말입니다. 그러니까 부인이 좋아하는 사람을요."

푸아로가 허버드 부인의 말에 개의치 않고 말했다.

"사실입니다, 무슈 푸아로."

"그럼요, 사실이고말고요. 그리고 걱정하시는 게 당연합니다. 실크 스카프를 토막 내는 것은 좋은 일이 아닙니다. 배낭을 싹둑싹둑 자르는 것도 마찬가지고요. 나머지 일들은 유치해 보이지만, 아직 단정 지을 단계는 아닙니다. 아무것도 단정할 수 없습니다."

3장

허버드 부인은 서둘러 계단을 올라, 히코리가 26번지 건물의 현관문에 열쇠를 집어넣었다. 문이 막 열리는 순간, 큰 키에 불타는 것처럼 빨간 머리를 한 젊은이가 허버드 부인의 뒤에서 계단을 뛰어 올라왔다.

"안녕하세요, 이모님. 놀러 갔다 오시나 봐요?"

레너드 베이트슨은 허버드 부인을 늘 이렇게 불렀다. 런던 토박이인 그는 누구에게나 친절했으며, 운 좋게도 열등감으로 인한 콤플렉스가 전혀 없었다.

"차 마시고 오는 길이야, 베이트슨 군. 늦어서 얼른 올라가 봐야 해."

"오늘은 예쁜 시체를 해부했어요. 굉장했지요!"

"징글맞은 소리 그만 해. 짓궂기도 하지. 예쁜 시체라니! 말도 안 돼. 그런 소리 들으니 구역질이 날 것 같아."

레너드 베이트슨이 웃음을 터뜨렸고, 그 바람에 커다란 웃음소리가 복도에 울려 퍼졌다.

"실리아에 비하면 아무것도 아니세요. 좀 전에 약국에 가서 '시체 얘기를 하러 왔답니다.'라고 했더니, 백지장처럼 하얗게 질리던걸요. 실리아가 기절하는 줄 알았다니까요. 이 사실에 대해 어떻게 생각하세요, 허버드 이모님?"

"하나도 이상하지 않아. 어떻게 그런 말을 한담! 실리아는 네가 진짜 시체에 대해 말하는 줄 알았을 텐데."

"진짜 시체라니 무슨 말씀이세요? 우리가 다루는 시체를 어떻게 보고 하시는 말씀이세요? 인조 시체인 줄 아세요?"

헝클어진 긴 머리에 야윈 체격을 한 청년이 오른쪽 방에서 나와 성난 목소리로 말했다.

"아, 역시 자네로군. 건장한 남자일 거라는 생각은 했어. 한 남자가 아니라, 10명은 되는 남자들의 목소리 같긴 했지만."

"방해가 된 건 아니겠지."

"평소보다 더 심한 건 아니었어."

나이절 채프먼은 이렇게 말한 다음 다시 방으로 들어갔다.

"예민한 꽃 같은 인간."

렌이 투덜거렸다.

"또 둘이 다투는 건 아니겠지. 친절하게 행동하고 서로 조금씩 협력하는 것. 내가 바라는 건 바로 그런 거야."

키 큰 청년인 렌이 따뜻한 눈빛으로 허버드 부인을 내려다보며 싱긋 웃었다.

"전 나이절은 신경 쓰지 않아요, 이모님."

"저기요, 허버드 부인, 니콜레티스 부인이 지금 방에 계신데, 부인이 돌아오는 대로 뵙자고 하시네요."

허버드 부인이 한숨을 내쉬며 계단을 오르기 시작했다. 그러자 지금 막 이야기를 전한, 큰 키에 검은 피부를 한 젊은 여성이 계단 벽에 붙어 서며 길을 비켜 주었다.

레너드 베이트슨이 비옷을 벗으며 물었다.

"발레리, 무슨 일이야? 우리 행동이 못마땅해서 허버드 부인을 불러들이는 건 아니겠지?"

발레리는 여윈 어깨를 우아하게 으쓱해 보였다. 그러고는 계단을 걸어 내려와 복도를 지나갔다.

"이곳이 점점 정신 병원처럼 변해 가는 것 같아."

발레리가 뒤를 돌아보며 이렇게 말하고는 오른쪽으로 난 문으로 들어갔다. 한때 패션모델이었던 이들이 대개 그렇듯, 발레리는 애쓰지 않아도 오만한 우아함을 풍겼다.

사실 히코리가 26번지는 집이 1채로, 24번지와 26번지의 집이 반쯤 붙어 있었다. 1층의 건물은 1채로, 공용 거실과 널찍한 식당 그리고 휴게실 2곳과 집 뒤쪽으로 난 작은 사무실이 자리해 있었다. 2층은 1층과 달리 분리되어 있고, 2층으로 올라가는 계단이 각각 하나씩 있었다. 여학생들은 오른쪽 건물에 있는 침실을, 남학생들은 원래 24번지였던 왼쪽 건물을 사용했다.

허버드 부인이 2층으로 올라가며 코트 깃을 풀었다. 그녀는 니콜레티스 부인의 방으로 가면서 한숨을 쉬었다.

"또 뭔가 기분이 별로인 모양이지."

허버드 부인이 방문을 두드리고 안으로 들어가며 이렇게 중얼거렸다.

거실 안은 몹시 더웠다. 창문을 꼭 닫은 채 커다란 전기 난로를 전부 켜 둔 상태였다. 니콜레티스 부인은 실크와 벨벳으로 된 꼬질꼬질한 쿠션이 잔뜩 쌓여 있는 소파에 앉아 담배를 피우고 있었다. 부인은 검은 피부를 한 키 큰 여성으로 여전히 보기 좋은 몸매에, 심술궂어 보이는 입과 커다란 갈색 눈의 소유자였다.

"아! 이제야 나타나셨군."

니콜레티스 부인이 나무라듯 말했다.

허버드 부인은 레몬 집안 사람답게 침착함을 잃지 않았다. 그녀가 쏘아붙이듯 응수했다.

"네, 이렇게 왔습니다. 절 보자고 하셨다고요."

"그래, 그랬지. 이건 정말 터무니없어. 해도 너무한다고!"

"뭐가 그렇게 터무니없나요?"

"이 청구서, 당신이 내민 계산서 말이야! 이 형편없는 학생들한테 대체 뭘 먹이는 거야? 푸아그라, 아니면 메추라기 고기? 여기가 리츠 칼튼 호텔인가? 이 학생들은 대체 자기들이 누군 줄 아는 거야?"

니콜레티스 부인이 노련한 마술사처럼 쿠션 밑에서 종이 다발을 끄집어내며 호통 쳤다.

"젊은 사람들은 식욕이 왕성합니다. 아침을 든든히 먹이고, 저녁 식사도 부족하지 않게 내죠. 평범하지만 영양이 풍부한 걸로요. 아주 경제적으로 운영해 나가고 있습니다."

허버드 부인이 반박했다.

"경제적이라고? 경제적이라고? 나한테 감히 그런 말을 하다니. 난 대체 언제 파산하게 되는 거지?"

"니콜레티스 부인, 부인은 이곳을 운영해서 상당한 이득을 보고 계신 걸로 압니다. 이곳 하숙비도 비싼 편이고요."

"하지만 이 하숙집에 언제 빈자리가 나던가? 어쩌다 빈자리가 나도, 3배 수의 학생이 지원하는 걸 못 봤어? 영국 문화 협회나 런던 대학 기숙사, 대사관 그리고 프랑스 국립 고등학교에서 항상 학생을 보내지 않던가? 빈자리가 날 때마다 늘 3배 수의 학생이 지원하지 않느냐고?"

"그건 주로 여기 음식이 맛있고 양도 충분하기 때문입니다. 젊은 사람들은 잘 먹어야 하거든요."

"흥! 총지출에 문제가 있어. 그 이탈리아 요리사와 남편 때문이야. 그 부부가 식재료비로 당신을 속여 먹는 거라고."

"아뇨, 그렇지 않습니다, 니콜레티스 부인. 저는 절대로 외국인에게 속지 않습니다."

"그럼 당신이로군. 당신이 중간에서 내 돈을 가로채는 거야."

허버드 부인은 눈 하나 깜짝하지 않았다.

"그런 말씀 하시면 안 됩니다. 그런 식으로 말씀하시는 건 좋지 않아요. 그랬다간 얼마 안 가서 곤란한 일을 당하시게 될 겁니다."

허버드 부인이 아주 부당한 책임을 추궁당한, 보수적인 유모 같은 말투로 응수했다.

"흥! 날 화나게 만드는군."

니콜레티스 부인이 이렇게 고함치며 청구서 다발을 공중으로 휙 던졌고, 그 바람에 청구서가 사방으로 나부끼며 바닥으로 우수수 떨어졌다.

허버드 부인이 입을 굳게 다물고 허리를 굽혀 청구서를 주웠다.

"외람된 말씀이지만, 이렇게 흥분하시면 몸에 좋지 않으세요. 화를 내면 혈압에 좋지 않습니다."

"이번 주 지출이 지난주보다 많다는 건 인정하지?"

"물론입니다. 램슨네 식료품점에서 가격을 많이 인하해서 팔고 있습니다. 그 덕을 좀 보고 있어요. 다음 주 지출은 평균보다 낮을 겁니다."

"당신은 말주변이 너무 좋아."

니콜레티스 부인이 못마땅한 얼굴로 말했다.

"그럼, 또 할 말이 있으신가요?"

허버드 부인이 청구서를 말끔하게 정리해 책상 위에 올려놓으며 말했다.

"그 미국 여학생, 샐리 핀치 말이야. 그 애가 여기서 나가겠다고 하더군. 난 그 애가 나가지 않았으면 좋겠어. 그 앤 풀브라이트 장학생이야. 그러니 앞으로 다른 풀브라이트 장학생도 그 애를 보고 이리로 올 거 아닌가. 그 애가 떠나서는 안 돼."

"왜 나가겠다고 하던가요?"

"기억나지도 않아. 그럴듯하게 꾸며 낸 핑계였어. 난 못 속여. 난 그런 건 귀신 같이 알아채거든."

니콜레티스 부인이 거대한 어깨를 구부리며 말했다.

허버드 부인이 생각에 잠긴 얼굴로 고개를 끄덕였다. 그 점에 있어서는 니콜레티스 부인의 말이 맞았다.

"샐리가 저한테는 아무 말도 하지 않던데요."

"그래도 그 애와 얘기를 나눠 봐야지?"

"그럼요. 그래야죠."

"만일 인도 학생이나 흑인 여자 애들 같은 유색 인종이 문제가 된다면, 그런 애들은 다 내보내도 좋아. 무슨 말인지 알겠지? 미국 사람들은 인종에 예민하다고. 그리고 내게 중요한 건 미국인이야. 유색 인종들은 다 나가라고 해!"

니콜레티스 부인이 과장된 몸짓을 해 보이며 소리쳤다.

"제가 여길 책임지고 있는 동안에는 그럴 수 없습니다. 게다가 부인의 추측도 맞지 않고요. 여기 학생들 사이에는 그런 문제가 없습니다. 분명 샐리도 그렇지 않을 겁니다. 샐리는 아키봄보 군과 함께 자주 점심을 먹는데, 아키봄보 군보다 얼굴이 더 까만 사람은 없지 않습니까."

"그렇다면 공산주의자가 문제인 거야. 미국인들이 공산주의자를 얼마나 싫어하는지 잘 알잖아. 나이절 채프먼이 공산주의자거든."

"그런 것 같지 않은데요."

"맞아, 맞다고. 요전 날 밤 나이절이 한 말을 자네가 들었어야 해."

"나이절은 사람들을 화나게 할 수만 있다면 무슨 말이든 합니다. 그런 점에선 아주 골치 아픈 존재죠."

"당신은 모든 학생들에 대해 속속들이 잘 알고 있어. 허버드 부인, 당신은 대단한 사람이야! 자꾸 깨닫고 또 깨닫게 되는 사실이지만, 내가 허버드 부인 없이 무슨 일을 하겠어? 난 당신만 믿어. 당신은 아주 대단한 여성이야."

"한바탕 난리를 친 다음, 또 사탕발림이군."

허버드 부인이 중얼거렸다.

"그게 무슨 말이지?"

"걱정 마세요. 제가 한번 노력해 보겠습니다."

허버드 부인은 쏟아져 나오는 찬사의 말을 중단시키고 니콜레티스 부인의 방을 나왔다.

"시간만 허비했잖아. 정말 실성한 여자 같아!"

그녀는 이렇게 중얼거리며 서둘러 복도를 지나 자신의 숙소로 돌아왔다. 하지만 그곳에서도 평온한 시간은 기대할 수 없었다. 허버드 부인이 숙소로 들어서는 순간, 키 큰 사람이 일어났다.

"드릴 말씀이 있는데, 잠깐 시간 좀 내주실 수 있으세요?"

"물론이지, 엘리자베스."

허버드 부인은 조금 놀랐다. 법학을 전공하는 엘리자베스 존스턴은 서인도 제도에서 온 학생이었다. 엘리자베스는 열심히 공부했고, 야심이 있었으며, 혼자 보내는 시간이 많았다. 그녀는 늘 안정되어 보였고 자신감에 넘쳤다. 허버드 부인이 하숙집에서 가장 훌륭한 학생으로 여길 정도였다.

엘리자베스는 그 순간에도 자신을 완벽하게 통제했으며 피부색이 검어 표정은 잘 드러나지 않았지만, 허버드 부인은 엘리자베스의 목소리가 약간 떨리는 걸 놓치지 않았다.

"무슨 일이 있어?"

"네. 제 방으로 함께 가 보시겠어요?"

"잠깐만."

허버드 부인은 외투와 장갑을 벗은 다음, 숙소에서 나와 엘리자베스를 따라 계단을 올랐다. 엘리자베스의 방은 2층에 있었다. 그녀가 문을 열고 창가에 놓인 책상으로 갔다.

"이건 제가 공부하는 공책이에요. 몇 달 동안 열심히 공부한 내용이 담겨 있어요. 그런데 어떻게 됐는지 보이시죠?"

허버드 부인은 순간 숨이 콱 막혔다. 책상에 잉크가 엎질러져 있었다. 공책이 잉크로 완전히 뒤덮여 흠뻑 젖어 있었다. 허버드 부인이 잉크에 손끝을 살짝 대 보았다. 아직 젖어 있었다.

"네가 엎지른 건 아니지?"

허버드 부인은 바보 같은 질문인 줄 알면서도 이렇게 물었다.

"그럼요. 잠깐 나갔다 들어오니 이렇게 돼 있었어요."

"혹시 빅스 부인이······."

빅스 부인은 2층 방을 청소하는 청소부였다.

"빅스 부인도 아니에요. 이건 제 잉크도 아닌걸요. 제 잉크는 여기 침대 옆 선반에 놓여 있는데, 거긴 손도 대지 않았어요. 누군가 잉크를 이리 가져와 고의로 이런 짓을 한 거라고요."

허버드 부인은 충격을 받았다.

"이렇게 악의적이고 잔인한 짓을 하다니."

"맞아요, 나쁜 짓이에요."

엘리자베스가 언성을 높이지 않았지만, 허버드 부인은 그녀의 기분이 어떨지 충분히 짐작이 갔다.

"엘리자베스, 무슨 말을 해야 할지 모르겠어. 충격적이야. 굉장히 충격적이야. 누가 이렇게 악의적이고 나쁜 짓을 했는지 내가 최선을 다해서 알아낼게. 짚이는 데라도 있어?"

"보시다시피 이건 녹색 잉크예요."

엘리자베스가 즉시 대답했다.

"그렇군. 녹색이야."

"이런 녹색 잉크를 쓰는 사람은 많지 않아요. 이 하숙집에서 녹색 잉크를 쓰는 사람이 1명 있는데, 바로 나이절 채프먼이에요."

"나이절이라고? 나이절이 이런 짓을 했다고 생각하는 거야?"

"그렇게 생각하면 안 되겠죠. 아뇨, 그렇지는 않아요. 하지만 나이절은 편지를 쓰거나 공책에 필기할 때 녹색 잉크를 써요."

"내가 여기저기 물어봐야겠어. 엘리자베스, 이 하숙집에서 이런 일이 생기다니 정말 미안해. 진실을 밝히기 위해 최선을 다하겠다는 말밖에 할 말이 없어."

"고맙습니다, 허버드 부인. 다른 일들도 많이 있었잖아요, 그렇죠?"

"으, 응. 그렇지."

허버드 부인은 엘리자베스의 방에서 나와 계단으로 향했다. 그러나 계단을 내려가기 직전에 걸음을 멈추고, 몸을 돌려 복도 끝에 있는 방으로 갔다. 허버드 부인이 방문을 두드리자, 들어오라는 샐리 핀치 양의 목소리가 들렸다.

그 방은 밝은 느낌을 주었고, 그 방에 사는 샐리 핀치 역시 경쾌한 빨간 머리를 한, 밝은 성격의 소유자였다.

샐리는 수첩에 무언가를 적고 있다 고개를 들었는데, 한쪽 뺨이 불룩 튀어나와 있었다. 샐리가 사탕 상자를 열고 알아듣기 힘든 발음으로 이렇게 말했다.

"집에서 사탕이 왔어요. 몇 개 드세요."

"고마워, 샐리. 하지만 나중에 먹을게. 내가 지금 좀 흥분해 있어. 엘리자베스 존스턴에게 무슨 일이 있었는지 알아?"

"검은 베스에게 무슨 일이 있었는데요?"

'검은 베스'란 엘리자베스를 부르는 애정 어린 별명이었고, 따라서 엘리자베스도 그렇게 불리는 걸 싫어하지 않았다.

허버드 부인이 어떤 일이 있었는지 설명하자, 샐리가 화를 내며 엘리자베스를 동정했다.

"그건 비열한 짓이에요. 우리 베스에게 누가 그런 짓을 하다니 믿어지지 않아요. 모두 베스를 좋아하잖아요. 조용하고, 여러 사람과 어울리거나 여기저기 끼어들지는 않지만, 그렇다 해도 베스를 싫어하는 사람은 없다고 봐요."

"내가 하고 싶은 말이 바로 그거야."

"이것도 다른 일들과 같은 맥락이에요, 그렇지 않아요? 그래서 바로 제가……."

"그래서 바로 뭘?"

샐리가 갑자기 말을 멈추자, 허버드 부인이 물었다.

"그래서 여길 나가려는 거예요. 니콜레티스 부인이 그런 말씀 안 하시던가요?"

샐리가 느릿느릿 대답했다.

"들었어. 그 일에 굉장히 마음 쓰고 계셔. 샐리가 진짜 이유를 밝히지 않는다고 생각해서."

"말씀드리지 않았어요. 니콜레티스 부인을 화나게 한들 무슨 소용이 있겠어요? 그분이 어떤 분인지 잘 아시잖아요. 하지만 이유는 바로 그거예요. 여기서 벌어지는 일들이 마음에 들지 않아요. 제 구두 한 짝이 없어진 것도 이상한데, 발레리의 스카프가 토막토막 잘린 채 발견되고, 렌의 배낭도 그렇고……. 이건 그냥 물건이 없어지는 정도가 아니에요. 그런 일은 언제든 일어날 수 있거든요. 그러니까 좋은 일은 아니지만, 있을 수 있는 일이라는 뜻이에요. 하지만 이건 달라요."

샐리가 잠시 말을 멈추고 미소를 지어 보였다.

"아키봄보도 두려워해요. 아키봄보는 아주 우수하고 교양 있는 학생이지만, 서아프리카 옛 속담에 현실은 눈에 보이지 않는 신비를 그대로 반영한다는 말이 있대요."

"저런! 난 말도 안 되는 미신은 참을 수가 없어. 정상적인 어떤 사람이 남에게 폐가 되는 짓을 저지르고 있을 뿐이야. 그게 전부라고."

허버드 부인이 부루퉁하게 쏘아붙였다.

"정상적인 사람이라는 걸 강조하시는군요. 전 이 하숙집에 누군가 정상적이지 않은 사람이 있는 것만 같아요."

샐리가 빙긋 웃어 보이며 말했다.

허버드 부인은 아래층으로 내려가 1층에 있는 학생용 휴게실로 갔다. 휴게실에는 모두 네 사람이 있었다. 발레리 홉하우스는 날씬하고 우아한 발을 소파 팔걸이에 올린 채 비스듬히 누워 있고, 나이절 채프먼은 두꺼운 책을 펴 놓고 탁자 앞에 앉아 있었으며, 퍼트리샤 레인은 벽난로에 기대 있고, 허버드 부인이 휴게실로 들어오기 직전에 들어온 비옷을 입은 여학생은 양털로 짠 편물 모자를 벗고 있었다. 키가 작고 피부가 흰 그 여학생은 갈색 눈동자에 눈 사이 간격이 멀고 항상 놀란 사람처럼 늘 입을 약간 벌리고 있었다.

"오셨어요, 이모님. 존경하는 하숙집 주인인 그 늙은 악마한테 사탕발림을 넉넉히 해 주고 오셨나요?"

발레리가 입에 물고 있던 담배를 빼고 느릿느릿 천천히 말했다.

"그 여자가 또 성을 내던가요?"

퍼트리샤 레인이 물었다.

"얼마나 내던가요?"

발레리가 이렇게 물으며 킥킥거리고 웃었다.

"아주 좋지 않은 일이 일어났어. 나이절, 날 좀 도와줘야겠어."

허버드 부인이 말했다.

"저요, 이모님? 제가 뭘 잘못했나요?"

나이절이 허버드 부인을 보고 책을 덮으며 물었다. 메마르고 심술궂어 보였던 그의 얼굴이 장난기 어린, 놀라울 만큼 귀여운 미소로 한순간 환히 빛났다.

"잘못한 일이 없길 바라. 하지만 누가 엘리자베스 존스턴의 공책에 악의적이게도 고의로 잉크를 엎질렀는데, 그게 바로 녹색 잉크였어. 나이절, 네가 녹색 잉크를 사용하잖아."

나이절이 웃음기 가신 얼굴로 허버드 부인을 응시했다.

"맞아요. 제가 녹색 잉크를 써요."

"불쾌한 물건이야. 나이절, 네가 안 그랬기를 바라. 내가 여러 번 말했듯이, 초록색 잉크는 네게 좋지 않은 영향을 미친다니까."

퍼트리샤가 말했다.

"난 안 좋은 영향을 받고 싶어. 연보라색 잉크가 나을까. 한번 써보고 그걸 사야겠어. 그런데 심각한 문제인가요, 이모님? 그러니까 그 파괴적인 행위 말이에요."

"그럼, 아주 심각하지. 나이절, 네가 그랬어?"

"아뇨, 물론 아니에요. 잘 아시다시피 전 사람들을 괴롭히길 좋아하지만, 그런 비열한 짓은 절대로 하지 않아요. 게다가 다른 사람들도 본받았으면 싶게 조용히 자기 일만 하는 검은 베스에게는 어림도 없는 일이죠. 내 잉크는 어디 있더라? 어제 저녁에 제 펜에 녹색 잉크를 채운 기억이 나요. 보통은 잉크를 저기 위쪽 선반에 두죠."

나이절이 자리에서 일어나 휴게실 맞은편으로 갔다.

"정말 그러네요. 잉크병이 비어 있어요. 거의 꽉 차 있어야 하는데."

"아, 이런, 이런. 난 이런 일 좋아하지 않는데……."

비옷을 입은 여학생이 숨을 헐떡거리며 말했다.

나이절이 그 여학생에게 비난의 시선을 던졌다.

"실리아, 알리바이가 있어?"

나이절이 위협적인 목소리로 물었다.

실리아가 급히 숨을 몰아쉬었다.

"제가 그러지 않았어요. 정말로 그러지 않았다고요. 어쨌거나 전 하루 종일 병원에 있었는걸요. 그러니 제가 어떻게……."

"나이절, 그만둬. 실리아를 놀리지 마."

허버드 부인이 말했다.

"나이절이 의심받는 이유를 모르겠네요. 나이절의 잉크를 사용했다는 이유만으로……."

퍼트리샤 레인이 성난 음성으로 따졌다.

"좋아. 자기 사람이라고 싸고도는군."

발레리가 심술궂은 목소리로 쏘아붙였다.

"하지만 이건 너무 부당한……."

"그렇지만 전 정말이지 모르는 일이에요."

실리아가 열심히 항변했다.

"네가 그랬다고 생각하는 사람은 아무도 없어. 다들 같은 생각일 거야. 이 모든 일은 단순한 장난을 넘어섰어. 무슨 조치를 취해야 해."

발레리가 참지 못하고 끼어들었다.

그녀와 허버드 부인의 눈이 마주쳤다.

"무슨 조치를 취해야겠어."

허버드 부인이 험악한 얼굴로 선언했다.

4장

"무슈 푸아로, 여기 있습니다."

레몬 양이 갈색 종이로 싼 작은 꾸러미를 푸아로 앞에 내려놓았다. 푸아로는 종이를 벗기고, 잘 만들어진 파티용 은색 구두를 세심하게 살폈다.

"말씀하신 대로 베이커스트리트역에 있었어요."

"덕분에 고생을 덜었군요. 그뿐만 아니라 내 생각이 옳았다는 것도 알게 되었고."

"그런 셈이죠."

레몬 양이 천성에 걸맞게 상당히 무관심한 어조로 대답했다.

하지만 그런 레몬 양도 가족의 요구에는 민감했다.

"무슈 푸아로, 바쁘신데 죄송하지만 언니가 편지를 보내왔어요. 새로운 일이 벌어졌답니다."

"내가 읽어 봐도 되겠습니까?"

레몬 양이 푸아로에게 편지를 건넸다. 편지를 읽은 푸아로가 레몬 양에게 언니와 전화 연결을 해 달라고 지시했다. 이윽고 레몬 양이 전화가 연결되었음을 알렸다. 푸아로가 수화기를 들었다.

"허버드 부인?"

"아, 네. 무슈 푸아로. 이렇게 빨리 전화를 주시다니 정말 감사합니다. 저는 정말이지……."

푸아로가 그녀의 말을 중단시켰다.

"지금 어디서 전화를 받고 계십니까?"

"왜 그러시죠? 물론 히코리가 26번지입니다. 아, 무슨 말씀이신지 알겠습니다. 지금 제 숙소 안의 거실에 있습니다."

"구내 전화가 있나요?"

"이게 구내 전화랍니다. 내선 전화는 아래층 복도에 있지요."

"하숙집에 있는 누군가가 이 전화를 엿듣는 건 아닐까요?"

"이 시간에는 학생들이 전부 나가고 없답니다. 요리사는 장보러 나갔고, 요리사의 남편인 제로니모는 영어를 잘 알아듣지 못해요. 청소부가 하나 있긴 하지만 귀를 먹었고, 그래서 아무도 엿들을 사람이 없다고 장담합니다."

"좋습니다. 그렇다면 신경 쓰지 않고 말씀드리겠습니다. 저녁 시간에 이따금씩 강연회를 연다든가 영화를 상영하는 일이 있나요? 아니면 다른 오락 시간을 갖는다든지요?"

"가끔 강연회를 엽니다. 얼마 전 탐험가인 발트루트 양이 컬러 슬라이드를 갖고 온 일이 있었지요. 그날 저녁에 외출한 학생이 많긴 했지만, 극동 지역으로 파견된 사절단 이야기는 상당히 재미있었답니다."

"아, 그렇다면 오늘 저녁에 동생의 고용주인 에르퀼 푸아로를 초대해서 학생들에게 여러 가지 사건에 관한 흥미진진한 강연을 들려주도록 주선해 줄 수 있으신지요?"

"그러면 아주 좋겠네요. 하지만 어떤 생각으로……."

"이건 생각하고 말고 할 문제가 아닙니다. 그렇고말고요!"

그날 저녁 휴게실로 들어가던 학생들은 문 안쪽에 놓인 게시판에 이런 안내문이 붙어 있는 것을 보았다.

오늘 저녁 저명한 사립 탐정인 무슈 에르퀼 푸아로가 세상을 떠들썩하게 한 유명한 범죄 사건에 대한 설명과 함께, 성공적인 수사의 이론과 실제에 대해 강의해 주기로 하셨습니다.

학생들은 이 안내문에 다양한 반응을 보였다.

"이 사립 탐정이 대체 누구야?"

"한 번도 들어 본 일 없는걸."

"아, 난 들어 봤어. 어떤 청소부를 죽인 혐의로 사형을 선고받은 남자가 있었는데, 이 탐정이 마지막 순간에 진짜 범인을 찾아내는 바람에 풀려난 일이 있었어."

"난 별 관심 없어."

"생각보다 재미있을 것 같은데."

"콜린이 좋아할 거야. 범죄 심리학에 푹 빠져 있잖아."

"내가 딱히 좋아하는 분야는 아니지만, 범죄자들에 대해 잘 아는 사람의 이야기를 들으면 재미있을 것 같아."

저녁 식사는 7시 30분에 시작되었다. 허버드 부인이 자신의 숙소에서 (특별 손님에게 백포도주를 대접하고) 내려와 보니, 거의 모든 학생이 이미 자리에 앉아 있었다.

허버드 부인 뒤로 수상쩍은 검은 머리를 하고 큼직한 콧수염을 연신 꼬아 대는, 키 작은 초로의 신사가 들어섰다.

"무슈 푸아로, 이쪽은 학생들입니다. 여러분, 이분이 바로 저녁 식사 후에 우리에게 강연을 해 주실 무슈 에르큘 푸아로입니다."

인사가 오갔고, 푸아로는 허버드 부인 옆에 앉았다. 그는 키 작고 활달한 이탈리아 출신 하인이 뚜껑 달린 큼직한 그릇에 담아 와 나누어 준, 진하고 맛있는 수프가 수염에 닿지 않도록 먹느라 여념이 없었다.

그 뒤를 이어 갓 만든 뜨거운 스파게티와 미트볼이 나왔다. 바로 그때 푸아로의 오른쪽에 앉은 여학생이 그에게 수줍게 말을 건넸다.

"허버드 부인의 동생이 정말 선생님 밑에서 일하나요?"

푸아로가 그 여학생 쪽으로 고개를 돌렸다.

"그렇습니다. 레몬 양은 벌써 여러 해 제 비서로 일하고 있습니다. 아주 유능한 여성이지요. 때로는 레몬 양이 두려울 정도니까요."

"그렇군요. 궁금한 게 있는데……."

"뭐가 궁금하신가요?"

푸아로가 아버지 같은 미소를 지어 보이며 속으로 그 여학생의 특징을 기억해 뒀다.

'예쁘고, 걱정거리가 있으며, 머리 회전이 빠르지 않고, 겁먹은 듯하며……'

"학생 이름이 뭐고, 뭘 공부하지요?"

"실리아 오스틴이라고 해요. 전 학생이 아니에요. 성 캐서린 병원의 약사로 일하고 있어요."

"아, 일은 재미있나요?"

"글쎄요, 잘 모르겠지만 그런 것 같아요."

그녀가 확신 없는 음성으로 대답했다.

"다른 사람들은요? 다른 사람들에 대해 얘기해 줄 수 있어요? 이곳은 외국 학생을 위한 숙소라고 들었는데, 대부분 영국인인 것 같군요."

"외국 학생 몇 명은 외출하고 없어요. 찬드라 랄과 고팔 람이 인도인이고, 라인지어는 네덜란드인이죠. 그리고 아흐메드 알리는 이집트인인데 지독할 만큼 정치적이랍니다!"

"그렇다면 여기 나와 있는 사람들은 누구죠? 어떤 사람들인지 궁금하군요."

"허버드 부인 왼쪽에 앉은 사람은 나이절 채프먼이에요. 런던 대학에서 중세 역사와 이탈리아어를 공부하고 있죠. 그 옆에 안경을 낀 사람이 퍼트리샤 레인인데, 고고학을 공부하고 있어요. 키 큰 빨간 머리 청년은 의과 대학에 다니는 레너드 베이트슨이고, 피부가 검은 저 여자는 발레리 홉하우스인데, 미용실에 다닌답니다. 그 옆에 있는 사람은 콜린 맥냅인데, 대학원에서 정신 의학으로 석사 과정을 밟고 있죠."

콜린에 대해 설명할 때 실리아의 음성에 미묘한 변화가 나타났다. 푸아로는 그녀의 얼굴색도 약간 달라졌음을 예리하게 간파했다.

'그렇다면 이 아가씨는 저 남자를 사랑하면서도, 그런 감정을 쉽게 드러내지 못하고 있구나.'

푸아로는 콜린이 탁자 맞은편에 있는 실리아를 한 번도 쳐다보지 않음을 눈치챘다. 콜린은 그의 옆에 앉아 연신 웃음을 터뜨리는 빨간 머리 여학생과의 대화에 푹 빠져 있었다.

"저 여자는 샐리 핀치예요. 미국인이고, 풀브라이트 장학금으로 여기 와 있죠. 그다음은 제너비브 마리코로 영문학을 공부하고, 그 옆에 앉은 르네 알도 같은 공부를 하죠. 키 작고 창백한 저 여자는 진 톰린슨인데, 진도 성 캐서린 병원에서 물리치료사로 일하고 있어요. 저 흑인은 아키봄보인데, 서아프리카 출신이고 굉장히 친절하죠. 그다음은 자메이카에서 온 엘리자베스 존스턴으로 법학을 공부하고 있어요. 제 오른쪽의 두 학생은 터키 출신인데, 여기 온 지 일주일밖에 안 돼 영어를 거의 못한답니다."

"고마워요. 이곳 사람들은 모두 잘 어울려 지내나요? 아니면 자주 다투는 편인가요?"

푸아로가 심각하게 들리지 않도록 가볍게 질문을 던졌다.

"아, 모두들 너무 바빠 다투는 일은 없어요. 하지만……."

"하지만 뭐죠, 오스틴 양?"

"글쎄요, 허버드 부인 옆에 앉은 나이절이 사람들을 자극해서 화나게 만들길 좋아해요. 그리고 렌 베이트슨은 화를 잘 내고요. 렌은 가끔씩 미친 듯이 화를 낸답니다. 하지만 실은 아주 좋은 친구죠."

"그렇다면 콜린 맥냅도 화를 잘 내나요?"

"아니요, 콜린은 그저 눈썹을 치켜올리고 우습다는 표정을 지을 뿐이랍니다."

"그렇군요. 한데 젊은 아가씨들끼리는 싸우지 않나요?"

"아뇨, 모두 아주 잘 지내요. 제너비브가 예민하게 나올 때가 있긴 하지만요. 프랑스 사람들은 까다로운 경향이 있는 것 같아요. 아, 그러니까 제 말은…… 죄송합니다……."

실리아가 혼란스러운 표정을 지었다.

"저는 벨기에인입니다."

푸아로가 진지하게 말했다. 그러고는 실리아가 정신을 완전히 차리기 전에 재빨리 질문을 던졌다.

"오스틴 양, 방금 궁금한 게 있다고 말했는데, 뭐가 궁금한 거죠?"

"아, 그거요. 아무것도 아니에요. 정말 아무것도 아니랍니다. 최근에 유치한 장난 같은 일들이 벌어지고 있는데, 제 생각엔 허버드 부인이…… 하지만 제가 어리석었어요. 아무것도 아니에요."

실리아가 불안한지 빵을 잘게 찢으며 대답했다.

푸아로는 더 이상 실리아를 몰아붙이지 않았다. 그는 허버드 부인에게 고개를 돌리고 나이절 채프먼과의 삼자 대화에 끼어들었다. 나이절 채프먼은 범죄가 일종의 창조적인 예술이며, 진정한 사회 부적응자는 은밀한 사디즘 때문에 경찰이 된 직업 경찰이라는, 논란의 여지가 많은 이야기를 꺼냈다. 푸아로는 나이절 옆에 앉은, 안경을 쓴 젊은 여성이 불안한 얼굴로 나이절의 말이 떨어지자마자 그의 말을 해명하려 필사적으로 애쓰는 것을 보고 재미있다고 생각했다. 하지만 나이절은 그녀에게 신경도 쓰지 않는 눈치였다.

허버드 부인도 은근히 즐거운 기색이었다.

"요즘 젊은 사람들은 모두 정치와 심리학 생각밖에 없다니까. 내가 젊었을 때는 한결 마음이 편했지. 춤도 많이 쳤고. 너희도 휴게실의 카펫만 말아 치우면 춤추기에 더할 나위 없이 좋을 거야. 라디오 음악에 맞춰 춤추면 될 텐데 한 번도 그러지 않더구나."

실리아가 웃어 보이더니 살짝 원망을 드러내며 말했다.

"나이절, 너도 춤을 췄었어. 기억할지 모르지만, 예전에 내가 너랑 춤춘 일이 있는걸."

"내가 너랑 춤을 췄었다고? 어디서?"

나이절이 믿지 못하겠다는 투였다.

"케임브리지 대학에서. 조정 경기가 있던 주에."

"아, 그때!"

나이절이 젊은 시절의 어리석음을 부정하듯 손을 휘저으며 말했다.

"누구나 그런 풋내기 시절을 거치지. 다행히 빨리 지나가지만."

나이절은 지금도 기껏해야 25살 정도밖에 안 돼 보였다. 푸아로는 웃음이 났지만 수염에 가려 드러나지 않았다.

"허버드 부인, 잘 아시다시피 공부할 게 너무 많아요. 강의 들어야죠, 과제물 작성해야죠. 정말 중요한 일 말고는 할 시간이 없답니다."

퍼트리샤 레인이 진지하게 한마디 했다.

"이런, 젊음은 한때일 뿐인데."

허버드 부인이 말했다.

스파게티에 이어 초콜릿 푸딩이 나왔고, 식사를 마친 사람들은 모두 휴게실로 가서 탁자 위에 놓인 대형 커피포트에서 각자 마실 커피를 따랐다. 이윽고 푸아로의 강연이 시작되었다. 터키인 2명이 정중히 사과하며 자리를 떴다. 나머지 사람들은 기대에 찬 눈을 반짝이며 자리에 앉았다.

푸아로가 자리에서 일어나, 늘 그렇듯 태연자약하게 말문을 열었다. 그는 자신의 말소리를 듣는 것이 좋았다. 그는 자신의 경험을 적당히 과장하기도 하면서 45분 동안 가볍고 재미있게 이야기를 이끌어 나갔다. 만일 푸아로가 교묘하게 그저 그런 사기꾼처럼 보이려고 했어도 별로 부자연스럽지 않았을 것이다.

"그래서 저는 그 신사분에게 제가 리에주에서 알고 지낸 비누 제조업자 이야기를 들려주었습니다. 아름다운 금발의 비서와 결혼하기 위해 아내를 독살한 사람이었죠. 아주 가볍게 이야기를 건넸는데도, 즉시 반응이 돌아오더군요. 그 신사는 제가 방금 찾아 준 도난당한 돈 꾸러미를 제게 내밀었습니다. 그분 얼굴이 창백해졌고, 눈에는 두려움이 가득했죠.

'이 돈은 훌륭한 자선 단체에 기부하겠습니다.' 제가 말했죠.

'이 돈으로 뭐든 하고 싶은 걸 하십시오.' 그 신사가 말했습니다.

그래서 제가 그 사람에게 대단히 의미심장한 목소리로 이렇게 말했답니다. '선생님, 아주 조심하셔야 할 겁니다.'

그 사람은 고개를 끄덕였을 뿐, 아무 말도 하지 않았습니다. 제가 밖으로 나올 때 그 사람이 이마의 땀을 닦는 것이 보이더군요. 그 사람은 엄청난 공포를 느꼈고, 저는 그 사람의 인생을 구원한 것입니다. 금발의 비서에게 넋이 빠졌지만, 그 사람은 이제 비위에 거슬리는 우둔한 아내를 독살하려 하지는 않을 것입니다. 언제나 예방이 치료보다 낫습니다. 우리는 살인이 벌어지기를 기다리기보다는 살인을 예방하고자 합니다."

푸아로가 두 손을 벌린 채 고개 숙여 인사했다.

"자, 제가 여러분을 너무 오랫동안 힘들게 했군요."

학생들의 열렬한 박수가 이어졌다. 푸아로가 다시 고개를 숙였다. 그가 막 자리에 앉으려고 할 때, 콜린 맥냅이 입에 물고 있던 파이프를 빼고 말했다.

"자, 이제 여기 온 진짜 이유를 밝히시죠!"

잠시 침묵이 흘렀고, 퍼트리샤가 나무라듯 콜린의 이름을 불렀다. 콜린이 사방을 둘러보며 경멸하듯 말했다.

"이 정도는 짐작할 수 있어, 그렇지 않아? 무슈 푸아로가 우리에게 재미있는 이야기를 들려주셨지만, 이분은 그것 때문에 여기 오신 게 아니야. 이분은 일 때문에 오신 거라고. 무슈 푸아로, 우리가 정말 그 정도도 모를 거라고 생각하셨나요?"

"콜린, 그건 네 생각일 뿐이야."

샐리가 말했다.

"사실이야, 안 그래?"

콜린이 반박했다.

푸아로가 인정한다는 듯 다시 한번 우아하게 두 팔을 벌려 보였다.

"이 강연을 주선한 부인께서 걱정스러운 일이 있었다고 말씀하신 건 사실입니다."

"이봐요. 이게 다 뭡니까? 우리를 겨냥한 강연이었단 말입니까?"

레너드 베이트슨이 자리에서 일어나 심각하고 공격적인 얼굴로 말했다.

"베이트슨, 정말로 이제야 그런 사실을 깨달았단 말이야?"

나이절이 상냥하게 물었다.

"그렇다면 내 생각이 맞았어!"

실리아가 놀라 숨을 몰아쉬며 말했다.

"내가 무슈 푸아로에게 강연을 해 달라고 부탁드렸어요. 그러면서 최근에 벌어지고 있는 이상한 일들에 대해 조언을 구했을 뿐이에요. 무엇이든 조치를 취해야 했고, 이래도 안 된다면 경찰을 불러야 한다는 생각이 들어요."

허버드 부인이 단호하게 말했다.

즉시 격렬한 논쟁이 벌어졌다.

"경찰을 부르는 건 불명예고, 수치스러운 일이에요!"

제너비브가 성난 목소리의 프랑스어로 쏘아붙였다.

찬성과 반대를 외치는 다른 목소리도 끼어들었다. 마침내 소란이 가라앉자, 레너드 베이트슨이 단호하게 목청 높여 말했다.

"자, 자, 무슈 푸아로가 우리 문제에 대해 어떻게 생각하시는지 들어 보자고."

"내가 무슈 푸아로에게 모든 사실을 다 털어놓았어요. 이분이 질문을 하신다 해도, 반대할 사람은 아무도 없겠죠?"

푸아로가 허버드 부인에게 고개를 숙여 보였다.

"감사합니다."

푸아로가 마법사처럼 능숙하게 파티용 구두 한 켤레를 꺼내 샐리 핀치에게 내밀었다.

"아가씨 구두 맞죠?"

"아, 네. 두 짝 다 있네요? 잃어버린 한 짝은 어디서 찾으셨나요?"

"베이커스트리트역의 분실물 센터에서요."

"그런데 어떻게 이게 거기 있을 거라고 생각하신 거죠, 무슈 푸아로?"

"아주 단순한 추론이었어요. 누가 당신 방에서 구두 한 짝을 가져갔다고 칩시다. 이유가 뭘까요? 자기가 신기 위해서도 팔기 위해서도 아닙니다. 게다가 이 하숙집에 사는 사람들이 모두 그 구두를 찾을 테니, 구두를 집 밖으로 갖고 나가거나 부수어야 하는데, 구두를 부수는 것은 쉽지 않은 일입니다. 제일 손쉬운 방법은 구두를 싸 가지고 출퇴근 시간에 버스나 기차를 탄 다음 좌석 밑에 두고 오는 거죠. 그것이 제가 제일 먼저 한 추측이었고, 그 추측이 옳았음이 입증되었습니다. 따라서 제가 바른 방향으로 가고 있음을 알게 된 것이죠. 어느 시구처럼, 그 구두를 가져간 것은 '괴롭히기 위해서. 그럴 것을 알고 있으므로.'입니다."

"나이절, 그건 정확히 널 지목하는 소리야."

발레리가 웃음을 터뜨리고는 말했다.

"구두는 발에 맞는 사람이 신어야 하느니라."

나이절이 히죽거리며 응수했다.

"말도 안 돼. 나이절은 내 구두를 가져가지 않았어."

샐리가 반박했다.

"물론 나이절은 아니야. 터무니없는 소리야."

퍼트리샤가 성난 음성으로 쏘아붙였다.

"난 터무니없는 일이 뭔지 잘 몰라. 하지만 그런 짓은 하지 않아. 모두들 틀림없이 그렇게 생각할 거야."

나이절이 말했다.

푸아로는 큐 사인을 기다리는 배우처럼 이런 말이 오가기를 기다리고 있었던 듯했다. 그의 예리하고 호기심 어린 눈이 레너드 베이트슨의 붉어진 얼굴에 잠시 머물렀다가, 다른 학생들의 얼굴을 차례로 휩쓸고 지나갔다.

"제 입장이 미묘하군요. 전 여기 손님으로 왔습니다. 허버드 부인의 초대를 받고 저녁 시간을 즐겁게 보내기 위해 왔고, 그게 전부입니다. 물론 멋진 구두를 숙녀분에게 돌려 드리려는 목적도 있었죠. 더 나아가서…… 베이트슨 군? 그래요, 베이트슨 군이 제게 이번 사태에 대해 어떻게 생각하느냐고 물어보셨는데, 여러분 모두의 요청이 아닌, 단 한 사람의 요청만으로 제가 그런 이야기를 하는 건 무례한 일이 될 것입니다."

푸아로가 두 손을 들어 일부러 어색한 듯한 몸짓을 해 보이며 말했다.

아키봄보가 전적으로 동의한다는 듯 곱슬곱슬한 검은 머리를 세차게 저으며 입을 열었다.

"아주 올바른 절차입니다. 진정한 민주주의는 참석한 모든 이의 투표로 문제를 결정합니다."

"이런! 이건 친구들이 모두 모인 파티장 같잖아. 더 이상 소란 피우지 말고 무슈 푸아로의 조언을 들어 보자."

샐리 핀치가 못 참겠는지 큰 소리로 말했다.

"샐리, 200퍼센트 찬성이야."

나이절이 말했다.

"좋습니다. 여러분 모두가 원하신다면, 제가 간단한 충고를 하겠습니다. 허버드 부인이나 니콜레티스 부인이 나서서 즉각 경찰에 신고해야 합니다. 한시도 지체해서는 안 됩니다."

푸아로가 고개를 숙인 채 이렇게 말했다.

5장

 푸아로가 그런 말을 하리라고는 아무도 예상하지 못한 듯했다. 누구도 반박하거나 토를 달지 않았으며, 일순간 불편한 침묵이 흘렀다.
 이렇게 잠시 조용한 틈을 타서, 푸아로는 "모두 좋은 밤 되시기를." 하고 짤막한 인사말을 남기고는 허버드 부인에게 이끌려 그녀의 숙소에 딸린 거실로 갔다.
 허버드 부인이 불을 켜고 문을 닫은 다음, 푸아로에게 벽난로 옆 안락의자를 가리켜 보였다. 평소 상냥하고 명랑한 허버드 부인의 얼굴이 의심과 불안감으로 찌푸려져 있었다.
 허버드 부인이 푸아로에게 담배를 권했지만, 푸아로는 자기 것을 피우겠다며 정중히 거절했다. 푸아로가 자기 담배를 내밀자, 허버드 부인은 맥빠진 말투로 거절했다.

"전 담배를 피우지 않아요, 무슈 푸아로."

허버드 부인은 푸아로의 맞은편에 앉아 잠시 머뭇거리다 입을 열었다.

"무슈 푸아로 말씀이 옳아요. 아무래도 경찰을 불러야 할 것 같아요. 잉크를 쏟는 악의적인 일까지 벌어진 상황이니 더욱 그렇죠. 하지만 그렇게 솔직하게 말씀하시지 않는 편이 나았을 텐데요."

"아, 제가 그 사실을 숨겼어야 한다는 말씀이신가요?"

푸아로가 조그마한 담배에 불을 붙인 후, 담배 연기가 올라가는 걸 지켜보며 물었다.

"모든 일을 공정하고 투명하게 처리하는 게 물론 좋겠지요. 하지만 잠자코 있다가 경찰을 한 분 불러 이곳을 둘러보시게 한 뒤, 개인적으로 그분께 상황을 설명하는 게 나았을 것 같아요. 제 말은, 이런 어리석은 짓을 벌인 자가 누구든 지금 경계 태세에 들어갔을 거라는 뜻이에요."

"아마 그렇겠죠."

"분명히 그럴 거예요. 아마가 아니라고요! 그런 짓을 한 사람이 여기서 일하는 일꾼이거나 오늘 저녁에 여기 없는 학생이라 해도, 이야기가 돌 테니까요. 언제나 그렇거든요."

허버드 부인이 날카로운 어조로 말을 이어 나갔다.

"사실입니다. 언제나 그렇죠."

"게다가 니콜레티스 부인도 걱정이에요. 그분이 어떻게 나오실지 전혀 알 수가 없네요. 아무도 예측할 수 없는 사람이니까요."

"그분이 어떻게 나올지 흥미롭겠는걸요."

"보통은 니콜레티스 부인의 동의가 없으면 경찰을 부를 수 없답니다. 아, 밖에 누구지?"

누군가 단호하게 문을 한 차례 두드리는 소리가 났다. 문 두드리는 소리가 반복되었고, 허버드 부인이 성난 목소리로 "들어와요."라고 말하기도 전에 문이 열리고, 콜린 맥냅이 담뱃대를 꽉 문 찌푸린 얼굴로 방 안으로 들어섰다.

콜린 맥냅이 담뱃대를 빼고 문을 닫은 다음 이렇게 말했다.

"실례가 되겠지만, 여기서 무슈 푸아로와 잠시 이야기를 나누고 싶어 왔습니다."

"나랑 말인가요?"

푸아로가 놀란 얼굴로 콜린을 쳐다봤다.

"네, 선생님과요."

콜린이 단호하게 대답했다.

그는 불편해 보이는 의자를 끌어다, 에르퀼 푸아로를 마주 보고 똑바로 앉았다.

"오늘 밤 강연 재미있게 잘 들었습니다. 선생님께서 오랫동안 다양한 경험을 하셨다는 사실을 모르는 건 아니지만, 이런 말씀드려도 괜찮으시다면, 선생님의 방법과 발상은 모두 시대에 뒤처졌습니다."

"아니, 콜린. 그렇게 무례한 말을 하다니."

허버드 부인이 얼굴을 붉히며 말했다.

"기분 나쁘게 해 드릴 생각은 없습니다만, 이 점을 명확히 하고 싶습니다. 무슈 푸아로, 범죄와 징벌은 선생님의 인식의 한계를 훨씬 넘어선 문제입니다."

"내게는 자연스러운 결과로 여겨지는데요."

"선생님은 법에 대해 편협한 견해를 갖고 계십니다. 게다가 대체로 구식이죠. 요즘 법은 범죄를 일으키는 원인에 대한 최신 이론을 잘 알아 둬야 합니다. 중요한 건 바로 원인입니다, 무슈 푸아로."

"그렇습니다. 젊은 여러분의 최신식 표현을 빌리자면, 200퍼센트 찬성입니다!"

"그렇다면 이 하숙집에서 벌어지고 있는 일의 원인을 따져 보셔야 합니다. 왜 이런 일이 벌어지는지 아셔야 합니다."

"그래요, 나도 같은 생각이에요. 그렇고말고요. 그게 가장 중요하죠."

"모든 일에는 언제나 이유가 있기 마련입니다. 그것도 당사자에게는 아주 충분한 이유 말입니다."

이때 허버드 부인이 더 이상 참지 못하고 불쑥 끼어들어 매섭게 쏘아붙였다.

"쓸데없는 소리."

"선생님의 허점은 바로 거기 있습니다. 심리적인 배경을 고려해야 합니다."

콜린이 슬쩍 허버드 부인을 쳐다보며 말했다.

"심리학 헛소리를 늘어놓으려는 거겠지. 그런 쓸데없는 소리 더는 못 참겠어!"

허버드 부인이 말했다.

"그건 부인이 그런 것에 대해 아무것도 정확히 모르기 때문입니다."

콜린이 나무라듯 이렇게 말하고는 푸아로에게 시선을 돌렸다.

"저는 이 문제에 관심이 많습니다. 저는 현재 대학원에서 정신 의학과 심리학을 전공하고 있습니다. 우리는 몹시 복잡하고 놀라운 사례들을 많이 보아 왔습니다. 제가 무슈 푸아로에게 드리고 싶은 말씀은, 원죄 차원에서 범죄자에게 접근하거나 범죄를 국내법을 고의로 어기는 행위쯤으로 치부해서는 안 된다는 것입니다. 젊은 범법자를 제대로 치료하려면, 문제의 원인을 알아야 합니다. 선생님이 젊었을 때는 이런 생각을 한 사람도 없었고, 이런 생각이 널리 알려지지도 않았을 테니 받아들이기 힘드시겠지만……."

"도둑질은 도둑질이야."

허버드 부인이 완고하게 반박했다.

콜린이 못 참겠다는 듯 인상을 찌푸렸다.

"내가 분명 시대에 뒤처진 생각을 하고 있겠지만, 들을 준비는 완벽하게 되어 있어요, 맥냅 군."

푸아로가 온화하게 말했다.

콜린은 놀란 표정이었지만 기분은 좋아 보였다.

"아주 온당한 말씀이십니다, 무슈 푸아로. 이제 제가 간단한 용어로 이 문제를 설명해 보겠습니다."

"감사하군요."

푸아로가 순순히 말했다.

"설명이 쉽도록, 선생님이 오늘 저녁에 가져와 샐리 핀치에게 돌려주신 구두 이야기부터 시작하겠습니다. 알고 계시겠지만, 구두 한 짝은 누가 훔쳐 갔습니다. 한 짝만요."

"그 얘기를 듣고 놀랐던 기억이 나는군요."

콜린 맥냅이 상체를 앞으로 숙였다. 음울하지만 잘생긴 그의 얼굴이 열의로 환히 빛났다.

"그런데 그 배후의 의미는 간파하지 못하셨을 겁니다. 그것은 누구든 갖고 싶어 하는, 가장 예쁘고 큰 만족감을 주는 물건의 범주에 속합니다. 여기에는 분명 신데렐라 콤플렉스가 자리하고 있습니다. 신데렐라 이야기는 잘 아실 겁니다."

"프랑스에서 유래된 이야기죠. 알다마다요."

"아무런 보상도 없이 고된 일만 하는 신데렐라가 난롯가에 앉아 있습니다. 신데렐라의 언니들은 근사한 옷을 차려입고 왕자가 연 무도회에 갑니다. 요정이 나타나 신데렐라도 무도회에 보내 줍니다. 밤 12시가 되자, 신데렐라의 아름다운 옷은 누더기로 변합니다, 신데렐라는 서둘러 무도회장을 빠져나오다 구두 한 짝을 잃어버립니다. 여기 자신을 신데렐라와 동일시하는 사람이 있습니다. 물론 무의식적으로 말입니다. 그 사람은 좌절과 시기심 그리고 열등감을 느낍니다. 그 여학생이 구두를 훔친 것입니다. 왜 그랬을까요?"

"여학생이라고요?"

"당연히 여학생이죠. 그건 아주 우둔한 사람이 생각해 봐도 명백한 일인데요."

콜린이 타이르듯 말했다.

"콜린, 이젠 정말!"

허버드 부인이 외쳤다.

"계속해 보세요."

푸아로가 정중하게 요청했다.

"어쩌면 그 여학생은 자신이 왜 그런 짓을 하는지 모를지도 모릅니다. 하지만 내면에 어떤 소원을 품고 있는 것은 분명합니다. 그 여학생은 왕자의 선택을 받아 자신의 가치를 인정받는 공주가 되고 싶은 것입니다. 또 다른 의미심장한 사실은 바로 무도회에 가려고 했던 매력적인 여자의 구두를 훔쳤다는 점입니다."

콜린은 오랫동안 담뱃대를 입에 물지 않았다. 그러다 이제 스스로의 열정에 북받쳐 담뱃대를 휘저으며 말했다.

"자, 그럼 이제 몇 가지 다른 일도 살펴봅시다. 없어진 물건은 모두 여성의 매력을 가꾸는 데 사용되는 사소한 것들입니다. 화장용 분, 립스틱, 귀걸이, 팔찌, 그리고 반지. 여기 두 가지 의미가 내포되어 있습니다. 그 여성은 남의 주목을 받고 싶어 합니다. 그뿐만 아니라, 비행을 저지르는 사춘기 아이들이 그렇듯, 징벌을 받길 원합니다. 이번에 없어진 물건은 평범한 절도 사건에 해당되지 않는 것들입니다. 범인이 원한 것은 이러한 물건의 값어치가 아닙니다. 부유한 여자들이 백화점에 가서, 얼마든지 돈을 주고 살 수 있는 물건을 훔치는 것과 같은 맥락입니다."

"말도 안 되는 소리. 세상에는 정직하지 못한 사람도 있는 법이고,

이번 일도 그런 것일 뿐이야."

허버드 부인이 호전적인 음성으로 반박했다.

"하지만 없어진 물건 중에는 제법 값나가는 다이아몬드 반지도 있었어요."

푸아로가 허버드 부인의 말을 무시하고 이렇게 말했다.

"그건 돌려주지 않았습니까?"

"하지만, 맥냅 군, 청진기가 여성의 아름다움을 가꾸는 데 사용되는 물건이라고 생각하는 건 아니겠죠?"

"거긴 더 깊은 의미가 숨어 있습니다. 여성적인 매력이 결핍된 여자들은 직업적인 성공으로 이를 승화하려 하죠."

"그렇다면 요리책은?"

"남편과 가족이 있는 가정 생활의 상징이죠."

"그렇다면 붕소 가루는?"

"친애하는 무슈 푸아로, 아무도 붕소 가루를 훔치지 않습니다! 왜 그런 짓을 하겠습니까?"

콜린이 벌컥 화를 내며 말했다.

"나도 그 점이 의심스러워요. 맥냅 군, 당신은 모든 문제에 대한 답을 갖고 있는 게 분명하니, 그렇다면 없어진 낡은 플란넬 바지에 내포된 의미를 설명해 봐요. 그러니까 당신의 플란넬 바지 말이에요."

콜린이 처음으로 안절부절못하는 기색을 내비쳤다. 그는 얼굴을 붉히며 헛기침을 했다.

"그건 상당히 복잡하고…… 그러니까 아마도…… 당혹스러운 일이라고 말씀드릴 수 있습니다."

"아, 그렇다면 내가 그다지 부끄러워할 필요는 없는 거로군요."

푸아로가 갑자기 몸을 앞으로 숙이며 앞에 앉은 젊은이의 무릎을 두드렸다.

"다른 학생의 공책에 잉크를 쏟고, 실크 스카프를 난도질했습니다. 이런 일에는 아무 의혹도 느끼지 않는단 말입니까?"

콜린의 우월감과 자기 만족감이 갑자기 꺾이며 예기치 않은 변화가 일어났다.

"의혹을 느낍니다. 의혹을 느끼고말고요. 심각합니다. 그 여학생은 치료를 받아야 합니다. 그것도 즉시 말입니다. 게다가 반드시 정신과 치료를 받아야 합니다. 중요한 건 바로 그 점입니다. 경찰에 신고할 일이 아닙니다. 그 사람은 심한 곤경에 빠져 있습니다. 만일 제가……."

푸아로가 콜린의 말을 가로막았다.

"그렇다면 그 여학생이 누군지 압니까?"

"글쎄요, 의심 가는 사람이 있긴 합니다만."

"이성 관계에서 어려움을 겪는 여자. 수줍음을 타는 상냥한 성격. 하지만 두뇌 구조상 여러 가지 일에 대한 반응이 조금 늦는 경향이 있고……. 좌절감과 외로움을 느끼며……."

푸아로가 콜린의 말을 요약 정리하려는 듯 중얼거렸다.

그때 문 두드리는 소리가 났다. 푸아로가 말을 중단했다. 문 두드리는 소리는 계속되었다.

"들어와요."

허버드 부인의 말에 문이 열리고 실리아 오스틴이 방 안으로 들어왔다.

"아, 실리아 오스틴 양이로군."

푸아로가 고개를 끄덕이며 말했다.

실리아가 몹시 괴로운 눈으로 콜린을 응시했다.

"콜린 네가 여기 있는지 몰랐는데. 제가 온 이유는…… 사실 제가 온 이유는……."

실리아가 숨을 깊게 들이쉬고 허버드 부인에게 급하게 다가갔다.

"제발, 제발 경찰에 신고하지 마세요. 저예요. 제가 물건을 훔쳤어요. 왜 그랬는지는 저도 모르겠어요. 상상할 수도 없는 일이에요. 그러고 싶지 않았어요. 그냥, 그냥 그렇게 되었어요."

실리아가 콜린에게 고개를 돌렸다.

"이제 내가 어떤 사람인지 알았겠지……. 다시는 나와 말 한마디 하고 싶지 않을 거야. 나도 내가 끔찍한 짓을 했다는 걸 알아……."

"아! 전혀 그렇지 않아. 넌 조금 혼란스러웠을 뿐이고, 그게 다야. 현실을 명확히 보지 못하는 일종의 병에 걸린 것뿐이야. 실리아, 네가 날 믿어 주면, 내가 곧 널 회복시킬 수 있어."

"아, 콜린. 정말이야? 난 그동안 끔찍한 고민에 시달려 왔어."

실리아가 노골적인 애정이 담긴 눈으로 콜린을 쳐다보며 말했다.

"이제 더 이상 고민할 필요 없어."

콜린이 아버지 같은 자상한 태도로 실리아의 손을 잡으며 말했다.

그는 실리아의 팔짱을 끼고 자리에서 일어났다. 그러고는 결연한 눈빛으로 허버드 부인을 응시했다.

"이제 경찰을 부른다느니 하는 어리석은 말은 더 이상 없었으면 합니다. 없어진 물건 중에 값어치가 나가는 건 하나도 없는 데다, 실리아가 가져갔던 물건을 모두 주인에게 돌려줄 테니까요."

"팔찌와 화장용 분은 돌려줄 수가 없어요. 하수구에 빠뜨려 버렸거든요. 그렇지만 대신 새 걸로 사 주겠어요."

실리아가 불안한 목소리로 말했다.

"그렇다면 청진기는? 청진기는 어디다 뒀죠?"

푸아로의 질문에 실리아의 얼굴이 빨갛게 달아올랐다.

"청진기는 훔치지 않았어요. 그딴 낡은 청진기로 뭘 하겠어요? 그리고 엘리자베스의 공책에 잉크를 쏟은 것도 제가 아니에요. 저는 그런 못된 짓은 절대로 하지 않아요."

실리아가 한층 더 붉게 달아오른 얼굴로 말했다.

"하지만 홉하우스 양의 스카프를 난도질한 건 아가씨 맞죠?"

실리아는 불편한 기색이 역력했다. 그녀가 확신 없는 목소리로 말했다.

"그건 달라요. 그러니까 제 말은 발레리가 개의치 않았다는 뜻이에요."

"그렇다면 배낭은?"

"아, 배낭은 제가 자르지 않았어요. 누가 성질을 부리느라 그랬을 거예요."

푸아로가 허버드 부인에게서 받은 종이를 꺼내 들었다.

"자, 이제 진실만을 말해야 해요. 이 목록 중에 실리아 양이 한 일과 하지 않은 일이 뭔지 말해 줄 수 있어요?"

실리아가 목록을 보더니 바로 이렇게 말했다.

"배낭과 전구, 붕소 가루와 목욕용 소금에 대해서는 아무것도 몰라요. 그리고 반지를 가져온 건 실수였어요. 그래서 그 반지가 값비싼 물건이라는 걸 깨닫자마자 돌려준 거예요."

"그렇군요."

"정말로 뭘 훔치려 했던 건 아니었어요. 단지……."

"단지 뭐죠?"

실리아의 눈에 경계의 빛이 서렸다.

"모르겠어요. 정말 모르겠어요. 너무 혼란스러워요."

콜린이 단호한 태도를 보이며 끼어들었다.

"더 이상 캐묻지 않아 주시면 감사하겠습니다. 이런 일이 다시는 일어나지 않을 거라 장담합니다. 지금 이 순간부터는 제가 실리아를 전적으로 책임지겠습니다."

"아, 콜린. 나한테 이렇게 친절하다니."

"실리아, 너에 대해 모든 것을 알고 싶어. 예를 들어, 어렸을 때 가정 생활이 어땠는지 등등에 대해서 말이야. 아버지와 어머니는 사이가 좋으셨니?"

"아니, 집에 있는 게 끔찍했어."

"딱 맞아떨어지네. 그리고……."

허버드 부인이 콜린의 말을 가로막으며 권위적인 목소리로 말했다.

"두 사람 다 이제 됐어. 실리아, 직접 찾아와 이렇게 자백해 줘서 고마워. 하지만 너 때문에 여러 사람이 걱정하고 불안해했어. 이번 일에 대해 부끄럽게 생각해야 해. 하지만 엘리자베스의 공책에 잉크를 쏟지 않았다는 말은 사실로 받아들일게. 나도 네가 그런 짓을 했다고는 생각지 않아. 자, 이제 두 사람은 가도 좋아. 오늘 밤은 이걸로 충분해."

방문이 닫히자, 허버드 부인이 깊은 한숨을 몰아쉬었다.

"자, 이제 어떻게 생각하시나요?"

"우리가 현대식 사랑의 한 장면을 참관한 느낌이군요."

에르퀼 푸아로가 두 눈을 반짝이며 대답했다.

허버드 부인이 그의 말에 반박하듯 짤막한 탄식을 내뱉었다.

"우리의 시대, 우리의 삶이여! 우리가 젊었을 때, 청년들은 여학생들에게 신지학(神智學)에 대한 책을 빌려 주거나, 마테를링크의 '파랑새'에 대해 토론하곤 했죠. 그 모든 감성과 고매한 이상에 대해서 말이에요. 한데 요즘은 현실 부적응자의 삶과 콤플렉스가 청춘 남녀를 연결하는 매개체가 되었군요."

"다 말도 안 되는 소리예요."

"아뇨, 그렇지는 않습니다. 저변의 논리는 상당히 일리가 있습니다. 하지만 콜린처럼 젊고 열성적인 학생은 콤플렉스와 피해자의 불행한 가정생활 말고는 아무것도 보지 못합니다."

푸아로가 허버드 부인과는 다른 견해를 밝혔다.

"실리아가 4살 때 아버지가 돌아가셨다더군요. 그래도 우둔하지만 상냥한 어머니와 괜찮은 어린 시절을 보낸 걸로 알고 있어요."

"아, 하지만 실리아는 젊은 맥냅 군에게 그렇게 말하지 않을 만큼은 머리가 돌아갈 거예요! 맥냅 군이 듣고 싶어 하는 말을 해 주겠죠. 실리아는 사랑에 깊이 빠진 것 같아요."

"무슈 푸아로, 그 모든 허튼 소리를 믿으시는 거예요?"

"실리아에게 신데렐라 콤플렉스가 있다거나, 실리아가 자신이 무슨 짓을 하는지도 모르고 물건을 훔쳤다고 생각지 않습니다. 열심히 공부하는 콜린 맥냅의 관심을 끌 목적으로, 위험을 무릅쓰고 값이 나가지 않는 물건들을 훔쳤을 겁니다. 그리고 실리아는 성공을 거두었습니다. 실리아가 예쁘장하고 수줍음 타는 평범한 여자로 남아 있었다면, 결코 맥냅 군의 관심을 끌 수 없었을 겁니다. 여자는 남자를 자기 사람으로 만들기 위해 극단적인 방법을 쓸 권리가 있다고 봅니다."

"그 애가 그런 생각을 할 만큼 똑똑하지는 않은 줄 알았는데요."

푸아로는 아무 대꾸도 하지 않고 인상을 찌푸렸다.

"그렇다면 이 모든 사건이 여자의 몸부림이었단 말인가요! 무슈 푸아로, 정말 죄송합니다. 이런 하찮은 일에 많은 시간을 허비하시다니요. 어쨌든 모든 일이 잘 마무리되었네요."

"아뇨, 아닙니다. 이 일은 아직 끝나지 않았습니다. 이번 사태의 앞을 가로막고 있던 작은 장애물 하나를 제거했을 뿐입니다. 아직 설명되지 않은 일들이 남아 있습니다. 게다가 이곳에서 무언가 심각한 일이, 정말 심각한 일이 벌어지고 있다는 느낌을 지울 수가 없습니다."

"무슈 푸아로, 정말 그렇게 생각하시나요?"

"이건 제 느낌입니다……. 퍼트리샤 레인과 얘기를 좀 나눠 봐도 될까요? 없어졌던 반지를 한번 살펴보고 싶습니다."

"물론이죠, 무슈 푸아로. 제가 아래층으로 가서 퍼트리샤를 이리로 올려 보내겠습니다. 저는 렌 베이트슨과 할 말이 좀 있어서요."

잠시 후 퍼트리샤 레인이 호기심에 찬 얼굴로 방에 들어왔다.

"레인 양, 이렇게 보자고 해서 미안해요."

"아뇨, 괜찮습니다. 바쁘지 않은걸요. 허버드 부인이 선생님께서 제 반지를 보고 싶어 하신다고 하더군요. 이건 꽤 큰 다이아몬드예요. 물론 오래전에 유행한 모양이긴 하지만요. 어머니의 약혼반지였거든요."

퍼트리샤가 손가락에서 반지를 빼 푸아로에게 건네며 말했다.

"어머니는 아직 살아 계신가요?"

반지를 살펴보던 푸아로가 고개를 끄덕이며 물었다.

"아뇨. 부모님 두 분 다 돌아가셨어요."

"안됐군요."

"네. 두 분 모두 좋은 분들이지만, 어쩌다 보니 부모님과 그다지 가깝게 지내지 못했어요. 그랬어야 하는데 말이죠. 두 분이 세상을 뜨신 후에 후회해 봤자 무슨 소용이 있겠어요. 어머니는 머리가 텅

비고 예쁜 딸을 원하셨죠. 옷 사길 좋아하고 사교적인 생활을 즐기는 그런 딸 말이에요. 제가 고고학을 전공하겠다고 했을 때, 어머니는 몹시 상심하셨어요."

"레인 양은 언제나 진지한가요?"

"그런 편이에요. 인생은 짧으니, 가치 있는 일을 해야 한다고 생각해요."

푸아로가 퍼트리샤를 세심하게 살폈다.

퍼트리샤 레인은 30대 초반 정도로 보였다. 그녀는 립스틱을 아무렇게나 바른 것 말고는 화장을 전혀 하지 않은 얼굴이었다. 쥐색 머리칼을 뒤로 빗어 넘겼을 뿐 머리에도 아무런 장식을 하지 않았다.

퍼트리샤는 상냥한 푸른 눈을 깜빡이며 안경 너머로 푸아로를 진지하게 응시했다.

'맙소사, 매력적인 구석이라곤 눈을 씻고 찾아봐도 없구나. 게다가 저 옷차림 좀 봐! 뭐라고 해야 하나? 추레한 몰골이라고 하던가? 그 말에 딱 들어맞는구나!'

푸아로는 이래선 안 된다는 생각이 들었다. 좋은 가정에서 훌륭한 교육을 받고 자랐음을 보여 주는, 아무 억양도 없는 퍼트리샤의 말투도 따분하게 느껴졌다.

'지적이고 교양 있는 여성이야. 그런데, 어쩌지, 해마다 조금씩 더 지루해질 텐데! 이렇게 늙으면······.'

푸아로는 잠시 베라 로사코프 백작 부인과의 추억을 떠올렸다. 나이가 들어서도 이국적인 매력으로 빛났지! 그런데 요즘 여자들은…….

'하지만 내가 늙어서 이렇게 느끼는 건지도 몰라. 이런 여자도 어떤 남자에게는 살아 있는 비너스처럼 보이겠지.'

하지만 푸아로는 여전히 회의적인 입장이었다.

"엘리자베스 존스턴에게 일어난 일로 너무나 큰 충격을 받았어요. 녹색 잉크를 쓴 것은 나이절의 소행처럼 보이도록 교묘하게 위장하기 위해서였을 거예요. 하지만 무슈 푸아로, 단언하건대, 나이절은 절대로 그런 짓을 할 사람이 아니랍니다."

'아.'

퍼트리샤의 말에 푸아로는 더욱 흥미로운 눈으로 그녀를 쳐다봤다. 퍼트리샤는 상기된 얼굴이었고 사뭇 진지했다.

"나이절을 이해하기는 쉽지 않아요. 어렸을 때, 가정생활이 아주 힘겨웠거든요."

퍼트리샤가 열심히 말했다.

"하느님, 맙소사, 또 시작이군!"

"뭐라고 하셨죠?"

"아무것도 아니에요. 그러니까 아가씨 말은…….''

"나이절 말이에요. 힘들게 컸다고요. 나이절은 모든 권위에 도전하려는 성향을 갖고 있어요. 아주 똑똑하고 영리한 사람이지만, 때론 몹시 부적절한 태도를 보이는 게 사실이에요. 나이절은 남을 비웃어요. 게다가 남을 너무 경멸해서 자신에 대해 변명하거나 자신을 방어하지 않아요. 만일 여기 사는 모든 사람이 그가 잉크를 쏟았다고 생각한다 해도, 나이절은 나서서 자기가 그러지 않았다고 밝힐 사람이 아니에요. '원하는 대로 생각하게 내버려둬.' 이렇게 말할 뿐이죠. 하지만 그건 정말이지 어리석은 태도예요."

"오해를 받을 수 있죠."

"그것도 일종의 자신감인가 봐요. 나이절은 전부터 오해를 많이 받아 왔어요."

"나이절을 오랫동안 알고 지냈나요?"

"아뇨, 1년밖에 안됐어요. 루아르 성을 관광하다 만났죠. 그때 나이절이 독감에 걸렸다가 나중에 폐렴으로 악화되는 통에, 제가 내내 나이절을 간호해 줬어요. 나이절은 아주 예민한 사람이고 자기 몸을 전혀 돌보지 않아요. 어떤 면에서는 무척 독립적이지만, 어린아이처럼 누군가가 보살펴 주기를 바라죠. 나이절은 자신을 보살펴 주는 사람을 간절히 필요로 한답니다."

푸아로가 한숨을 내쉬었다. 그는 불현듯 이 모든 사랑 타령이 지겹게 느껴졌다······. 먼저 실리아가 누군가를 사모해 마지않는 눈빛을 하고 나타나더니. 이제 헌신적인 성모 마리아 같은 퍼트리샤라니. 분명 청춘 남녀가 만나 짝을 이루는 사랑 이야기였다. 그는 그 모든 시기를 지나 보낸 게 다행스럽기만 했다.

푸아로가 자리에서 일어섰다.

"이 반지를 내가 잠시 보관하고 있어도 될까요? 내일 틀림없이 돌려 드리도록 하죠."

"그러세요."

퍼트리샤가 다소 의외라는 표정으로 승낙했다.
"친절하시군요. 그런데 마드무아젤, 부디 조심하도록 하세요."
"조심하라고요? 뭘 조심하란 말씀이세요?"
"나도 뭔지 알았으면 좋겠군요."
에르퀼 푸아로는 여전히 걱정스러웠다.

6장

이튿날 허버드 부인은 모든 점에서 분통이 터지는 하루를 보냈다.
아침에 눈을 떴을 때 그녀는 상당한 안도감을 느꼈다. 최근에 벌어진 일련의 사건에 대한 의혹이 마침내 풀린 것이다. 바보 같은 한 여성이 (허버드 부인이 참을 수 없는) 어리석은 현대식 행동을 벌인 것이다. 그러니 이제부터는 질서정연한 생활이 다시 시작될 터였다.
편안한 마음으로 아침을 먹으러 식당으로 내려간 허버드 부인은 이제 막 되찾은 평안이 다시금 위협받는 상황에 직면했다.
그날 아침, 학생들은 저마다 괴로운 심정을 토로했다.
"이건 탄압이야. 교묘한 인종 탄압이라고. 멸시와 편견, 피부색에 대한 편견. 그런 걸 단적으로 보여 주는 사례라니까."
엘리자베스가 안 좋은 일을 당했음을 전해 들은 찬드라 랄 군이 흥분해 목청을 높였다.

"찬드라 랄. 아무 근거도 없이 그런 말 하는 거 아냐. 누가 왜 그랬는지 아무도 모르는 상황이잖아."

허버드 부인이 날카롭게 쏘아붙였다.

"허버드 부인. 실리아가 부인을 직접 찾아와서 모든 것이 자기 탓이라고 했다면서요. 정말 훌륭한 여성이에요. 우리 모두 실리아에게 친절하게 대해야겠어요."

진 톰린슨이 말했다.

"진, 불쾌할 만큼 선량하게 처신하는구나."

발레리 홉하우스가 성난 목소리로 말했다.

"그런 말은 듣기 좋기 않은걸."

"'모든 것이 자기 탓'이라니, 아주 불쾌한 표현이야."

나이절이 몸서리치며 말했다.

"대체 왜 그렇게 생각하는 거야. 옥스퍼드 그룹(도덕 재무장 운동을 펼친 기독교 단체 — 옮긴이)이 그 표현을 사용했고……."

"아, 맙소사. 아침을 먹는 자리에서 꼭 옥스퍼드 그룹 얘기를 해야 하는 거야?"

"이모님, 이게 다 무슨 일입니까? 그동안 물건을 훔친 게 실리아라면서요? 그래서 실리아가 아침을 먹으러 내려오지 않는 건가요?"

"난 이해할 수가 없어."

아키봄보가 말했다.

아무도 그에게 자세한 설명을 하지 않았다. 모두 자기 의견을 밝히느라 너무 흥분해 있었다.

"가엾은 것. 실리아가 돈에 쪼들렸던 걸까?"

레너드 베이트슨이 말했다.

"난 별로 놀랍지 않아. 늘 어떤 예감 같은 게 들었는데……."

샐리가 느릿느릿 말했다.

"내 공책에 잉크를 쏟은 사람이 실리아라는 거야? 그건 너무 놀랍고 믿기지 않는 일이야."

엘리자베스 존스턴이 회의적인 표정으로 말했다.

"실리아는 네 공책에 잉크를 쏟지 않았어. 그리고 이제 이런 얘기는 그만했으면 해. 나중에 모두에게 차분하게 설명할 생각이었는데……."

허버드 부인이 말했다.

"어젯밤에 진이 문밖에서 엿들었는걸요."

발레리가 말했다.

"엿들은 게 아니야. 지나가다 우연히……."

"이봐, 베스. 넌 누가 잉크를 쏟았는지 잘 알고 있어. 내가, 나쁜 나이절이 내 녹색 잉크를 쏟은 거야."

나이절이 말했다.

"넌 아냐. 단지 그런 척할 뿐이지. 아, 나이절. 왜 이렇게 어리석게 구는 거야?"

"난 고상하게 널 감싸려는 거야, 퍼트리샤. 어제 아침에 누가 내 잉크를 빌렸지? 네가 빌렸잖아."

"난 정말이지 이해가 가지 않아."

아키봄보가 말했다.

"이해하고 싶지 않은 거겠지. 내가 너라면, 그런 얘기 그만두겠어."

샐리가 말했다.

"마우마우 단(케냐의 반백인(反白人) 비밀 테러 집단 ── 옮긴이)이 왜 생겨났는지 알아? 이집트인들이 왜 수에즈 운하를 한탄하는지 알아?"

찬드라 랄이 자리에서 일어서며 말했다.

"아이쿠! 아까는 옥스퍼드 그룹 어쩌고 하더니. 이제는 정치 얘기라니! 아침 식탁에서! 난 갈래."

나이절이 성난 목소리로 이렇게 말한 다음, 잔을 받침 접시에 세게 내려놓았다. 그러고는 의자에서 벌떡 일어나 식당에서 나갔다.

"바깥바람이 차. 외투를 입어야 해."

퍼트리샤가 나이절을 급히 따라나섰다.

"꼬꼬, 꼬꼬, 꼬꼬. 퍼트리샤는 머지않아 깃털이 자라서 날개를 퍼덕이는 암탉이 돼 있을 거야."

발레리가 퉁명스럽게 내뱉었다.

빠르게 오가는 영어 대화를 아직 잘 알아듣지 못하는 프랑스인 제너비브는 자신의 귀에 대고 속삭이는 르네의 설명에 귀를 기울이고 있었다. 그러던 제너비브가 갑자기 비명을 지르듯 크고 빠른 프랑스어로 외쳤다.

"어떻게 된 거라고? 내 화장용 분을 가져간 사람이 그 아담한 여자라고? 아, 이럴 수가! 경찰을 불러야 해. 이런 일은 참을 수가 없어……."

콜린 맥냅이 한동안 설명을 늘어놓았지만, 그의 낮고 느린 말투는 높고 커다란 다른 목소리에 묻히고 말았다. 그러자 콜린이 잘난 척하는 태도를 벗어 던지더니 탁자를 주먹으로 세게 내리쳤고, 그 바람에 모두 놀라 입을 다물었다. 마멀레이드 병이 탁자에서 떨어져 박살이 났다.

"모두들 입 다물고 내 말 좀 들어. 이렇게 형편없는 무지와 매정한 태도는 한 번도 들어 본 적 없어! 너희들 중에 심리학에 대해 조금이라도 아는 사람 있어? 실리아를 비난해서는 안 돼. 지금 실리아는 심각한 감정적 위기를 겪고 있고, 따라서 최대한의 이해와 애정으로 돌봐 줘야 한다고. 그렇지 않으면 평생 불안정한 심리 상태로 살아가게 될 수도 있어. 경고하는데, 실리아에게 필요한 건 최대한의 애정이야."

"친절하게 대해야 한다는 데는 충분히 동의하지만, 그래도 이런 일을 묵과하고 넘어가서는 안 돼, 그렇지 않아? 이건 도둑질이란 말이야."

진 톰린슨이 잘난 체하는 목소리로 단호하게 말했다.

"도둑질이라고? 이건 도둑질이 아니야. 아! 너희들 전부 정말 싫어진다."

콜린이 말했다.

"흥미로운 사례야, 안 그러니, 콜린?"

발레리가 콜린에게 미소를 지어 보이며 말했다.

"네가 마음의 작용에 관심을 보이는 거라면, 맞아."

"물론 실리아가 내 것을 가져간 건 아냐. 하지만……."

진이 입을 열었다.

"그래. 네 건 하나도 안 가져갔지. 하지만 그 이유를 조금이라도 안다면, 그렇게 기쁘지만은 않을걸."

콜린이 말했다.

"정말이지, 나는 모르겠어……."

"이봐, 진. 우리 그만 떠들자. 나 지각하겠어. 너희들도 그렇고."

레너드 베이트슨이 말했다.

모두 자리에서 일어났다. 레너드 베이트슨이 뒤를 돌아보며 말했다.

"실리아에게 기운 내라고 전해 줘."

"난 정식으로 항의해야겠어. 공부하느라 자주 충혈되는 내 눈에 꼭 필요한 붕소 가루가 없어지다니."

찬드라 랄이 말했다.

"너도 늦겠어, 찬드라 랄."

허버드 부인이 단호하게 말했다.

"우리 교수님은 자주 늦으세요. 게다가 제가 자연 탐구에 관한 질문을 많이 하면, 이유 없이 화를 내시죠."

찬드라 랄이 우울한 목소리로 이렇게 말하며 문 쪽으로 갔다.

"그 여자가 화장용 분을 내게 돌려줘야 하는데."

제너비브가 말했다.

"제너비브, 넌 영어를 써야 해. 흥분할 때마다 프랑스어로 말했다간 평생 영어를 배우지 못하고 말 거야. 그리고 지난 일요일 저녁 식사 값을 아직 갚지 않았어."

"아, 지금 지갑을 갖고 나오지 않았네. 오늘 밤에 줄게. 가자, 르네. 우리 이러다 늦겠어."

"난 정말 무슨 말인지 모르겠다고."

아키봄보가 애원하듯 사람들을 둘러보며 말했다.

"이리 와, 아키봄보. 연구소에 가는 길에 내가 얘기해 줄게."

샐리는 허버드 부인을 안심시키듯 고개를 끄덕여 보인 후에 어리둥절해하는 아키봄보를 끌고 식당에서 나갔다.

"아, 이럴 수가. 도대체 왜 내가 이런 일을 맡았단 말인가!"

허버드 부인이 깊은 한숨을 내쉬며 한탄했다.

"걱정 마세요, 이모님. 다행히 모든 게 밝혀졌으니까요. 모두 예민한 구석이 있어서 그래요."

식당에 마지막으로 남아 있던 발레리가 우호적인 미소를 지어 보이며 말했다.

"솔직히 말해서 얼마나 놀랐는지 몰라."

"그러니까 실리아로 밝혀진 거죠?"

"그래. 넌 안 놀랐어?"

"어떻게 보면 뻔한 일이었어요. 그런 생각을 했어야 했는데."

발레리가 멍청한 목소리로 말했다.

"처음부터 그런 생각을 했단 말이야?"

"글쎄요, 한두 가지 의심스러운 일이 있었어요. 어쨌든 실리아가 바라던 대로 콜린의 마음을 얻은 거죠."

"그런 셈이지. 그래도 난 자꾸만 이 모든 게 옳지 않은 일이라는 생각이 들어."

"총으로 남자를 얻을 수는 없는 법이에요. 하지만 도벽은 꽤 잘 통한 셈이네요? 걱정 마세요, 이모님. 그리고 실리아에게 제너비브의 화장용 분을 꼭 돌려주라고 하세요. 그렇지 않으면 조용히 식사를 할 수 없을 테니까요."

발레리가 웃으며 말했다.

"나이절 때문에 받침 접시에 금이 갔고, 마멀레이드 병도 깨졌어."

허버드 부인이 한숨을 내쉬며 말했다.

"끔찍한 아침이에요, 그렇지 않아요?"

발레리가 이렇게 말하며 밖으로 나갔다. 잠시 후 허버드 부인은 복도에서 발레리가 밝은 목소리로 이렇게 말하는 소리를 들었다.

"안녕, 실리아. 차라리 잘됐어. 모든 게 밝혀졌고, 신앙심 깊은 진의 지시로 모든 게 용서될 거야. 콜린으로 말하자면, 널 대변하기 위해 사자처럼 울부짖더구나."

실리아가 울어서 빨갛게 부은 눈을 하고 식당에 들어섰다.

"아, 허버드 부인."

"많이 늦었어, 실리아. 커피는 차갑고, 먹을 것도 많이 남지 않았는걸."

"다른 사람들을 만나고 싶지 않았어요."

"이해해. 하지만 어차피 언젠가는 만나야 하잖아."

"알아요. 하지만 저녁이 되면 좀 나아질 거예요. 그리고 물론 이대로 주저앉아 있을 순 없어요. 이번 주말에 나가겠어요."

허버드 부인이 인상을 찌푸렸다.

"그럴 필요 없을 것 같아. 조금 불편한 기분이 들긴 하겠지만, 그건 어쩔 수 없는 일이고, 여기 있는 사람들은 모두 너그러운 마음을 지닌 젊은이들이잖니. 물론 가능한 대로 배상을 해야겠지."

실리아가 안절부절못하며 허버드 부인의 말을 가로막았다.

"아, 그럼요. 여기 제 수표책을 가져왔어요. 안 그래도 말씀드릴 생각이었어요."

허버드 부인이 내려다보니 실리아가 수표책과 봉투 1장을 들고 있었다.

"제가 아래층에 내려왔을 때, 부인이 안 계실지 몰라서 편지를 써 왔어요. 너무 죄송하다고 쓰고, 부인이 손해를 입은 사람들에게 보상해 주실 수 있도록 수표를 동봉할 생각이었어요. 그런데, 제 펜에 잉크가 떨어져서……."

"그러자면 목록을 만들어야겠구나."

"생각나는 대로 제가 목록을 작성했어요. 하지만 새 물건으로 사줘야 할지, 돈으로 갚아야 할지, 어떻게 하는 게 좋을지 모르겠어요."

"내가 생각해 볼게. 지금 바로 대답하긴 어려운걸."

"하지만 수표는 지금 드릴게요. 그러면 제 마음이 한결 편해질 것 같아요."

허버드 부인은 '정말? 그런데 왜 네 마음을 편하게 해 줘야 하는 거지?'라고 말하려다가, 학생들은 늘 돈이 부족한 편이니 이렇게 하면 상황이 좀 더 쉽게 진정되리라는 생각이 들었다. 그렇게 하면 니콜레티스 부인에게 고자질해 문제를 일으킬지 모르는 제너비브도 진정시킬 수 있었다. (니콜레티스 부인이 알면 문제가 한층 커질 수밖에 없었다.)

"좋아. 지금 얼마를 받아야 할지 말하긴 어렵지만……."

허버드 부인이 없어진 물건의 목록이 적힌 종이를 훑어봤다.

"대략 생각하시는 가격으로 수표를 써 드린 다음, 부인께서 사람들에게 물어서 구체적인 가격을 알아내시면, 제가 돈을 좀 더 드리거나 남는 돈을 돌려받거나 하면 될 것 같아요."

실리아가 열성적으로 설명했다.

"좋아."

허버드 부인이 머뭇거리며 여유 있게 잡은 금액을 대자, 실리아가 즉시 그에 동의했다. 실리아가 수표책을 펼쳤다.

"아, 펜이 골치라니까요. 여긴 나이절이 쓰는 끔찍한 녹색 잉크 말고 다른 잉크는 없는 것 같아요. 그냥 쓸 수밖에. 나이절이 뭐라고 하진 않겠죠. 나갔다 돌아올 때 새 잉크를 사다 놔야겠어요."

실리아가 학생들이 잡동사니를 놓아두는 선반으로 가서, 펜에 잉크를 채운 다음 돌아와 수표를 작성했다. 그녀는 허버드 부인에게 수표를 건넨 후 손목시계를 들여다봤다.

"늦겠어요. 아침은 안 먹는 게 좋겠어요."

"실리아, 조금이라도 먹는 게 좋아. 버터 바른 빵 한 조각이라도. 빈속으로 일하러 나가는 건 좋지 않아. 그런데 왜 그러지?"

이탈리아 출신 하인 제로니모가 식당으로 들어와서, 원숭이처럼 쭈글쭈글한 얼굴을 우스꽝스럽게 찡그리며 두 팔을 들어 과장된 몸짓을 해 보였다.

"주인님이 방금 들어오셨어요. 허버드 부인을 보자고 하세요. 화 많이 나셨어요."

제로니모가 한 번 더 손짓을 해 보이며 말했다.

"가 봐야겠구나."

허버드 부인이 식당에서 나올 때, 실리아는 서둘러 빵을 자르고 있었다.

니콜레티스 부인은, 먹이 주는 시간이 얼마 남지 않은 동물원의 호랑이처럼 방 안을 왔다 갔다 하고 있었다.

"내가 이상한 소리를 들었는데? 당신이 경찰을 부른다고? 나한테 한마디 말도 없이? 당신이 대단한 사람인 줄 아나 보지? 하느님, 맙소사. 이 여자가 대체 자기를 얼마나 대단하게 여기는 거야?"

니콜레티스 부인이 분노를 터뜨렸다.

"경찰을 부른 일 없습니다."

"거짓말쟁이."

"니콜레티스 부인, 저한테 그런 말씀하시면 안 됩니다."

"아니란 말이지. 물론 아니겠지! 잘못한 건 당신이 아니라 나라는 거지. 언제나 나야. 당신이 하는 일은 모두 완벽하지. 훌륭한 이 하숙집에 경찰이라니."

"이번에 부른다 해도 처음이 아닐 텐데요. 부정한 방법으로 생활비를 번 서인도 제도에서 온 학생도 있었고, 가명으로 이곳에 들어온 악명 높은 청년 공산당원도 있었고, 그리고……."

"아! 그런 말을 내 코앞에서 아무 거리낌 없이 지껄이다니. 사람들이 여기 와서 나한테 거짓말을 하고, 서류를 위조하고, 살인 사건과 관련되어 경찰의 추적을 받는 게 내 잘못이란 거야? 그런데 나도 고통을 당한 일로 나를 비난하다니!"

"그런 말 한 적 없습니다. 저는 단지 여기 경찰이 오는 게 처음이 아니라는 말을 하고 싶었을 뿐입니다. 그런 일이야 여러 곳에서 온 학생들이 모여 사는 이런 하숙집에서는 어쩔 수 없지 않나요? 하지만 실은 아무도 '경찰을 부르지' 않았습니다. 제가 명망 높은 사립 탐정을 초대해 어젯밤 여기서 저녁 식사를 대접했고, 그분이 학생들에게 범죄학에 대해 아주 흥미로운 강연을 들려주셨습니다."

"우리 학생들에게 범죄학에 대해 강연할 필요가 뭐가 있어! 모두들 이미 알 건 다 안다고. 자기가 내키는 대로 훔치고, 부수고, 파괴할 줄 안단 말이야! 그래도 나는 아무런 조치도 취한 적이 없어. 아무것도!"

"저는 뭔가 조치를 했습니다."

"그래, 당신이 그 친구에게 우리의 아주 내밀한 속내까지 몽땅 털어놓았겠지. 이건 엄청난 배반 행위야."

"전혀 그렇지 않습니다. 저는 이곳의 운영을 맡고 있습니다. 다행히 그 문제는 깨끗이 해결되었다고 말씀드릴 수 있습니다. 한 학생이 그동안 있었던 사건 대부분이 자기 책임이라고 털어놓았거든요."

"더러운 고양이 같은 년. 그년을 거리로 쫓아내 버려."

"그 애가 자발적으로 이곳을 떠나려 하고 있습니다. 그럴 준비도 거의 다 된 상태고요."

"그래 봤자 무슨 소용이 있지? 내 아름다운 하숙집이 이제 오명을 뒤집어쓰게 될 거야. 아무도 들어오지 않을 거라고."

니콜레티스 부인이 소파에 주저앉아 울음을 터뜨렸다.

"내 기분에 신경 써 주는 사람은 아무도 없어. 이런 취급을 받는 것도 이제 지긋지긋해. 무시당하다니! 뒤로 밀려나다니! 내일 내가 죽는다고 한들, 누가 나한테 신경이나 쓰겠어?"

허버드 부인은 현명하게도 아무 대답도 하지 않은 채 니콜레티스 부인의 방에서 나왔다.

"전능하신 하느님, 제게 인내심을 주십시오."

허버드 부인은 이렇게 중얼거리며 부엌으로 가서 마리아를 찾았다.

마리아는 부루퉁하고 비협조적이었다. '경찰'이라는 단어가 그녀 주변을 떠다니는 듯했다.

"고발당하는 사람은 우리일 거예요. 가난한 제로니모와 저 말이에요. 외국 땅에서 무슨 정의를 바랄 수 있겠어요? 리소토를 만들라고 하셨는데, 리소토는 못 하겠네요. 쌀이 잘못 왔어요. 대신 스파게티를 만들겠어요."

"스파게티는 어제 저녁에 먹었잖아."

"그래서 뭐가 어쨌다는 건가요. 우리 나라에선 매일 스파게티를 먹어요. 그야말로 매일매일 먹죠. 파스타는 언제 먹어도 좋아요."

"그렇겠지. 하지만 여긴 영국이야."

"그렇다면 좋아요. 스튜를 만들겠어요. 영국식 스튜. 마음에 안 들어 하셔도 그걸 만들어야겠어요. 양파는 기름에 볶는 대신 물을 많이 붓고 묽게, 묽게 끓여야겠어요. 그리고 부스러기 뼈에 붙은 고기는 핏물을 빼서 넣어야겠죠."

마리아가 너무 무시무시한 어조로 말하는 바람에, 허버드 부인은 살인에 대한 설명을 듣는 것만 같았다.

"하고 싶은 대로 해."

허버드 부인은 성난 음성으로 이렇게 말한 다음 부엌에서 나왔다.

그날 저녁 6시 무렵 허버드 부인은 유능한 면모를 다시 과시했다. 그녀는 모든 학생의 방에 저녁 식사 전에 자신을 보러 와 달라는 메모를 남겼고, 자신을 찾아온 학생들에게 실리아에게서 문제를 해결해 달라는 부탁을 받았다고 설명했다. 학생들은 모두 좋은 반응을 보였다. 화장용 분의 가격을 넉넉히 받은 제너비브조차 화가 누그러져 지난 일은 모두 잊겠다고 기분 좋게 말할 정도였다.

제너비브는 현명하게 이렇게 덧붙였다.

"이건 모두 잘 알듯이, 히스테리 발작을 일으킨 거예요. 실리아는 부자라서 물건을 훔칠 필요가 없어요. 그게 아니라, 실리아의 머릿속에서 감정이 폭발한 거고, 맥냅 군이 바로 거기 자리 잡고 있었던 거예요."

저녁 식사 시간을 알리는 종이 울려 허버드 부인이 아래층으로 내려가니, 레너드 베이트슨이 그녀를 한쪽으로 데리고 갔다.

"제가 복도에서 실리아를 기다렸다 안으로 데리고 들어갈게요. 그러면 실리아도 별 문제 없다는 걸 알게 될 거예요."

"렌, 정말 고마워."

"괜찮아요, 이모님."

평소처럼 제로니모가 학생들에게 수프를 나눠 주는데, 복도에서 레너드의 목소리가 들렸다.

"실리아, 어서 와. 친구들이 다 모였어."

"렌이 오늘의 선행을 베풀고 있군!"

나이절이 자신의 수프 그릇을 내려다보며 비꼬는 투로 중얼거렸다. 하지만 곧 입을 다물고, 레너드와 어깨동무를 하고 안으로 들어오는 실리아에게 손을 흔들어 보였다.

모두들 여느 때처럼 여러 가지 주제에 대해 즐겁게 이야기를 나누었고, 여러 사람이 실리아를 챙겼다.

그러나 선의를 표현하는 이러한 시간도 어쩔 수 없이 지나가고 불길한 침묵이 찾아들었다. 바로 그때 아키봄보 군이 탁자 위로 몸을 굽히고 환한 얼굴로 실리아를 바라보며 이렇게 말했다.

"그동안 납득이 가지 않던 일에 대해 친구들한테서 충분한 설명을 들었어. 넌 물건을 훔치는 데 아주 영리하구나. 오랫동안 아무도 몰랐으니까 말이야. 아주 영리해."

그러자 샐리 핀치가 숨을 헐떡이며 말했다.

"아키봄보, 너는 어떻게 그런 말을 하니?"

샐리는 이 말을 하다 기도가 심하게 막혀 복도로 나가 한참 동안 기침을 하고 들어와야 했다. 그러자 아주 자연스럽게 웃음이 터져 나왔다.

콜린 맥냅은 뒤늦게 식당에 나타났다. 그는 어색해 보였으며 평소보다 더 말이 없었다.

식사 시간이 끝나 갈 무렵, 다른 사람들이 아직 저녁을 먹고 있을 때, 콜린이 자리에서 일어나 난처한 얼굴로 중얼거리듯 말했다.

"술 한잔하면서 말해야 하는 건데. 너희한테 처음 알리는 것 같아. 실리아와 난 내 공부가 끝나는 대로 내년에 결혼하기로 했어."

콜린은 빨갛게 달아오른 얼굴로 쩔쩔매며 친구들의 축하 인사와 장난 어린 조롱을 받은 다음, 마침내 몹시 수줍은 얼굴로 식당을 빠져나갔다. 반면 실리아는 얼굴이 약간 달아올랐을 뿐, 침착한 표정이었다.

"또 한 명의 멋진 남자가 인생을 망치는구나."

레너드 베이트슨이 한숨을 내쉬며 말했다.

"실리아, 너무 잘됐다. 행복하길 바라."

퍼트리샤가 말했다.

"만사형통이군. 내일 키안티 포도주를 몇 병 사 와서 건배를 나누자. 우리의 친애하는 진은 왜 그렇게 표정이 어둡지? 진, 두 사람 결혼에 반대하는 거야?"

"물론 그렇지 않아, 나이절."

"난 늘 결혼을 하는 게 자유롭게 사랑을 나누며 사는 것보다 훨씬 낫다고 생각해 왔어, 안 그래? 아이들에게도 더 좋고, 여권도 더 보기 좋아지고."

"하지만 너무 어렸을 때 어머니가 되어선 안 돼. 생리학 시간에 그렇게 배웠어."

제너비브가 말했다.

"그건 그래. 하지만 실리아가 아직 법적으로 결혼할 나이가 안 됐다거나 그렇단 말은 아니지? 실리아는 21살 이상인 미혼의 백인 여성이야."

나이절이 말했다.

"그건 몹시 거슬리는 발언인걸."

찬드라 랄이 말했다.

"찬드라 랄, 그런 뜻이 아냐. 관용적인 표현일 뿐, 무슨 의미가 있는 건 아니라고."

퍼트리샤가 말했다.

"난 이해가 안 가. 아무 의미도 없다면 왜 그런 말을 하는 거지?"

아키봄보가 반박했다.

갑자기 엘리자베스 존스턴이 조금 목소리를 높이며 끼어들었다.

"아무 의미도 없는 것 같지만 실은 많은 의미가 담긴 말도 있는 법이야. 그렇다고 네 미국식 표현을 겨냥해서 하는 말은 아니야. 다른 경우를 말하는 거야."

그녀는 식탁에 앉은 사람들을 둘러보며 말했다.

"어제 일어난 일에 대해 말하는 거라고."

"무슨 말이니, 베스?"

발레리가 날카로운 목소리로 물었다.

"아, 제발. 난 내일이면 모든 문제가 깨끗이 해결될 거라고 생각해. 정말로 그렇게 생각해. 네 공책에 잉크를 쏟은 것과 배낭에 어리석은 짓을 한 일 말이야. 만일 그 사람이 나처럼 자백을 한다면, 모든 일이 깨끗이 해결될 거야."

실리아가 얼굴을 붉히며 열성적으로 말하자, 한두 사람이 호기심 어린 눈으로 그녀를 쳐다봤다.

"그 후로 모두 영원토록 행복하게 살았답니다."

발레리가 웃으며 말했다.

잠시 후 학생들은 휴게실로 갔고, 실리아에게 서로 커피를 타 주려고 들어서 작은 실랑이가 벌어졌다. 그다음 누군가가 라디오를 켰고, 약속이 있거나 할 일이 있는 학생들은 휴게실 밖으로 나갔다. 이렇게 히코리가 24번지와 26번지 주민들에게도 마침내 밤이 찾아왔다.

허버드 부인도 길고 피곤한 하루였다고 생각하며, 반가운 마음으로 잠자리에 들어 중얼거렸다.

"그래도 천만다행이야. 이제 다 끝났으니."

허버드 부인이 중얼거렸다.

7장

레몬 양은 출근 시간을 어긴 적이 거의 없었다. 안개가 자욱하고, 비바람이 몰아치고, 유행성 독감에 걸리고, 대중교통이 마비되어도, 경이로운 이 여성에게는 아무 영향력도 행사하지 못하는 듯했다. 하지만 오늘 아침 레몬 양은 10시 정각에 사무실에 들어서지 않고, 10시 5분에 숨을 헐떡이며 나타났다. 그녀는 죄송하다는 말을 수도 없이 했지만, 몹시 혼란스러운 표정이었다.

"무슈 푸아로, 정말 죄송합니다. 정말이지 너무나 죄송합니다. 아파트를 막 나서려는데, 언니가 전화를 걸어와서요."

"아, 언니는 건강하게 잘 계시나요?"

"솔직히 말씀드리자면, 그렇지 못합니다. 실은 언니가 몹시 괴로워하고 있어요. 학생 하나가 자살을 했다지 뭐예요."

푸아로가 미심쩍은 눈으로 레몬 양을 응시했다. 그러다 조그만 목소리로 속삭이듯 중얼거렸다.

"무슈 푸아로, 뭐라고 하셨나요?"

"그 학생 이름이 뭐라던가요?"

"실리아 오스틴이랍니다."

"어떻게 죽었죠?"

"모르핀을 복용한 것 같답니다."

"사고일 가능성은?"

"아뇨. 유서로 보이는 메모를 남겼답니다."

"내가 생각한 건 이게 아니었어. 아니, 이런 게 아니야……. 하지만 어떤 일이 벌어지리라는 예감은 들었어."

푸아로가 조그맣게 중얼거렸다.

푸아로가 고개를 들어 보니, 레몬 양은 연필과 수첩을 들고 대기 중이었다. 그는 한숨을 내쉬며 고개를 저었다.

"아니, 오늘 아침에 온 편지는 레몬 양에게 넘겨야겠어요. 이걸 정리해 두고, 레몬 양이 알아서 답변하도록 해요. 난 지금 히코리가로 가 봐야겠군요."

제로니모가 문을 열었다. 그는 이틀 전에 왔던 연사를 기억하고는 즉시 목소리를 낮춰 무슨 음모라도 꾸미듯 쉬쉬거리며 속삭였다.

"아, 시뇨르, 오셨군요. 여기서 아주 큰일이 벌어졌어요. 그 어린 시뇨리나가 오늘 아침 침대에서 죽어 있었어요. 제일 먼저 의사 선생님이 왔어요. 의사 선생님이 고개를 저었고, 그다음 경찰 나리가 왔어요. 경찰 나리는 지금 2층에서 주인님과 시뇨라와 함께 있어요.

그 불쌍한 아가씨는 왜 자살한 걸까요? 어젯밤 아주 즐거워 보였고, 약혼 발표까지 해 놓고서요?"

"약혼이라고요?"

"네, 네. 키 크고, 우울하고, 파이프 담배를 물고 사는 콜린 군하고 말이에요."

"저도 누군지 압니다."

제로니모가 휴게실의 문을 열고, 더한층 비밀스러운 음모를 꾸미는 태도로 푸아로를 안내했다.

"여기 계세요, 네? 경찰 나리가 가면, 제가 시뇨라에게 선생님이 여기 계시다고 말씀드릴게요. 그게 좋아요, 그렇죠?"

푸아로가 그러는 게 좋겠다고 하자, 제로니모가 휴게실에서 나갔다. 혼자 남은 푸아로는 조금도 머뭇거리지 않고 휴게실에 있는 학생들의 모든 물건을 각별한 주의를 기울여 가며 가능한 한 꼼꼼하게 관찰하기 시작했다. 그러나 별다른 소득이 없었다. 학생들의 소지품과 개인적인 수첩 따위는 대부분 침실에 있는 듯했다.

2층에서는 허버드 부인이 샤프 경위와 마주 앉아 있었다. 샤프 경위가 차분하고 조심스럽게 여러 가지 질문을 했다. 그는 큰 키에 편안한 인상을 지닌 사람으로, 행동거지가 상당히 점잖았다.

"몹시 힘들고 괴로우실 줄 압니다. 그렇지만 콜스 의사 선생님 말씀처럼, 검시는 해야 합니다. 그래야 사건의 정황을 제대로 파악할 수 있습니다. 이 아가씨가 최근에 괴롭고 힘들어했다고 하셨죠?"

샤프 경위가 위로하는 목소리로 물었다.

"그렇습니다."

"연애를 했나요?"

"꼭 그렇다고 할 순 없습니다."

허버드 부인이 머뭇거리며 대답했다.

"솔직히 말씀해 주셔야 합니다. 말씀드렸다시피, 정황을 제대로 알아야 합니다. 이 아가씨가 스스로 목숨을 끊어야겠다고 생각한 이유가 있었을 텐데요? 혹시 임신을 했던 것은 아닐까요?"

샤프 경위가 허버드 부인을 설득했다.

"그런 경우는 절대 아닙니다, 샤프 경위님. 제가 머뭇거렸던 건, 이 아이가 아주 어리석은 짓을 좀 했고, 그런 사실을 내놓고 말하고 싶지 않아서 그랬을 뿐입니다."

샤프 경위가 기침을 했다.

"우리는 분별 있게 처신합니다. 검시관도 현명하고 경험 많은 분이고요. 하지만 그래도 알아야 합니다."

"그럼요, 물론이죠. 제가 어리석었습니다. 실은 최근에, 그러니까 석 달 정도의 기간에 걸쳐 몇 가지 물건이 없어지는 일이 있었습니다. 사소한 것들, 그러니까 별로 값나가지 않는 물건 말입니다."

"자질구레한 장신구, 옷가지, 나일론 스타킹, 그런 것 말씀이십니까? 돈도 없어졌나요?"

"제가 아는 한 돈이 없어진 적은 없습니다."

"그렇군요. 그런데 이 아가씨가 저지른 일이었나요?"

"그렇습니다."

"부인께서 현장을 잡으셨나요?"

"아뇨, 그렇다고 할 순 없습니다. 그제 저녁에 그러니까…… 제가 아는 분이 여기 와서 저녁 식사를 하셨습니다. 에르퀼 푸아로라는 사립 탐정인데, 아시는지 모르겠네요."

수첩을 들여다보고 있던 샤프 경위가 고개를 들었다. 그의 눈이 휘둥그레졌다. 에르퀼 푸아로를 아는 듯했다.

"에르퀼 푸아로 선생 말씀이십니까? 정말입니까? 아주 흥미로운 일이군요."

"그분이 저녁 식사 후에 학생들에게 간단히 강연을 해 주셨는데, 그 자리에서 아까 말씀드린 도둑질에 대한 이야기가 나왔답니다. 그러자 그분이 모든 학생 앞에서 제게 경찰에 신고하라고 조언하셨습니다."

"그분이 그랬단 말입니까, 정말입니까?"

"그 후에 실리아가 제 방으로 와서 자백을 했답니다. 몹시 괴로워하면서 말입니다."

"경찰에 알리진 않으셨나요?"

"네. 실리아가 자기가 훔친 물건을 보상하겠다고 했고, 모두들 보상을 받고는 만족스러워했거든요."

"그 아가씨가 돈에 쪼들리는 생활을 했나요?"

"아뇨. 성 캐서린 병원의 약사로 일하며 충분한 월급을 받았고, 본인 명의의 예금도 조금 있었던 걸로 압니다. 오히려 다른 대부분의 학생들보다 부유한 편에 속했죠."

"그렇다면 그럴 필요가 없는데도 도둑질을 했다는 말이군요."

샤프 경위가 수첩에 무언가를 적으며 말했다.

"도벽이 있었던 것 같아요."

"그런 용어를 쓰긴 하지요. 저는 다만 남의 물건을 훔칠 필요가 없는데도 훔치는 사람이란 의미로 한 말입니다."

"실리아에 대해 안 좋게 생각하실지 몰라 말씀드리는데, 젊은 남자가 이 일에 연루되어 있답니다."

"그 남자가 이 아가씨를 배반했나요?"

"아뇨, 아뇨. 오히려 정반대예요. 그 청년이 실리아를 강력하게 변호했고, 실은 어젯밤 저녁 식사 후에 두 사람이 약혼할 거라는 발표도 했답니다."

샤프 경위가 의외라는 듯 눈썹을 치켜 올렸다.

"그런 다음 이 아가씨가 잠자리에 들면서 모르핀을 복용했단 말인가요? 그건 상당히 의외로군요, 안 그렇습니까?"

"그러게요. 저도 납득이 안 가요."

허버드 부인이 괴로움과 당혹스러움으로 얼굴을 찌푸렸다.

"그래도 상황은 비교적 명백하군요."

샤프 경위가 두 사람 사이의 탁자 위에 놓인, 찢어진 작은 종잇조각을 바라보며 고개를 끄덕였다.

친애하는 허버드 부인, 정말 죄송합니다. 이게 제가 할 수 있는 최선입니다.

"서명이 되어 있지 않군요. 그런데 이 아가씨의 필적이 확실한가요?"

"확실해요."

허버드 부인이 잘 모르겠다는 듯 이렇게 대답한 다음, 찢어진 종잇조각을 바라보며 인상을 찌푸렸다. 허버드 그녀는 뭔가가 잘못되었다는 느낌이 강하게 들었다. 하지만 도대체 왜 그런 느낌이 드는 것일까?

"종이에 선명한 지문이 하나 찍혀 있었는데, 분명 이 아가씨의 지문이었습니다. 모르핀은 성 캐서린 병원이라고 쓰인 작은 병에 담겨 있었는데, 부인께서 이 아가씨가 성 캐서린 병원의 약사로 일한다고 하셨죠. 그곳에서 독극물을 보관하는 약장에 접근해 이 약을 손에 넣었을 겁니다. 자살하기로 마음먹고 어제 집에 몰래 숨겨 가지고 들어왔을 수도 있습니다."

"정말이지 믿어지지가 않아요. 뭔가 잘못된 느낌이에요. 실리아는 어젯밤만 해도 무척 행복해했거든요."

"그렇다면 이 아가씨가 잠자리에 들 무렵 무슨 일이 있었다고 가정해 볼 수밖에요. 부인께서 모르는 과거가 있었을지도 모릅니다. 그 일이 밝혀지는 게 두려웠을 수도 있어요. 이 아가씨가 어떤 청년을 몹시 사랑했다고 하셨죠, 그 청년 이름이 뭡니까?"

"콜린 맥냅이에요. 성 캐서린 대학에서 대학원 과정을 공부하고 있어요."

"의사인가요? 그래서 성 캐서린 대학에서 공부하나 보죠?"

"실리아는 그 청년을 몹시 사랑했습니다. 콜린이 실리아를 사랑하는 것보다 훨씬 더 많이요. 콜린은 자기중심적인 청년이거든요."

"그렇다면 이렇게 설명해 볼 수도 있겠군요. 이 아가씨는 자신이 그 청년과 결혼하기에 자기가 부족하다고 생각했거나, 아니면 그 청년에게 밝혀야 할 것을 말하지 않았을 수도 있죠. 이 아가씨는 상당히 어리죠, 그렇죠?"

"23살입니다."

"그 나이의 젊은이들은 무척 이상적이고, 애정사를 심각하게 받아들입니다. 그렇습니다. 바로 그게 문제였던 것 같아요. 안됐군요. 여러 가지 검사 결과가 나와 봐야 알겠지만, 이 사건을 해결하기 위해 최선을 다하겠습니다. 허버드 부인, 감사합니다. 필요한 정보는 모두 얻었습니다. 이 아가씨의 어머니가 2년 전에 작고하셔서, 부인께서 알기로는 요크셔에 계신 연로한 이모가 유일한 친척이라고 하셨죠. 저희가 그분에게 연락을 드리도록 하지요."

샤프 경위가 자리에서 일어서며 말했다. 그는 실리아가 불안하게 휘갈겨 쓴, 찢어진 작은 종잇조각을 집어 들었다.

"그건 뭔가 잘못되었어요."

허버드 부인이 갑자기 외쳤다.

"잘못되다니요? 어떻게요?"

"모르겠어요. 하지만 뭔가 있는 것 같아요. 아, 이런."

"이 아가씨의 필적인 건 확실한가요?"

"네. 하지만 그게 아니에요."

허버드 부인이 두 손을 자신의 눈에 대고 눌렀다.

"오늘 아침은 왜 이리 바보 같은 느낌이 든담."

허버드 부인이 변명하듯 이렇게 말했다.

"몹시 괴로우실 겁니다. 부인을 더 이상 괴롭혀 드리지 않는 게 좋을 것 같군요."

샤프 경위가 연민 어린 따뜻한 목소리로 이렇게 말했다.

그가 방문을 여는 순간, 문 바깥에 바짝 붙어 있던 제로니모가 방 안쪽으로 쓰러졌다.

"이보게, 엿듣고 있었구먼, 응?"

샤프 경위가 우습다는 듯이 말했다.

"아니요. 아니에요. 절대, 절대 엿듣지 않았어요! 전할 말이 있어 온 것뿐이에요."

제로니모가 자신은 무고하다는 듯 분개한 목소리로 말했다.

"알겠어. 무슨 전갈이지?"

"허버드 시뇨라를 만나러 온 신사분이 아래층에 계세요."

제로니모가 뚱한 목소리로 대답했다.

"알았어. 들어가서 부인께 직접 말씀드리게."

샤프 경위는 제로니모를 지나쳐 복도로 나갔다가, 그 이탈리아인이 했던 것처럼 재빨리 몸을 돌리고는 소리 나지 않게 발끝으로 걸어 그 방으로 돌아갔다. 원숭이처럼 생긴 그 하인이 진실을 말했는지 확인해 보는 게 좋을 것 같았다.

샤프 경위가 도착하자마자 제로니모의 말소리가 들렸다.

"요전 날 밤 저녁 식사를 하러 오신, 콧수염 기른 신사분이 지금 아래층에서 부인을 기다리고 계세요."

"어? 뭐라고? 아, 고마워, 제로니모. 금방 내려갈게."

허버드 부인이 멍한 음성으로 말했다.

'콧수염을 기른 신사라. 누군지 알 것 같아.'

샤프 경위가 이렇게 생각하며 미소 지었다.

그는 아래층 휴게실로 갔다.

"푸아로 선생님, 안녕하십니까? 오랜만이군요."

벽난로 옆 바닥 선반에 무릎을 대고 앉아 있던 푸아로가 당황한 기색 없이 자리에서 일어섰다.

"아하, 분명 그렇군요. 샤프 경위 아니십니까? 하지만 전에는 이 구역 담당이 아니었던 걸로 알고 있는데요?"

"2년 전에 전근했습니다. 크레이스 힐에서의 그 일 기억하십니까?"

"그럼요. 벌써 오래전 일이로군요. 경위님은 아직 젊으시군요……."

"나도 늙어 가고 있답니다. 늙어 가고 있다고요."

"……그런데 난 이미 노인이 되었군요. 아, 서글픈 일입니다!"

푸아로가 한숨을 내쉬었다.

"그래도 여전히 왕성하시죠. 에……, 무슈 푸아로. 보는 면에 따라서는 아주 왕성하다고도 할 수 있겠는걸요."

"그게 무슨 말씀이신지?"

"며칠 전 저녁에 여기 와서 학생들에게 범죄학을 강연한 이유를 알고 싶어서요."

푸아로가 미소 지었다.

"이유는 간단합니다. 여기서 일하는 허버드 부인이 내 유능한 비서인 레몬 양의 언니인데, 그분이 부탁을 하는 바람에……."

"허버드 부인이 선생더러 여기 와서 무슨 일이 벌어지고 있는지 봐 달라고 해서 온 거로군요. 그렇게 된 사연이었군요."

"맞아요."

"하지만 이유가 뭐죠? 그게 알고 싶습니다. 선생이 여기 올 만한 이유라도 있단 말입니까?"

"그러니까 무엇에 흥미를 느꼈느냐는 말이죠?"

"그렇습니다. 여기저기서 물건을 슬쩍하는 어리석은 젊은이가 있다고 칩시다. 하지만 그런 일은 늘 일어나잖습니까. 당신이 나서기엔 하찮은 일이죠. 그렇지 않습니까, 무슈 푸아로?"

푸아로가 고개를 저었다.

"그렇게 간단한 일이 아니랍니다."

"왜 아니죠? 뭐가 간단하지 않다는 겁니까?"

푸아로가 의자에 앉았다. 그러고는 살짝 얼굴을 찌푸리며 무릎에 묻은 먼지를 털었다.

"나도 알고 싶습니다."

푸아로가 간단히 대답했다.

"이해가 가질 않네요."

샤프 경위가 얼굴을 찌푸리며 말했다.

"말 그대로 나도 모릅니다. 없어진 물건들에서 일관된 특성을 찾아볼 수가 없어요. 납득이 가지 않아요. 길게 이어진 발자국을 추적하고 있는데, 다른 사람의 발자국이 또 있는 것 같은 느낌이랄까. 당신 말처럼 '어리석은 젊은이'의 발자국도 분명 있는데, 딴 게 또 있는 겁니다. 다른 물건도 실리아 오스틴이 훔친 물건과 비슷한 점이 있어야 하는데, 그렇지 않거든요. 아무 의미도, 목적도 없는 짓인 것 같으면서도 분명한 악의를 읽을 수 있어요. 그런데 실리아는 악의적이지 않았습니다."

푸아로가 고개를 설레설레 저으며 설명했다.

"그 아가씨에게 도벽이 있었나요?"

"그런 것 같지는 않아요."

"그렇다면 그저 평범한 좀도둑이로군요."

"그렇지도 않답니다. 어떤 청년의 관심을 끌기 위해 그런 짓을 벌인 것 같아요."

"콜린 맥냅 말인가요?"

"그렇죠. 실리아는 정신을 못 차릴 정도로 콜린 맥냅을 사랑했는데, 그 청년은 눈길 한번 안 줬답니다. 그래서 실리아가 상냥하고 예쁘고 정숙한 젊은 처녀 대신, 흥미로운 젊은 범죄자 역할을 자청하고 나선 거죠. 결과는 대성공이었죠. 콜린 맥냅이 즉시 실리아에게 푹 빠졌으니까."

"그렇다면 그 청년은 더한 바보로군요."

"그렇진 않아요. 예리한 심리학자랍니다."

"아, 그런 인간들이 있지요! 이제 이해가 가는군요. 상당히 영리한 아가씨였군요."

샤프 경위의 얼굴에 희미한 미소가 번졌다.

"놀라울 만큼 영리하죠. 그래요, 놀라울 만큼 영리해요."

푸아로가 생각에 잠긴 얼굴로 말했다.

"무슈 푸아로, 무슨 뜻입니까?"

샤프 경위가 놀란 얼굴로 물었다.

"다른 누군가가 실리아에게 그런 일을 제안한 게 아닌가 하는 의문이 듭니다."

"왜 그랬을까요?"

"내가 어떻게 알겠습니까? 이타주의의 발로일까요? 아니면 숨은 목적이 있었던 것일까요? 무대 뒤에 누가 숨어 있는 것 같아요."

"그 아가씨에게 그런 제안을 한 사람이 누군지 짐작 가는 사람이라도 있습니까?"

"아니, 혹시……. 아니, 없습니다."

"그래도 여전히 이해가 가지 않아요. 만일 그 아가씨가 도벽을 가장해 일을 꾸며 성공을 거두었다면, 도대체 왜 돌아서서 자살을 감행한 걸까요?"

"실리아가 자살을 하지 않았을 거라는 게 정답이겠죠."

두 남자의 눈이 마주쳤다.

"당신은 실리아가 자살을 했다고 확신합니까?"

푸아로가 중얼거리듯 이렇게 물었다.

"무슈 푸아로, 그건 뻔한 일 아닌가요. 그렇지 않다고 생각할 이유가 없지 않습니까, 게다가…….”

그때 문이 열리고 허버드 부인이 들어왔다. 그녀는 붉게 상기된 얼굴에 개선장군의 표정이었다. 허버드 부인이 의기양양하게 턱을 높이 치켜들었다.

“알아냈어요. 무슈 푸아로, 안녕하세요. 알아냈다고요, 샤프 경위님. 불현듯 떠올랐어요. 그러니까 유서로 남긴 그 쪽지가 뭔가 잘못됐다고 느낀 이유 말입니다. 그 글을 실리아가 썼을 리 없어요.”

“허버드 부인, 이유가 뭡니까?”

“흔한 암청색 잉크로 쓴 글이기 때문이에요. 실리아는 어제 아침 식사 시간에 자기 펜에 녹색 잉크를 채웠어요. 저기 있는 잉크 말이에요.”

허버드 부인이 잉크가 있는 선반을 가리켜 보였다.

부인의 말을 듣고 갑자기 휴게실에서 나간 샤프 경위가 어딘지 조금 달라진 표정으로 다시 방 안으로 들어왔다.

“일리가 있습니다. 제가 확인해 봤어요. 그 아가씨 방에 있는 펜은 녹색 잉크가 든 채로 침대 옆에 놓여 있는 것뿐이더군요. 그런데 그 녹색 잉크가…….”

허버드 부인이 거의 다 쓴 잉크병을 집어 들었다.

그러고는 어제 아침 식탁에서 벌어졌던 장면을 정확하면서도 간략하게 설명했다.

“그 종잇조각은 실리아가 어제 제게 쓴 편지에서 찢어 낸 게 분명해요. 그 편지를 읽어 보지는 않았지만요.”

"실리아가 그 편지를 어떻게 했는지 기억나세요?"

허버드 부인이 고개를 저었다.

"전 실리아를 여기 혼자 남겨 두고 집안일을 하러 갔어요. 실리아가 그 편지를 여기 어디 놓아둔 채로 잊어버린 게 틀림없어요."

"그렇다면 누군가가 그 편지를 발견하고…… 열어 본 다음…… 그 누군가가……."

에르퀼 푸아로가 갑자기 말을 중단했다.

"이게 무얼 의미하는지 아시겠습니까? 난 찢어진 그 종잇조각이 내내 마음에 걸렸어요. 실리아의 방에는 편지지가 상당히 많고, 그렇다면 그 편지지에 유서를 쓰는 게 당연하죠. 이건 누가 실리아가 부인에게 쓴 편지의 앞부분을 이용해서 실리아의 본래 의도와 판이하게 다른 어떤 것으로 위장해야겠다고 생각했음을 의미해요. 말하자면 자살을 위장해서……."

푸아로가 잠시 말을 멈췄다가 천천히 이렇게 선언했다.

"이건 살인입니다."

8장

하루 중 가장 푸짐하게 즐겨야 할 저녁 식사에 방해가 된다는 이유로 오후 5시에 먹는 간식을 개인적으로 반대하면서도, 푸아로는 이제 간식을 즐기는 것에 꽤 익숙해진 터였다.

솜씨 좋은 하인 조지가 이번에는 상당히 진한 인도 차를 한 주전자 끓인 후에 커다란 잔을 준비하고, 버터를 바른 뜨거운 사각 모양 크럼펫과 잼을 바른 빵 그리고 사각 모양의 큼직한 자두 케이크를 내왔다.

샤프 경위는 이 모든 것을 즐겁게 맛본 다음, 흡족하게 뒤로 기대앉아 세 번째 차를 홀짝거렸다.

"무슈 푸아로, 제가 이렇게 따라와서 방해가 된 건 아닌지 모르겠군요. 학생들이 돌아올 때까지 아직 1시간 정도 여유가 있어서요. 솔직히 기대는 안 하지만, 학생들을 전부 심문해 봐야 할 것 같아요.

요전 날 밤에 몇몇 학생을 만나 보신 걸로 아는데, 쓸 만한 정보가 있으면 좀 알려 주시죠. 특히 외국인 학생들에 대해서 말입니다."

"제가 외국인을 보는 눈이 있다고 생각하십니까? 하지만 학생들 중에 벨기에인은 없지 않은가요?"

"벨기에인은 없죠. 아, 무슨 말인지 알겠어요! 당신이 벨기에인이니, 다른 나라에서 온 학생들이 내게 그렇듯 당신에게도 외국인일 뿐이라는 말이군요. 하지만 그건 사실과 달라요, 안 그런가요? 북미 대륙 사람들에 대해서는 나보다 당신이 아는 게 더 많을 겁니다. 인도나 서아프리카 지역 출신에 대해서는 그렇지 않더라도요."

"허버드 부인에게 알아보면 더 도움이 될 겁니다. 허버드 부인은 여러 달 동안 그곳에서 젊은 사람들과 가깝게 지내 왔고, 사람의 성격을 판단하는 데 상당히 능하답니다."

"그래요, 아주 유능한 여성이더군요. 그 부인의 도움을 받아야겠어요. 하숙집 주인도 만나 봐야겠죠. 오늘 아침엔 거기 없더군요. 학생 클럽을 비롯해서 그런 건물을 서너 채 갖고 있는 것 같더라고요. 사람들이 별로 좋아하지 않는 것 같았어요."

푸아로는 한동안 말이 없다가 잠시 후 이렇게 물었다.

"성 캐서린 병원에는 다녀왔습니까?"

"약국장이 아주 협조적이더군요. 그분은 소식을 듣고 몹시 놀라고 괴로워했습니다."

"실리아에 대해서는 뭐라고 하던가요?"

"그곳에서 일한 지는 이제 1년 남짓 되었고, 사람들과 잘 지냈다더군요. 좀 느린 편이긴 해도 아주 성실했다고 했어요."

샤프 경위가 잠시 말을 멈추었다가 이렇게 덧붙였다.

"그 모르핀은 그곳에서 유출된 게 맞았습니다."

"그래요? 그거 흥미롭군요. 아니, 오히려 이상한데."

"그 약은 모르핀 타르타르산염으로, 조제실의 독극물 약장에 보관되어 있다더군요. 자주 사용하지 않는 약을 두는 맨 위 선반에 말입니다. 물론 일반적으로 사용하는 것은 피하주사용으로, 모르핀 타르타르산염보다는 모르핀 염산염이 더 자주 사용되는 것처럼 보였습니다. 다른 모든 것처럼 약에도 유행이 있는 것 같아요. 의사들은 처방할 때, 양 떼처럼 서로를 따라 하는 경향이 있으니까요. 물론 그 과장이 그런 말을 한 건 아닙니다. 내 생각이 그렇다는 거죠. 그 약장의 맨 위 선반에는 한때 인기가 있었지만 오랫동안 처방되지 않은 다른 약도 있었어요."

"그렇다면 먼지 낀 작은 약병 하나 없어졌다고 해서 사람들 눈에 바로 띄지도 않겠군요?"

"그렇죠. 재고 조사도 어쩌다 한번 하는 게 전부라더군요. 모두들 모르핀 타르타르산염이 처방된 처방전을 오랫동안 못 보았다고 했어요. 재고 조사를 하거나 누가 찾을 때까지 그 약병이 없어진 걸 아무도 눈치채지 못하는 거죠. 세 약사 모두 독극물 약장과 위험한 약을 보관하는 약장 열쇠를 갖고 있었어요. 그 장은 필요할 때만 열어야 하지만, 바쁜 날에는 (사실상 매일 바쁘다고 할 수 있죠.) 몇 분 간격으로 약장에 가서 약을 가져와야 해서 약장을 잠그지 않고 일이 끝날 때까지 열어 둔다고 하더군요."

"실리아 말고 누가 그 약장의 열쇠를 갖고 있나요?"

"열쇠를 가진 여자 약사가 2명 더 있지만, 두 사람 다 히코리가와는 아무 관련도 없더군요. 한 사람은 그곳에서 4년째 일하고 있고, 다른 사람은 불과 몇 주 전에 왔는데, 그전까지 데번에 있는 어느 병원에서 일했고, 근무 기록도 좋았습니다. 그리고 오랫동안 성 캐서린 병원에서 일해 온 고참 약사가 셋 있는데, 모두 그 약장을 이용할 권리가 있고, 또 당연히 이용해야 하는 사람들입니다. 바닥을 닦는 할머니도 계신데, 아침 9시에서 10시 사이에 그곳을 청소하니, 약사들이 외래 환자 약 창구에 매여 있거나 병동에 갈 약을 싸느라 바쁜 틈을 타서 약장에서 약병을 슬쩍할 수는 있겠지만, 오랫동안 그 병원에서 일해 온 사람이라 그럴 것 같지는 않더군요. 실험실 조교도 약병을 들고 왔다 갔다 하니, 그 사람도 마음만 먹으면 약병을 슬쩍할 수 있겠지만, 지금까지 말한 사람들은 별다른 가능성이 없어 보였습니다."

"조제실에 들어오는 외부인으로는 어떤 사람들이 있습니까?"

"이렇게 저렇게 들어오는 사람들이 꽤 되더군요. 조제실을 지나 약국장실로 가는 사람들이 있고, 대규모 도매상에서 온 외판원들이 이곳을 지나가기도 합니다. 약사를 만나러 가끔 친구들이 들르기도 하죠. 자주 있는 일은 아니지만, 그런 일도 있다는 겁니다."

"그쪽이 더 가능성이 있겠군요. 최근에 실리아 오스틴을 보러 온 사람이 있었나요?"

샤프 경위가 자신의 수첩을 들여다봤다.

"퍼트리샤 레인이라는 여학생이 지난주 화요일에 들렀는데, 조제실 업무가 끝난 후에 실리아와 영화를 보러 가기로 했었다는군요."

"퍼트리샤 레인이라."

푸아로가 무언가를 골똘히 생각하며 말했다.

"그 여학생은 그곳에 5분 정도 머물렀는데, 독극물 약장에는 가까이 가지 않고, 외래 환자 약 창구 근처에서 실리아랑 다른 약사들이랑 이야기를 나누었다더군요. 2주 전쯤 피부색이 검은 여자가 왔었다는 이야기도 들었는데, 아주 똑똑한 학생이었다고 했습니다. 그 여학생은 어떤 일에 관심을 보이면서 그것에 대해 이것저것 묻고 메모를 했는데, 완벽한 영어를 구사했다고 하더군요."

"그렇다면 엘리자베스 존스턴이겠군요. 엘리자베스가 어떤 일에 관심을 보였다고 하던가요?"

"복지 병원이었답니다. 그 여학생은 그런 병원의 구조와 유아 설사 및 피부 감염 같은 증상에 어떤 약을 처방하는지에 관심을 보였답니다."

푸아로가 고개를 끄덕였다.

"다른 사람은 없었나요?"

"그 사람들 기억으로는 다른 사람은 없었다더군요."

"의사들도 조제실에 오나요?"

샤프 경위가 빙긋 웃었다.

"언제나 들락거리죠. 공식적으로든 비공식적으로든. 어떤 약에 대해 물으러 오기도 하고, 어떤 약을 보관하고 있는지 보러 오기도 하고요."

"어떤 약을 보관하고 있는지 보러 온다고요?"

"그렇답니다. 그렇게 들은 것 같아요. 의사들이 환자의 피부에 문제를 일으키거나 소화 작용을 심하게 방해하는 어떤 약을 대체할 만한 약이 무엇인지 물으러 오는 경우가 있다고 합니다. 한가한 시간에 잡담을 나누러 오기도 하고. 젊은 의사들은 술 마신 다음 날 베가닌이나 아스피린을 가지러 왔다가 기회가 되면 젊은 여자 조제사들과 시시덕거리기도 하겠죠. 인간의 천성이라는 게 거기서 거기니까. 상황은 이렇습니다. 별로 희망적이지 않아요."

"그런데 내가 들은 말이 사실이라면, 히코리가의 하숙집에 사는 학생 중 한둘이 성 캐서린 병원에서 공부하는 큰 키에 붉은 머리를 한 베이츠, 아니, 베이트먼을 사모한다고 하던데요."

"레너드 베이트슨 말씀이시죠. 맞습니다. 콜린 맥냅은 거기서 대학원 과정을 밟고 있죠. 그리고 진 톰린슨이라는 아가씨는 그곳 물리 치료실에서 일한다고 하더군요."

"그렇다면 세 사람 모두 조제실에 상당히 자주 들르겠군요?"

"그렇죠. 그런데 문제는 모두 이 세 사람을 잘 알고 워낙 자주 보는 터라, 이 사람들이 언제 조제실에 왔었는지 아무도 기억하지 못한다는 겁니다. 진 톰린슨은 고참 조제사와 친구 사이라고 하더군요."

"간단하지 않군요."

"바로 그 말입니다! 조제실 직원은 누구든 독극물 약장을 들여다보며 '대체 비소액을 왜 이렇게 많이 갖고 있는 거지?' 혹은 '최근에 누가 이 약을 사용했는지 모르겠는걸.' 같은 말을 합니다. 그러고는 아무도 그 일을 다시 생각하거나 유념해 두지 않는 거죠."

샤프 경위가 잠시 말을 멈췄다가 다시 입을 열었다.

"우리는 지금 누군가가 실리아 오스틴에게 모르핀을 투여하고, 자살로 위장하기 위해 그 모르핀 병과 찢어진 종잇조각을 실리아의 방에 갖다 놓았을 거라고 추측하고 있습니다. 하지만 무슈 푸아로, 대체 왜 그렇게 생각해야 하는 겁니까?"

푸아로는 고개를 저을 뿐 아무 말도 하지 않았다. 샤프 경위의 말이 계속되었다.

"당신은 오늘 아침에 누군가가 실리아 오스틴에게 도벽이 있는 척 가장하라고 제안했을지 모른다고 말했습니다."

푸아로가 거북해하며 몸을 움직였다.

"그건 막연한 추측일 뿐입니다. 실리아가 그런 일을 스스로 생각해 낼 만큼 수완이 좋았을지 의심스러워서 그런 것뿐이죠."

"그렇다면 그 사람이 누구일까요?"

"내가 아는 한 그런 생각을 해낼 수 있는 사람은 오직 셋뿐입니다. 레너드 베이트슨은 그런 일에 필요한 지식이 있을 법하죠. 그는 콜린의 열의가 '부적응적인 성격' 때문임을 알고 있으니까. 베이트슨이 실리아에게 그런 것을 농담처럼 제안하고 실리아 편에 서서 코치 노릇을 했을 수는 있습니다. 하지만 몇 달 동안 그런 일을 묵인할 사람으로 보이지는 않습니다. 궁극적인 목적이 있었거나, 겉으로 보이는 것과 판이하게 다른 사람이 아니라면 말이지요. (물론 그런 가능성은 언제나 염두에 두어야 하지만요.)

나이절 채프먼은 장난기 있고 살짝 악의적으로 돌변할 수도 있는 사람 같더군요. 나이절은 이 일이 상당히 재미있다고 생각하는 것 같아요. 양심의 가책 같은 건 느낄 것 같지도 않더군요. 다 큰 '악동' 같다고나 할까요.

제가 염두에 두고 있는 세 번째 사람은 발레리 홉하우스라는 젊은 여성입니다. 발레리는 똑똑하고 현대적인 외모에 교육도 많이 받아서, 콜린의 그런 반응을 예상할 만큼 심리학 서적도 많이 읽었을 가능성이 있어요. 만일 발레리가 실리아를 좋아했다면, 콜린을 놀리는 게 재미있고 정당하다고 생각했을 수도 있죠."

"레너드 베이트슨, 나이절 채프먼, 발레리 홉하우스라. 힌트를 줘서 고맙습니다. 이 세 사람을 심문할 때 지금 당신이 한 말을 잊지 않겠습니다. 인도인들은 어떤가요? 그중 한 사람은 의대생이던데."

"그 학생은 정치와 박해 문제에 완전히 정신이 팔려 있습니다. 그 사람이 실리아 오스틴에게 도벽이 있는 척하라고 제안할 만한 여유가 있을 것 같지는 않아요. 게다가 실리아가 그 학생의 충고를 받아들일 것 같지도 않고요."

"무슈 푸아로, 그렇다면 선생님이 해 주실 수 있는 이야기는 이게 전부인 겁니까?"

샤프 경위가 수첩을 덮고 자리에서 일어났다.

"미안하지만 그렇습니다. 하지만 전 이 일에 개인적으로 관심이 갑니다. 그래서 말인데, 혹시 반대하실 겁니까?"

"그럴 생각은 눈곱만큼도 없습니다. 왜 반대하겠습니까?"

"전 미숙한 대로 제가 할 수 있는 것을 하겠습니다. 할 수 있는 건 한 가지뿐인 것 같군요."

"그게 뭐죠?"

푸아로가 한숨을 내쉬고는 말했다.

"대화를 하는 거죠. 대화를 하고, 또 하는 겁니다! 제가 여태까지 만난 살인자들은 모두 말하기를 좋아했습니다. 말이 없는 사람은 거의 살인을 저지르지 않고, 만일 저지른다 해도 아주 간단하고, 폭력적이며, 뻔한 살인만 저지른답니다. 하지만 우리의 명석하고 치밀한 살인자는 자기 만족에 빠진 나머지, 실수로 무언가를 발설하거나 자기가 판 함정에 자기가 빠지곤 하죠. 이 사람들과 대화를 나누되, 간단한 질문만 하지는 마십시오. 이 사람들의 의견을 묻고, 도움을 청하고, 어떤 예감이 드는지 물어보십시오. 아, 이런! 당신이 이미 잘하고 있는 일에 제가 뭘 더 왈가왈부하겠습니까. 당신도 유능한 사람인데."

샤프 경위가 부드러운 미소를 지어 보였다.

"늘 친절하고 큰 도움이 되어 줘서 고맙습니다."

두 남자는 서로를 마주 보며 미소 지었다. 샤프 경위가 자리에서 일어서며 느릿느릿 말했다.

"한 사람 한 사람이 모두 살인자일 가능성이 있는 셈이군요."

"저도 그렇게 생각합니다. 예를 들어, 레너드 베이트슨은 성격이 불같아서 자제력을 잃는 경우가 있죠. 발레리 홉하우스는 머리가 좋아서 뛰어난 계략을 세울 수 있는 사람이고요. 나이절 채프먼은 균형 감각이 없는 어린아이 같습니다. 돈이 생긴다면 살인이라도 저지를 프랑스 여학생도 있어요. 퍼트리샤 레인은 모성이 강한 여자지만, 이 유형은 언제나 무자비하지요. 샐리 핀치라는 미국 여학생은 명랑하고 쾌활하지만, 그 누구보다 꾸며 낸 역할을 잘 해낼 사람입니다. 진 톰린슨은 상당히 친절하고 정의로워 보이지만, 우리 모두 일요 성경 학교에 헌신적으로 나가는 살인자가 많다는 사실을 잘 알고 있지 않습니까. 서인도 제도 출신의 엘리자베스 존스턴은 그 하숙집에서 생활하는 그 누구보다 머리가 좋을 겁니다. 엘리자베스는 감정을 이성의 하위에 두고 있는데, 그건 위험한 생각이지요. 게다가 우리가 상상할 수도 없는 이유로 사람을 죽일 수 있는 매력적인 아프리카 청년도 있죠. 심리학자인 콜린 맥냅도 있고. '의사여, 그대 자신을 치료하라.'라는 말에 해당되는 심리학자는 또 얼마나 많겠습니까?"

"무슈 푸아로, 제발 그만하십시오. 머리가 어지러울 지경입니다! 살인을 저지를 법하지 않은 사람은 없나요?"

"저도 그 점이 궁금할 때가 많습니다."

9장

 샤프 경위는 의자에 기대 앉아 손수건으로 이마의 땀을 훔치며 한숨을 내쉬었다. 그는 분개해서 눈물을 흘리는 프랑스 여학생, 거만하고 비협조적인 프랑스 청년, 둔감하고 의심 많은 네덜란드인, 입담 좋고 공격적인 이집트인과 대화를 나누었다. 샤프 경위의 말을 잘 알아듣지 못하며 불안감에 떠는, 터키에서 온 두 학생과는 짧게 몇 마디 나눈 게 전부였으며, 매력적인 이라크 청년과도 마찬가지였다. 샤프 경위 생각에는 이들 중 어느 누구도 이 사건과 관련이 있거나, 실리아 오스틴의 죽음과 관련해 도움을 줄 것 같지 않았다. 샤프 경위는 안심하라는 말로 이들을 한 사람 한 사람 돌려보내고, 이제 아키봄보 군을 기다리고 있었다.
 서아프리카 출신의 젊은 청년 아키봄보는 흰 이를 드러내며 어린아이 같은 애처로운 눈으로 샤프 경위에게 미소를 지어 보였다.

"도움을 드리고 싶습니다. 실리아는 제게 아주 친절했습니다. 전에 제게 에든버러록 과자 한 상자를 준 적도 있는데, 전에는 몰랐던 아주 맛있는 사탕과자였어요. 그런 실리아가 죽다니 정말 슬픕니다. 원한을 사서 그런 걸까요? 아니면 실리아가 잘못 처신했다는 뜬소문을 들은 실리아의 아버지와 삼촌이 와서 죽인 걸까요?"

샤프 경위는 그런 일이 벌어졌을 가능성은 별로 없다며 아키봄보를 안심시켰다. 아키봄보가 슬픈 듯 고개를 저었다.

"그렇다면 저는 왜 그런 일이 벌어졌는지 아는 게 없습니다. 여기 함께 사는 누군가가 왜 실리아를 해쳐야 했는지 알지 못합니다. 하지만 실리아의 머리카락과 손톱을 잘라 제게 주신다면, 예로부터 전해 내려오는 방법을 사용해 볼 수는 있습니다. 과학적이지도 현대적이지도 않지만, 제가 살던 나라에서 많이 사용되는 방법이거든요."

"아키봄보 군, 제안은 고맙지만, 그럴 필요는 없을 것 같군요. 여기서는…… 그러니까 그런 방법을 사용하지 않아요."

"그럼요, 경위님. 충분히 이해합니다. 현대적이지도 않고, 원자력 시대에 걸맞지도 않죠. 우리 나라에서도 젊은 경찰들은 그런 방법을 사용하지 않습니다. 시골에 사는 노인들만 쓰는 방법이죠. 새로 우수한 방법이 많이 개발되었으니, 성공을 거두실 겁니다."

아키봄보가 공손하게 인사를 하고 방에서 나갔다.

"체면을 지키기 위해서라도 꼭 성공해야 할 텐데."

샤프 경위가 혼잣말로 이렇게 중얼거렸다.

다음은 나이절 채프먼 차례였다. 그는 대화의 주도권을 쥐려고 했다.

"이건 아주 예외적인 사건입니다, 그렇지 않습니까? 경위님께서 자살이라고 하셨을 때, 뭔가 잘못 짚고 계시다는 생각이 들더군요. 실리아가 자기 만년필을 제 녹색 잉크로 채웠다는 사실 때문에 모든 것이 달라졌다고 생각하니, 오히려 고마운 생각이 들더라는 말씀을 드려야겠군요. 그건 살인자가 예상하지 못한 단 한 가지 일이었을 겁니다. 이 범죄의 동기가 과연 무엇인지에 대해 생각을 많이 하셨을 줄로 압니다."

"채프먼 군, 질문은 내가 합니다."

샤프 경위가 차갑게 쏘아붙이자 나이절이 한 손을 내저으며 쾌활하게 답했다.

"아, 물론, 물론입니다. 저는 경위님의 수고를 조금이라도 덜어 드리려 했을 뿐입니다. 하지만 당연히 형식적인 절차도 거쳐야겠지요. 이름은 나이절 채프먼, 나이는 25세, 출생지는 정말이지 너무도 엉뚱하게도 나가사키랍니다. 부모님이 당시에 그곳에서 뭘 하셨는지는 모릅니다. 아마도 세계 여행 중이셨겠죠. 하지만 그렇다고 해서 제가 일본인인 건 아닙니다. 저는 런던 대학에서 청동기와 중세 역사를 공부하고 있습니다. 또 알고 싶으신 건 없으십니까?"

"집 주소가 어디로 되어 있나요, 채프먼 군?"

"집 주소는 없습니다, 경위님. 아버지가 계십니다만, 심하게 다툰 관계로 그분의 주소는 더 이상 제 주소가 아니게 되었습니다. 따라서 히코리가 26번지가 제 주소이며, 여행길에서 알게 되었지만 두

번 다시 만나고 싶지 않은 사람들에게는 코츠 은행 리덴홀스트리트 지점으로 오면 언제나 절 만날 수 있다고 말한답니다."

샤프 경위는 나이절의 경박하고 주제 넘는 행동에 대해 아무 말도 하지 않았다. 그는 전에 나이절을 만난 적이 있었고, 그래서 나이절이 이처럼 주제넘게 구는 것은 그저 살인과 관련된 질문을 받을지 몰라 불안한 나머지, 무례함으로 자신을 위장하기 위한 것일지 모른다고 재빠르게 추측했다.

"실리아 오스틴과 얼마나 잘 아는 사이입니까?"

"그건 상당히 어려운 질문이군요. 매일 얼굴을 보고 기분 좋은 이야기를 주고받았으니, 그런 면에서는 아주 잘 안다고 할 수 있지만, 실은 전 실리아에 대해 아는 게 전혀 없습니다. 물론 실리아에게 약간의 관심조차 없었고, 실리아는 어느 편인가 하면 아마 절 별로 좋아하지 않았을 겁니다."

"실리아가 당신을 좋아하지 않은 특별한 이유라도 있나요?"

"글쎄요, 제 유머를 별로 좋아하지 않았습니다. 게다가 저는 콜린 맥냅처럼 음침하고 무례한 부류도 아닙니다. 그런 유의 무례함은 여자들의 마음을 끌기 안성맞춤이죠."

"실리아 오스틴을 마지막으로 본 게 언제입니까?"

"어제 저녁 식사 때였습니다. 아시다시피, 우리 모두 실리아를 따뜻하게 맞아 주었지요. 콜린이 일어나서, 헛기침을 하며 우물쭈물하다, 결국 수줍어하며 두 사람이 결혼을 약속했다고 하더군요. 그래서 우리 모두 콜린을 조금 놀려 댔고, 그게 마지막이었습니다."

"저녁을 먹으면서였나요, 아니면 휴게실에서였나요?"

"아, 저녁을 먹으면서였습니다. 그 후에 다들 휴게실로 몰려갔죠. 콜린은 어디론가 사라져 보이지 않더군요."

"그래서 남은 사람들이 휴게실에서 커피를 마셨군요."

"우리가 마신 음료를 커피라고 부르신다면, 그 말씀이 맞습니다."

"실리아 오스틴도 커피를 마셨나요?"

"글쎄요, 그런 것 같아요. 실리아가 커피 마시는 걸 제가 직접 보진 못했지만, 틀림없이 커피를 마셨을 겁니다."

"예를 들면, 당신이 직접 실리아에게 커피를 건네거나 하진 않았단 말이죠?"

"답을 유도하는 질문만 하시는군요! 경위님이 그렇게 말씀하시며 탐색하는 눈으로 절 보시면, 제가 커피에 스트리키니네든 뭐든 타서 실리아에게 건넨 것 같은 느낌이 든다는 걸 잘 알고 하시는 말씀인 것 같군요. 최면에 빠뜨리는 질문이라고나 할까요. 하지만 샤프 경위님, 저는 실리아에게 가까이 간 일도 없습니다. 솔직히 말해서 저는 실리아가 커피를 마셨는지 안 마셨는지조차 모릅니다. 그리고 제 말을 믿으시든 말든 이런 말씀을 드릴 수 있습니다. 전 실리아에게 한 점의 열정도 품고 있지 않으며, 따라서 실리아가 콜린 맥냅과 결혼을 약속했다고 발표한 후에도 내면에서 살의에 찬 복수심을 느끼지 않았다고 말입니다."

"채프먼 군, 그런 식으로 유도한 게 아닙니다. 내가 단단히 잘못 짚은 게 아니라면, 이번 사건에 그런 복잡한 애정 관계는 존재하지 않아요. 하지만 누군가는 실리아 오스틴을 제거하길 원했습니다. 대체 그 이유가 뭘까요?"

샤프 경위가 차분한 목소리로 말했다.

"경위님, 저도 상상이 가지 않습니다. 실리아는 남에게 아무런 해도 주지 않는 여자였기 때문에, 저도 그 이유가 몹시 궁금합니다. 제 말뜻을 아신다면 말입니다. 이해가 느린 편이고, 조금 지루하고, 누구에게나 친절하죠. 그래서 절대로 자살을 할 여자는 아니라고 확신합니다."

"당신은 이 하숙집에서 여러 가지 물건이 없어진 일과 좀도둑질 그리고 기타 등등의 일을 저지른 사람이 실리아 오스틴이라는 사실을 알고 놀랐나요?"

"놀라 자빠질 뻔했지요! 아무런 특징도 없는 여자였으니까요."

"혹시 당신이 실리아를 부추긴 건 아니겠죠?"

나이절은 정말로 놀란 표정이었다.

"제가요? 실리아에게 그런 일을 하게 만들었다고요? 제가 왜 그랬단 말입니까?"

"바로 그게 의문입니다, 그렇지 않나요? 이상한 유머 감각을 갖고 있는 사람들도 있으니까요."

"글쎄요, 제가 우둔해서 그런지는 모르지만, 저는 그동안 벌어졌던 모든 어리석은 좀도둑질이 조금도 재미있지 않던걸요."

"당신이 짜낸 장난이 아니란 말이죠?"

"그런 일이 재미있다는 생각은 한 번도 해 본 적이 없습니다. 경위님, 그 도둑질은 순전히 심리적인 문제 때문이었겠죠?"

"실리아 오스틴에게 도벽이 있었다고 생각하나요?"

"딱히 다른 설명이 없지 않습니까, 경위님?"

"채프먼 군도 도벽에 대해 나만큼이나 아는 게 없는 것 같군요."

"저는 정말이지 다른 설명을 생각해 낼 수가 없습니다."

"누군가 맥냅 군의 관심을 끌도록 오스틴 양에게 이런 모든 일을 시켰을 거라는 생각은 안 드나요?"

나이절의 눈이 뚜렷한 악의로 번뜩였다.

"경위님, 그건 정말이지 아주 흥미로운 설명입니다. 생각해 보니 그건 완벽하게 가능한 일일 것 같습니다. 애늙은이 콜린이 곧이곧대로 믿고, 완전히 속아 넘어갔단 말씀이시죠."

나이절은 자신의 말에서 커다란 기쁨을 느끼는지 한동안 말을 길게 끌었다. 그러고는 서글픈 듯 고개를 저었다.

"하지만 실리아가 그런 짓을 하지는 못했을 겁니다. 실리아는 콜린에게 홀딱 빠져 있었거든요."

"채프먼 군, 당신은 이 하숙집에서 그동안 벌어진 일에 대해 나름의 견해를 갖고 있지 않나요? 예를 들어, 존스턴 양의 공책에 잉크를 엎지른 일에 대해서는 어떻게 생각하나요?"

"샤프 경위님, 경위님께서 제가 그랬다고 생각하신다면, 그건 정말이지 사실이 아닙니다. 물론 녹색 잉크 때문에 제가 한 것처럼 보이긴 합니다. 하지만 제게 물으신다면, 그건 순전한 악의였다고 말씀드리겠습니다."

"무슨 악의 말인가요?"

"제 잉크를 사용한 것 말입니다. 제가 한 것처럼 보이게 하려고 누가 고의로 제 잉크를 사용한 거죠. 여긴 악의를 품은 사람이 많습니다, 경위님."

샤프 경위가 날카로운 눈으로 나이절을 응시했다.

"악의를 품은 사람이 많다니 정확히 무슨 뜻입니까?"

그러나 나이절은 즉시 몸을 웅크리고 애매한 대답으로 일관했다.

"별다른 뜻이 있는 건 아닙니다. 단지 많은 사람들이 좁은 곳에서 함께 지내다 보니, 다소 좀스러워진다는 거죠."

샤프 경위가 다음에 만난 사람은 레너드 베이트슨이었다. 그는 방식은 달랐지만, 나이절보다 더 힘든 상대였다.

레너드 베이트슨은 의심이 많은 데다 공격적이었다.

"그렇습니다! 제가 커피를 따라서 실리아에게 주었습니다. 그래서 어쨌다는 거죠?"

샤프 경위가 처음으로 던진 의례적인 질문에 베이트슨은 대뜸 소리부터 질렀다.

"베이트슨 군, 그러니까 당신이 저녁 식사 후에 실리아에게 커피를 따라 주었다는 거죠?"

"그렇습니다. 적어도 제가 대형 커피포트에서 커피를 따라 그 잔을 실리아 옆에 내려놓은 것은 사실입니다. 하지만 믿으시든 안 믿으시든 저는 그 안에 모르핀은 타지 않았습니다."

"실리아가 그 커피를 마시는 걸 봤나요?"

"아뇨, 실리아가 마시는 건 못 봤습니다. 모두 왔다 갔다 했고, 저는 그 직후에 다른 사람과 논쟁을 벌였습니다. 그래서 실리아가 그 커피를 언제 마셨는지 모릅니다. 실리아 주변에 다른 사람들이 있었으니까요."

"알겠어요. 그러니까 다른 누군가가 실리아의 커피 잔에 모르핀을 떨어뜨렸을 수도 있다는 말인가요?"

"경위님이 다른 사람의 커피 잔에 무언가를 한번 넣어 보십시오! 모두가 보게 될 겁니다."

"반드시 그렇진 않죠."

샤프 경위가 반박했다.

렌이 공격적으로 분노를 터뜨렸다.

"도대체 제가 왜 그런 여자를 독살했다고 생각하시는 겁니까? 전 그 애에게 아무런 반감도 없습니다."

"당신이 실리아를 독살했다고 말하는 게 아닙니다."

"실리아가 스스로 독약을 탄 겁니다. 실리아가 직접 독약을 넣은 게 틀림없습니다. 다르게 설명할 방도가 없지 않습니까?"

"그 거짓 유서만 없었어도 우리도 그렇게 생각했을 겁니다."

"거짓이라뇨! 실리아가 직접 썼잖아요. 그렇지 않습니까?"

"실리아가 그날 아침 일찍 쓴 어떤 편지의 일부입니다."

"글쎄요, 실리아가 그 편지를 조금 찢어서 유서로 삼았을 수도 있죠."

"베이트슨 군, 그만 하세요. 만일 당신이 자살을 하려 한다면, 유서를 직접 쓰겠지요. 다른 사람에게 써 두었던 편지를 가져다 한 문장만 조심스럽게 찢어 내는 짓은 하지 않을 겁니다."

"그럴 수도 있죠. 사람들은 온갖 우스운 짓거리를 다 하니까요."

"그렇다면 편지의 나머지 부분은 어디 있을까요?"

"제가 그걸 어떻게 압니까? 그건 경위님이 알아내실 일이지, 제 일이 아닙니다."

"지금 그 일을 하고 있는 겁니다. 베이트슨 군, 내 질문에 성의 있게 답하는 게 좋을 겁니다."

"알고 싶으신 게 뭡니까? 전 그 애를 죽이지 않았습니다. 그 애를 죽일 아무 이유도 없습니다."

"실리아를 좋아했나요?"

"실리아를 아주 좋아했습니다. 착한 아이였죠. 조금 멍청하긴 했어도 상냥했어요."

렌의 공격적인 말투가 한풀 꺾였다.

"실리아가 한동안 모두를 걱정하게 만들었던 좀도둑질을 자신이 했다고 자백했을 때 그 말을 믿었나요?"

"물론 믿었고 말고요. 실리아가 그렇게 말했으니까요. 하지만 이상하다는 생각이 들긴 했습니다."

"실리아가 그런 짓을 할 법하지 않다고 생각한 거죠?"

"그렇습니다. 정말 그럴 것 같지 않았습니다."

렌의 공격적인 태도는 이제 가라앉았고, 그는 더 이상 자신을 방어하려 들지 않았다. 대신 그동안 이상하게 여겨 왔던 문제에 대해 골똘히 생각하는 눈치였다.

"실리아는 도벽이 있을 법한 사람도, 도둑질을 할 사람도 아닌 것 같습니다. 제 말뜻을 아신다면 말입니다."

"그렇다면 실리아가 다른 이유 때문에 그런 짓을 한 건 아닐까요?"

"다른 이유라니요? 무슨 다른 이유가 있을 수 있나요?"

"어쩌면 콜린 맥냅의 관심을 끌고 싶었을 수도 있죠."

"그건 좀 억지 아닙니까?"

"하지만 그 일로 콜린의 관심을 끌었지 않습니까?"

"물론, 그랬죠. 애늙은이 콜린은 그런 유의 심리적인 이상에 관심이 아주 많으니까요."

"그렇다면, 실리아 오스틴이 그런 사실을 알았다면……."

렌이 고개를 저었다.

"오류는 바로 거기 있습니다. 실리아는 그런 생각을 해낼 만큼 영리하지 못합니다. 그러니까 그런 계획을 세우지 못해요. 그럴 만한 지식을 갖추고 있지 못합니다."

"하지만 당신은 그런 지식을 갖고 있지요, 그렇지 않나요?"

"무슨 말씀이신가요?"

"그러니까 당신이 순수하고 좋은 의도로 실리아에게 그렇게 하도록 권했을 수도 있다는 거죠."

렌이 잠시 소리 내어 웃었다.

"제가 그런 바보 같은 짓을 했다고 생각하시다니요. 제정신이 아니시군요."

샤프 경위가 질문 방향을 바꿨다.

"당신은 실리아 오스틴이 엘리자베스 존스턴의 공책에 잉크를 쏟았다고 생각합니까, 아니면 다른 사람이 그랬다고 생각합니까?"

"다른 사람이 그랬을 겁니다. 실리아가 자신은 그러지 않았다고 말했고, 저는 실리아를 믿습니다. 실리아는 다른 사람들과 달리 베스 때문에 짜증을 낸 적도 없습니다."

"베스 때문에 짜증을 낸 사람은 누군가요, 그리고 이유는 뭔가요?"

렌이 잠시 생각에 잠겼다가 설명했다.

"베스는 사람들의 말을 대놓고 지적합니다. 누군가가 무분별한 말을 늘어놓으면, 식탁 맞은편에서 지켜보고 있다가 예의 그 또박또박한 말투로 '미안하지만 그건 사실과 달라. 통계에 의하면······.' 하고 말하죠. 그런 식입니다. 그건 짜증 나는 일이죠. 특히 나이절 채프먼처럼 되는 대로 말하길 좋아하는 사람들에겐 더욱 그렇죠."

"아, 그렇군요. 나이절 채프먼."

"게다가 잉크도 녹색이었고요."

"그렇다면 나이절이 그랬다고 생각하나요?"

"적어도 그럴 가능성은 있지요. 나이절은 악의를 품을 만한 녀석이니까요. 게다가 인종적인 편견도 약간 갖고 있는 것 같았어요. 엘리자베스가 유색 인종에 해당하잖아요."

"잘난 체하고 남의 말을 고쳐 주는 습관 때문에 존스턴 양을 싫어하는 사람이 또 있나요?"

"글쎄요, 콜린 맥냅도 별로 좋아하지 않았고, 진 톰린슨이 베스 때문에 한두 번 화를 낸 적이 있어요."

샤프 경위가 산만한 질문을 몇 가지 더 했지만, 레너드 베이트슨은 쓸모 있는 정보를 더 제공하지 못했다.

다음은 발레리 홉하우스였다.

발레리는 멋지고 우아하며 신중해 보였다. 게다가 발레리는 앞의 두 남자보다 한결 차분했다. 발레리는 실리아를 좋아했다고 말했다. 실리아가 그다지 똑똑한 편이 아니어서, 콜린 맥냅을 좋아하는 게 가엾어 보였다는 말도 했다.

"홉하우스 양, 실리아에게 도벽이 있었다고 생각하나요?"

"그랬겠죠. 그 문제는 제가 잘 몰라서요."

"누군가 실리아에게 그런 짓을 시켰다고 생각하나요?"

발레리가 어깨를 으쓱해 보였다.

"그 거드름 피우는 멍청이 콜린의 관심을 끌기 위해 그랬다고요?"

"이해가 아주 빠르시네요, 홉하우스 양. 그렇습니다. 그런 뜻입니다. 당신이 실리아에게 그런 제안을 한 건 아니겠죠?"

발레리가 재미있다는 표정을 지었다.

"글쎄요, 제가 특별히 좋아하는 스카프를 잘게 자른 걸 생각하면 그럴 가능성이 거의 없지 않을까요. 저는 그렇게 이타적인 사람까지는 못 되거든요."

"다른 누군가가 실리아에게 그런 제안을 했다고 생각하나요?"

"그렇게 생각하지는 않아요. 실리아로서는 그런 짓을 한 게 당연하다고 말씀드릴 수 있겠네요."

"당연하다니 무슨 뜻인가요?"

"샐리의 구두 때문에 엄청난 소동이 벌어졌을 때, 저는 제일 먼저 실리아를 의심했어요. 실리아가 샐리를 질투했거든요. 샐리 핀치 말예요. 샐리는 이곳에서 단연코 가장 매력적인 여성이고, 콜린이 샐리에게 많은 관심을 보였거든요. 그런 상황에서 파티가 있던 날 밤 샐리의 구두가 사라졌고, 그래서 샐리는 낡은 검은색 드레스에 검은 구두를 신고 가야 했어요. 그때 실리아는 생선을 훔쳐 먹은 고양이처럼 새치름한 표정이었어요. 하지만 전 실리아가 팔찌나 화장용 분 같은 잡동사니를 훔쳤다고는 생각하지 않았어요."

"그럼 누가 그런 짓을 했다고 생각했나요?"

발레리가 어깨를 으쓱해 보였다.

"몰라요. 청소부일 거라고 생각했어요."

"그렇다면 찢어진 배낭은요?"

"아, 찢어진 배낭이 있었던가요? 잊고 있었어요. 별일 아니었던 것 같은데요."

"홉하우스 양은 여기서 생활한 지 상당히 오래되었죠, 그렇지 않나요?"

"그렇죠. 여기 사는 사람들 중 가장 오래되었을 거예요. 여기 온 지 2년 반 정도 됐으니까."

"그러니까 다른 누구보다 이 하숙집에 대해 잘 알겠군요?"

"그렇다고 할 수 있겠죠, 맞아요."

"실리아 오스틴의 죽음에 대해 뭔가 짚이는 게 있나요? 자살 이면의 동기에 대해 아는 게 있는지요?"

발레리가 심각해진 얼굴로 고개를 저었다.

"아뇨, 끔찍한 일이에요. 실리아를 죽이고 싶어 한 사람이 있었다는 게 믿어지지 않아요. 착하고 아무에게도 해를 끼치지 않는 아이인 데다, 결혼을 막 약속했고, 그런데……."

"그런데요?"

샤프 경위가 발레리를 재촉했다.

발레리는 느릿느릿 말을 이어 나갔다.

"이유가 뭔지 궁금한 생각이 들었어요."

"실리아야 결혼을 약속했으니 행복했을 테고, 하지만 그건…… 다른 누군가를 화나게 하는 일일 수도 있지 않을까요?"

발레리는 이 말을 하며 몸을 약간 떨었고, 샤프 경위는 그녀를 주의 깊게 관찰했다.

"그래요. 광기를 배제할 수 없는 문제죠. 엘리자베스 존스턴의 공책 사건에 대해 짚이는 게 있나요?"

샤프 경위가 계속 질문을 퍼부었다.

"아뇨. 그것도 아주 사악한 짓이에요. 실리아가 그런 짓을 했으리라곤 상상도 할 수 없어요."

"누가 그랬는지 짐작 가는 점이라도?"

"글쎄요……. 합리적인 생각이 아니라서."

"그렇다면 비합리적인 생각을 말한다면?"

"그저 예감에 불과한 이야기를 듣고 싶지는 않으실 거예요. 그렇죠, 경위님?"

"난 예감에 대해 듣는 걸 아주 좋아해요. 그 얘기는 예감으로 알고 들을 거고, 우리 둘만 아는 걸로 합시다."

"제 생각이 틀렸을 수도 있지만, 퍼트리샤 레인이 그랬을지도 모른다는 생각이 드네요."

"정말! 의외로군요, 홉하우스 양. 퍼트리샤 레인에 대해서는 생각해 보지 않았어요. 상당히 안정된 성격에 우호적인 젊은 여성 같던데."

"퍼트리샤 레인이 그랬다는 말은 아니에요. 그랬을 수도 있다는 예감이 든다는 거죠."

"그렇게 생각하는 특별한 이유라도 있나요?"

"퍼트리샤가 블랙 베스를 싫어하거든요. 나이절이 가끔 헛소리를 하면, 블랙 베스가 나이절의 말을 고쳐 줘서 퍼트리샤가 사모해 마지않는 나이절을 매번 화나게 했으니까요."

"나이절 본인이 아니라 퍼트리샤 레인이 그랬을 가능성이 더 크다고 생각하는 건가요?"

"그럼요. 나이절은 그런 일에 별로 신경 쓰지 않아요. 게다가 분명 그런 일에 자기만 쓰는 잉크를 사용하지도 않을 거고요. 나이절은 아주 머리가 좋거든요. 하지만 퍼트리샤가 자신의 소중한 나이절이 의심받을 거라는 생각은 미처 하지 못하고 그런 어리석은 짓을 저질렀을 수도 있지 않을까요."

"아니면 다른 누군가가 나이절 채프먼에게 반감을 품고 그의 소행처럼 보이려고 저지른 짓일 수도 있을까요?"

"그래요. 그럴 수도 있죠."

"누가 나이절 채프먼을 싫어하나요?"

"진 톰린슨이요. 또 나이절은 렌 베이트슨과도 늘 심하게 다퉈요."

"홉하우스 양, 모르핀이 어떻게 실리아 오스틴에게 투여되었는지 짐작 가는 게 있나요?"

"저도 여러 가지로 생각해 보았어요. 물론 제일 의심이 가는 부분은 커피예요. 우리는 모두 휴게실에 모여 있었어요. 커피가 실리아 옆 작은 탁자에 놓여 있었고요. 실리아는 늘 커피가 거의 차갑게 식을 때까지 기다렸다 마시거든요. 대담한 누군가가 아무도 보지 않을 때 실리아의 커피 잔에 모르핀 정제 같은 걸 떨어뜨렸을 수도 있겠죠. 하지만 상당한 위험이 수반되는 일이죠. 그러니까 제 말은 사람들의 눈에 쉽게 띌 수 있는 행동이라는 뜻이에요."

"그 모르핀은 정제 형태가 아니었어요."

샤프 경위가 말했다.

"그럼 뭐였죠? 가루였나요?"

"그래요."

발레리가 인상을 찌푸렸다.

"그렇다면 몰래 넣기 더 어려웠을 거예요, 그렇지 않나요?"

"커피 외에 짐작 가는 건 없나요?"

"실리아는 잠자리에 들기 전에 가끔 뜨거운 우유를 한 잔씩 마시곤 했어요. 그날 밤에 우유를 마신 것 같지는 않지만요."

"그날 저녁 휴게실에서 어떤 일이 있었는지 정확히 설명해 줄 수 있겠어요?"

"그러니까 말씀드렸다시피, 모두 둘러앉아 이야기를 나누었어요. 그러다 누가 라디오를 켰고, 남학생들은 대부분 밖으로 나간 것 같아요. 실리아가 상당히 이른 시간에 잠자리에 들겠다며 올라갔고, 진 톰린슨도 그랬어요. 샐리와 전 꽤 늦게까지 그곳에 앉아 있었죠. 저는 편지를 썼고, 샐리는 벼락치기 공부를 했고요. 제가 그날 제일 늦게 잠자리에 든 것 같아요."

"사실 여느 때와 똑같은 저녁 시간이었군요?"

"그렇습니다, 경위님."

"홉하우스 양, 고마워요. 이제 레인 양을 오라고 해 주겠어요?"

퍼트리샤 레인은 걱정스러운 표정이었지만, 불안해 보이지는 않았다.

질문과 대답이 오갔지만 새로운 내용은 별로 없었다. 엘리자베스 존스턴의 공책에 잉크를 쏟은 사건에 대해 묻자, 퍼트리샤는 실리아가 그런 게 틀림없다고 말했다.

"하지만 레인 양, 실리아는 그 사실을 매우 강하게 부인했습니다."

"물론 그랬겠죠. 그런 짓을 해 놓고 부끄러웠을 거예요. 하지만 그렇다고 보는 게 다른 모든 정황에 들어맞지 않나요?"

"레인 양, 내가 이 사건에 대해 어떻게 생각하고 있는지 알아요? 제대로 들어맞는 게 하나도 없다는 거예요."

"엘리자베스의 공책에 잉크를 엎지른 게 나이절이라고 생각하실지 모르겠어요. 바로 잉크 때문에요. 하지만 그건 진짜 말도 안 되는 추론이에요. 나이절이 그런 짓을 했다면, 자기 잉크를 쓰지 않았을 거예요. 나이절은 그런 바보가 아니거든요. 어쨌든 나이절은 그런 짓을 할 사람이 아니에요."

퍼트리샤가 얼굴을 붉히며 설명했다.

"나이절 채프먼 군은 존스턴 양과 잘 지내지 못하는 편이었다면서요, 그랬나요?"

"존스턴이 가끔 나이절을 화나게 만들긴 했지만, 나이절은 별로 개의치 않았어요. 경위님, 한두 가지 말씀드릴 게 있어요. 나이절 채프먼에 대해서요. 사실 나이절의 최악의 적은 바로 자기 자신이에요. 그 사람이 본심과 달리 몹시 까다롭게 군다는 걸 처음 알아낸 게 바로 저랍니다. 그런 태도 때문에 사람들은 나이절에 대해 편견을 갖죠. 나이절은 무례하고 냉소적이며 사람들을 놀려 대요. 그러면 사람들은 나이절에게 등을 돌리고, 아주 형편없는 사람이라고 단정 지어 버리죠. 하지만 실은 나이절은 겉으로 보이는 것과는 상당히 다른 사람이랍니다. 사람들이 자기를 좋아해 주기를 간절히 바라면서도, 모순적이게도 그런 생각과는 정반대로 말하고 행동하는, 내성적이고 자신이 불행하다고 느끼는 그런 사람이죠."

퍼트리샤 레인이 상체를 앞으로 숙이며 열성적으로 말했다.

"아, 굉장히 불행한 일이군요."

"그렇답니다. 하지만 자신도 어쩔 수 없는 거죠. 불운한 어린 시절을 보낸 데서 비롯된 문제니까요. 나이절의 가정생활은 몹시 불행했어요. 아버지는 지나치게 엄격하고 냉혹하며 아들을 조금도 이해해 주지 않는 분이셨죠. 게다가 나이절의 어머니까지 함부로 대하셨다나 봐요. 어머니가 세상을 떠난 후, 나이절은 아버지와 대판 싸우고 집을 나왔죠. 나이절의 아버지는 아들에게 한 푼도 주지 않겠다고 선언했고, 그래서 나이절은 아버지의 도움 없이 살아가야 했죠. 나이절도 아버지의 도움은 받고 싶지 않다고 말했어요. 만일 돈을 주신다 해도 한푼도 받지 않을 거라고요. 어머니의 유언에 따라 나이절은 얼마 안 되는 돈을 받았고, 이후로 나이절은 아버지에게 편지를 쓰지도 가까이 가지도 않는답니다. 물론 어떤 면에서 안된 일이지만, 나이절의 아버지 또한 몹시 불행하실 거예요. 그 때문에 나이절은 냉소적이 되었고, 사람들과 잘 어울려 지내지 못하는 거죠. 어머니가 돌아가신 뒤로 아무도 나이절을 돌봐 주거나 보살펴 주지 않았대요. 똑똑한 사람이지만, 그래서 건강은 별로 좋지 못해요. 문제투성이 인생을 살고 있는 거죠. 그래서 자신의 진정한 모습을 보여 주지 못하는 거랍니다."

퍼트리샤 레인이 말을 멈췄다. 오랫동안 열의를 다해 말한 탓에 얼굴은 붉게 상기되었고 숨을 헐떡이기까지 했다.

샤프 경위가 그녀를 주의 깊게 살폈다. 그는 여태까지 이런 여자들을 수도 없이 보아 왔다.

'그놈을 사랑하는 거야. 나이절은 이 여자가 안중에도 없지만, 어머니 같은 보살핌만은 받아들이겠지. 나이절의 아버지도 분명 까다로운 늙은이겠지만, 어머니도 맹목적인 사랑으로 아들을 망쳐 놓고

부자 사이를 더 벌려 놓은 어리석은 여인이었을 거야. 그런 사람들을 너무도 많이 봐 왔어.'

샤프 경위는 나이절 채프먼이 실리아 오스틴에게 끌렸던 것은 아닐까 생각해 봤다. 그럴 것 같지는 않지만, 그럴 가능성도 있었다.

'만일 그랬다면 퍼트리샤 레인은 그 사실에 너무나 분개했겠지.'

그렇다고 살인까지 저지른다? 그렇지는 않을 것 같았다. 게다가 실리아가 콜린 맥냅과 결혼을 약속한 사실을 알았다면, 살인을 기도할 마음도 깨끗이 접었어야 마땅하지 않은가. 샤프 경위는 퍼트리샤 레인을 내보내고 진 톰린슨을 불렀다.

10장

 진 톰린슨은 진지해 보이는 27살의 젊은 여성으로, 평범한 외모에 금발 머리를 하고 입을 잔뜩 오므린 채로 방에 들어왔다.
 진이 자리에 앉아 새침한 표정으로 입을 열었다.
 "네, 경위님? 뭘 도와 드릴까요?"
 "톰린슨 양, 비극적인 이번 사건과 관련해 도움을 좀 받을 수 있을까 해서요."
 "충격적이에요. 너무 놀랐어요. 실리아가 자살했다고 생각했을 때도 기분이 무척 안 좋았는데, 이제 살해당한 걸로 추정된다니……."
 진이 말을 멈추고 슬픈 듯 고개를 저었다.
 "실리아가 스스로 독약을 먹지 않은 게 거의 확실합니다. 그 독약의 출처에 대해 아는 게 있나요?"
 진이 고개를 끄덕였다.

"실리아가 일하는 성 캐서린 병원에서 나온 약이라고 들었어요. 하지만 그렇다면 자살일 가능성이 크지 않나요?"

"그렇게 보이려 한 게 틀림없어요."

"하지만 실리아 말고 누가 독극물을 손에 넣을 수 있겠어요?"

"마음만 먹는다면, 그럴 수 있는 사람은 많아요. 그러려고만 한다면, 톰린슨 양, 당신도 그 약을 손에 넣을 수 있어요."

"샤프 경위님, 진심이세요?"

진이 분개한 듯 날카로운 목소리로 외쳤다.

"톰린슨 양은 그 병원의 조제실을 상당히 자주 찾아가요, 그렇죠?"

"밀드리드 캐리를 보러 갔었어요, 맞아요. 하지만 당연히 독극물이 보관된 약장에는 손을 댈 생각도 안 했죠."

"하지만 그럴 수 있었다면요?"

"저는 맹세코 그런 짓을 하지 않았을 거예요!"

"자, 봐요, 톰린슨 양. 당신 친구는 병동에 갈 약을 싸느라, 그리고 다른 직원은 외래 환자 약 창구 일을 보느라 정신없이 바빠요. 게다가 앞방에는 약사 2명만 있는 경우가 많지요. 당신은 아무렇지 않게 왔다 갔다 하다가, 방 가운데 놓인 약장 뒤로 가서, 그 장에서 약을 끄집어내 주머니에 넣을 수 있어요. 두 약사 모두 당신이 어떤 짓을 했는지 전혀 모르는 상태에서 말이에요."

"샤프 경위님, 그런 말씀을 하시다니 정말 유감이네요. 이, 이건 아주 수치스러운 비난이라고요."

"톰린슨 양, 하지만 이건 비난이 아닙니다. 그럴 의도는 전혀 없어요. 내 말을 오해하지 말길 바라요. 당신이 그런 일은 불가능하다고 말해서, 그런 일이 가능하다는 걸 입증해 보인 것뿐이에요. 당신이 그랬다는 말이 아니에요. 어쨌든, 당신이 왜 그런 짓을 하겠습니까?"

"맞아요. 경위님은 잘 모르실지 몰라도, 저는 실리아와 친구 사이였다고요."

"많은 이들이 친구 손에 독살되어 목숨을 잃어요. 우린 가끔 이렇게 자문해 봐야 합니다. '친구가 언제 친구가 아닌가?' 하고 말이죠."

"저와 실리아 사이엔 의견 대립이 전혀 없었어요. 전 실리아를 아주 좋아했어요."

"실리아가 이 하숙집에서 도둑질을 할 만한 이유가 있었다고 생각하나요?"

"아뇨, 실은 저도 평생 그렇게 놀란 적이 없을 정도예요. 전 늘 실리아가 높은 도덕관념을 갖고 있다고 생각해 왔어요. 그 애가 그런 짓을 한다는 건 상상할 수도 없어요."

"물론 도벽은 본인도 어쩔 수 없는 거지요, 그렇죠?"

샤프 경위가 톰린슨 양을 주의 깊게 살피며 물었다.

진 톰린슨이 입술을 더욱 단단히 오므리더니 이윽고 입을 열었다.

"전 그런 말씀에는 동의할 수 없어요, 샤프 경위님. 제 생각이 구식인지는 몰라도 전 도둑질은 도둑질이라고 생각합니다."

"솔직히 실리아가 그 물건들이 탐나서 훔쳤다고 생각하나요?"

"물론이죠."

"뻔한 거짓말이라고?"

"그렇게 생각해요."

"아! 그건 좋지 않죠."

샤프 경위가 고개를 저으며 말했다.

"맞아요. 누군가를 실망시킨다는 건 늘 화나는 일이에요."

"우리한테, 그러니까 경찰에 신고할지 말지 논란이 있었다면서요."

"네. 전 신고해야 한다고 생각했어요."

"어쨌든 경찰을 불러야 한다고 생각했다는 거죠?"

"그게 옳은 일이라고 생각해요. 전 다른 사람의 물건을 훔치는 걸 용납해서는 안 된다고 생각해요."

"실제로 도둑이면서 도벽 때문에 어쩔 수 없었다고 변명하는 사람들을 두고 하는 말인가요?"

"네, 그렇다고 할 수 있죠."

"오스틴 양이 결혼식을 올리고, 모든 일이 행복한 결말을 맺는 일은 영영 불가능하게 되어 버렸어요."

"물론, 콜린 맥냅이 무슨 짓을 해도 놀랄 사람은 아무도 없을 거예요. 그 사람은 무신론자고, 그중에서도 가장 극단적인 무신론자가 분명해요. 남을 조롱하는 불쾌한 청년이에요. 그 사람은 모두에게 무례해요. 제 생각엔 콜린이 공산주의자인 것 같아요!"

진 톰린슨이 거침없이 말했다.

"아! 좋지 않군요!"

샤프 경위가 고개를 저었다.

"전 그 사람이 실리아를 두둔하고 나선 게, 사유 재산에 대한 올

바른 관념이 없기 때문이라고 생각해요. 콜린은 모두가 필요한 모든 물건을 자급자족해야 한다고 생각할걸요."

"그래도 어쨌든, 오스틴 양이 자백을 했잖아요."

"자기 짓이라는 게 발각된 뒤에 자백했죠."

진이 날카롭게 지적했다.

"실리아의 짓이었다는 걸 누가 알아냈나요?"

"그…… 이름이 뭐였더라……. 여기 왔던, 무슈 푸아로요."

"그런데 그분이 실리아가 범인이라는 걸 밝혀냈다고 생각하는 이유가 뭐죠, 톰린슨 양? 그분은 그렇게 말하지 않던데요. 경찰에 신고하라는 말만 했다고 했어요."

"그분이 실리아에게 사실을 알고 있음을 암시한 게 분명해요. 그래서 실리아가 게임이 끝났음을 깨닫고, 달려가서 자백을 한 거죠."

"엘리자베스 존스턴의 공책에 잉크를 엎지른 사건에 대해서는요? 실리아가 그것도 자백했나요?"

"모르겠어요. 그런 것 같아요."

"그건 잘못 알고 있어요. 실리아는 자신이 그 일과 아무 관련도 없다며 아주 단호하게 부인했어요."

"그럴 수도 있겠죠. 그런 것 같기도 해요."

"그렇다면 나이절 채프먼이 그랬다고 생각하나요?"

"아뇨, 나이절도 그런 짓을 할 사람 같진 않아요. 아키봄보가 그랬을 가능성이 더 큰 것 같아요."

"정말인가요? 그 사람이 왜 그런 짓을 했을까요?"

"질투 때문이죠. 유색 인종들은 모두 서로를 심하게 질투하고, 심하게 히스테리를 부리거든요."

"그거 흥미로운 의견이군요, 톰린슨 양. 실리아 오스틴을 마지막으로 본 게 언제였죠?"

"금요일 밤 저녁 식사 후에요."

"누가 먼저 잠자리에 들었나요? 당신 아니면 실리아?"

"제가요."

"당신은 실리아의 방에 가지 않았고, 휴게실을 떠난 뒤로 실리아를 보지도 못했나요?"

"네."

"그렇다면 누가 실리아의 커피에 모르핀을 넣었을지 짚이는 데가 없나요? 그러니까 그런 식으로 모르핀이 투여됐다고 가정한다면?"

"전혀 없어요."

"이 하숙집 안이나 다른 누군가의 방에 모르핀이 놓여 있는 걸 본 적도 없나요?"

"네, 없는 것 같아요."

"없는 것 같다니? 그게 무슨 뜻인가요, 톰린슨 양?"

"그냥 이상한 생각이 들어서요. 여기 학생들이 어리석은 내기를 한 일이 있거든요."

"어떤 내기 말인가요?"

"그러니까, 남학생 두셋이서 말다툼을 벌이다……."

"무엇에 대해 말다툼을 벌였죠?"

"살인 그리고 살인을 하는 방법에 대해서요. 특히 독살에 대해서요."

"누가 그런 말다툼을 벌였죠?"

"콜린과 나이절이 논쟁을 벌이기 시작했고, 잠시 후에 렌 베이트슨이 끼어들었던 것 같아요. 퍼트리샤도 그 자리에 있었고……."

"그때 무슨 이야기가 오갔는지, 말다툼이 어떻게 진행되었는지 가능한 한 자세히 말해 줄 수 있어요?"

진 톰린슨이 잠시 생각에 잠겼다.

"그러니까 처음에는 독살에 대한 이야기를 나눈 것 같아요. 누가 독약은 손에 넣기 어렵다며, 살인자들은 보통 독약을 판매한 사람에 의해서나 독약을 손에 넣는 과정에서 꼬리가 잡힌다는 말을 했어요. 그러자 나이절이 그럴 필요 없다고 말했죠. 나이절은 아무도 모르게 독약을 손에 넣는 방법이 3가지 있다고 했어요. 그러자 렌 베이트슨이 허풍 떨지 말라고 했죠. 나이절은 허풍이 아니라며, 자기 말을 입증해 보일 수 있다고 했어요. 퍼트리샤가 나이절 말이 맞다고 맞장구를 쳤고요. 퍼트리샤는 렌이나 콜린도 원한다면 언제든 병원에서 독약을 손에 넣을 수 있을 거라고 했어요. 실리아도 그럴 수 있다면서요. 그러자 나이절이 자기는 그런 뜻으로 한 말이 아니라고 했어요. 나이절은 실리아가 조제실에서 약을 슬쩍하면 곧 들통이 날 거라고 했어요. 언제든 사람들이 그 약을 찾다가 없어진 걸 알게 된다고요. 그러자 퍼트리샤가 아니라고, 병을 통째로 가져오지 않고 내용물을 조금 덜어낸 다음 다른 걸로 채워 놓으면 된다고 말했어요. 그러자 콜린이 웃으며, 그랬다간 언젠가 어떤 환자에게서 심각한 문제 제기가 들어올 거라고 말했죠. 하지만 나이절은 자기는 물론 그런 특별한 위치에 있는 경우를 말하는 게 아니라고 했어요. 나이절은 의사나 약사를 거치지 않고, 자신이 직접 3가지 방법으로 3가지 독극물을 틀림없이 손에 넣을 수 있다고 했어요. 그러자 렌 베이트슨이 '좋아. 그렇다면, 어떤 방법을 사용할 건데?' 하고 물었죠. 이 말에 나이절은 '지금 말해 줄 순 없지만, 3주 내로 3가지 독극물을 구해서 이곳으로 갖고 온다는 데 내기를 걸게.'라고 말했고, 렌 베이트슨은 그렇게 할 수 없다는 데 5파운드짜리 지폐 1장을 걸겠다고 했어요."

진이 말을 멈추자, 샤프 경위가 물었다.

"그래서요?"

"그날은 그렇게 얘기가 끝났고, 얼마간 시간이 흐른 어느 날 저녁 휴게실에서 나이절이 '자, 다들 여길 봐. 난 약속대로 했어.'라고 말하며, 3가지 물건을 탁자에 올려놓았어요. 스코폴라민 정제 1통과 디기탈린 액 1병 그리고 모르핀 타르타르산염 작은 병 1개였어요."

"모르핀 타르타르산염이라. 어떤 종이가 붙어 있었나요?"

경위가 날카로운 음성으로 물었다.

"네. 성 캐서린 병원이라고 쓰인 종이가 붙어 있었어요. 그것에 먼저 눈길이 갔기 때문에 지금까지 기억하고 있어요."

"다른 약병에는?"

"보지 못했어요. 병원 조제실에서 나온 약이 아니었던 것 같아요."

"그래서 어떻게 됐죠?"

"수많은 대화와 이야기가 오갔고, 렌 베이트슨이 이렇게 말했어요. '만일 네가 살인을 저지른다면, 곧 꼬리가 잡히고 말걸.' 그러자 나이절은 '전혀 그렇지 않아. 난 평범한 사람이야. 어떤 병원이나 의원과도 관련이 없고, 단 한순간도 이런 기관에 자취를 남기지 않았어. 이 약들은 약국 창구에서 산 게 아니니까.'라고 말했죠. 그러자 콜린 맥냅이 입에서 파이프를 빼고 '아니, 넌 절대로 그렇게 약을 손에 넣을 수 없어. 의사의 처방전 없이 너에게 그런 약을 팔 약사는 없을 테니까.'라고 반박했어요. 어쨌든 세 사람이 한동안 설전을 벌였고, 결국 렌이 내기에서 졌음을 시인했어요. 렌이 '지금 현금이 부족해서 당장 주진 못하지만, 나이절이 이겼다는 데는 의심의 여지가 없어. 이 떳떳하지 못한 약탈물들을 어떻게 처리해야 할까?'라고 말했고, 그러자 나이절이 빙긋 웃으며 사고가 일어나기 전에 약을 없애는 게 좋겠다고 했어요. 그래서 세 사람이 약병을 비워 알약과 모르핀 타르타르산염 가루를 불 속에 던져 버렸어요. 디기탈린 액은 세면대에 쏟아 버리고요."

"그렇다면 빈 병들은?"

"병은 어떻게 했는지 모르겠어요……. 그냥 쓰레기통에 던져 버리지 않았을까요?"

"그렇지만 독약 자체는 없애 버렸단 말이죠?"

"네. 그건 확실해요. 제가 직접 봤으니까요."

"그게 언제였나요?"

"그러니까, 약 2주 전이었던 것 같아요."

"알겠어요. 고마워요, 톰린슨 양."

진은 할 말이 더 있는지 꾸물거렸다.

"이게 중요한 일이라고 생각하세요?"

"그럴 수도 있죠. 아직은 알 수 없어요."

샤프 경위는 몇 분 동안 골똘히 생각에 잠겼다. 그러고는 나이절 채프먼을 다시 불러들였다.

"방금 진 톰린슨 양에게 아주 흥미로운 이야기를 들었어요."

"아! 우리의 사랑스러운 진이 누구에 대한 편견을 늘어놓던가요? 전가요?"

"채프먼 군, 진 양이 당신과 관련된 독극물 이야기를 해 주더군요."

"저와 관련된 독극물이라고요? 그게 대체 뭔가요?"

"몇 주 전에 당신이 아무런 흔적도 남기지 않고 독극물을 손에 넣는 방법을 놓고 베이트슨 군과 내기한 사실을 부인하진 않겠죠?"

"아, 그거요! 물론 기억하죠! 전혀 생각을 못했네요. 진이 그 자리에 있었는지도 몰랐어요. 하지만 그 일에 중대한 의미를 부여하시는 건 아니겠죠, 그렇죠?"

나이절이 갑자기 환해진 얼굴로 말했다.

"글쎄, 그건 알 수 없어요. 그렇다면 그 사실은 시인하는 거죠?"

"그럼요. 그 문제를 놓고 말다툼을 벌인 일이 있어요. 콜린과 렌이 그 문제에 대해 너무 오만방자하게 나오기에, 제가 머리만 조금 쓰면 누구든 얼마간의 독극물은 손에 넣을 수 있다고 말했죠. 실제로 저는 독극물을 손에 넣을 3가지 방법을 생각해 낼 수 있다고 말했고, 결국 그 말을 실행에 옮김으로써 제 주장을 입증해 보였죠."

"그 말을 실행에 옮겼단 말이죠?"

"그 말을 실행에 옮겼습니다, 경위님."

"채프먼 군, 그렇다면 그 3가지 방법이 뭔가요?"

"제 죄를 스스로 입증해 보이란 말씀은 아니시겠죠? 분명 제게 경고를 하시겠죠?"

나이절이 머리를 한쪽으로 약간 기울이며 물었다.

"아직 경고할 생각은 없어요, 채프먼 군. 물론 당신 말처럼 스스로 죄를 입증해 보일 필요는 없어요. 사실 원한다면 내 요청을 거부할 정당한 권리가 있어요."

"거부하고 싶지 않은걸요."

나이절은 입가에 웃음을 머금은 채 한동안 생각에 잠겼다.

"물론 제가 한 일은 범법 행위가 분명해요. 원하신다면 그 일로 절 연행하실 수도 있겠죠. 하지만 지금은 살인 사건을 조사 중이고, 제가 한 일이 가엾은 실리아의 죽음과 조금이라도 관계가 있다면, 말씀드려야 할 것 같아요."

"사리에 맞는 말이군요."

"좋아요. 그렇다면 말씀드리죠."

"그 3가지 방법이 뭔가요?"

"신문을 읽다 보면, 늘 차에서 위험한 약품을 도난당한 의사에 대한 기사를 접하게 되잖아요, 그렇죠? 그런 사건을 사람들에게 알려

경각심을 심어 주려는 거죠."

나이절이 의자에 기대 앉으며 말했다.

"그래요."

"그런 기사를 읽고 아주 간단한 방법이 떠올랐어요. 그러니까 시골로 내려가서 왕진 다니는 의사를 따라다니다가, 기회가 생기면 차문을 열고 들어가 왕진 가방을 연 다음 원하는 약을 꺼내는 거죠. 아시다시피, 시골 지역에서는 의사가 매번 왕진 가방을 집 안으로 갖고 들어가지 않거든요. 어떤 환자를 보러 가느냐에 따라 다르죠."

"그래서요?"

"그게 전부예요. 그게 첫 번째 방법의 전부라고요. 저는 의사를 3명 따라다닌 끝에, 목표로 삼았던 부주의한 의사를 발견했어요. 그다음부터는 너무도 간단했죠. 그 의사가 차를 한적한 농가 밖에 세워 두었고, 저는 차 문을 열고 왕진 가방을 찾아, 스코폴라민 브롬화수소산 1병을 꺼냈죠. 그걸로 일은 끝났어요."

"아! 그럼 두 번째 방법은 뭐죠?"

"그건 실은 가엾은 실리아의 신세를 조금 졌어요. 실리아는 아무 의심도 하지 않았어요. 실리아에게는 약간 멍청한 구석이 있어서, 제가 무슨 짓을 했는지 전혀 몰랐을 거예요. 저는 의사들이 처방할 때 쓸 법한 라틴어를 엉터리로 지껄인 다음 실리아에게 의사가 쓴 것처럼 디기탈린 팅크제 처방전을 하나 써 달라고 부탁했어요. 실리아는 별 의심 없이 그렇게 해 주었죠. 그다음에 직업별 전화번호부에서 런던 외곽에 살고 있는 의사의 이름 하나를 골라내, 그 의사의 이니셜과 이름을 서명처럼 살짝 흘려 쓴 게 전부예요. 그다음에 그 처방전을 그 의사의 서명을 접한 적이 없을 법한 런던 번화가에 있는 약사에게 가져갔죠. 그렇게 해서 아무런 어려움 없이 약을 받았어요. 심장병 치료용으로 상당히 많은 디기탈린을 처방받았고, 처방전은 호텔 편지지에 썼답니다."

"아주 영리하군요."

샤프 경위가 냉담하게 말했다.

"내가 스스로 죄를 뒤집어썼군! 경위님 목소리에서 그걸 느낄 수 있어요."

"마지막 방법은?"

나이절은 한동안 아무 말도 하지 않다가 이렇게 말했다.

"경위님, 제게 정확히 어떤 죄목이 해당되는 건가요?"

"잠겨 있지 않은 차에서 약을 훔친 건 절도에 해당하고, 처방전 위조는……."

나이절이 경위의 말을 가로막았다.

"정확히 위조라고 할 수는 없어요, 그렇지 않나요? 그 처방전으로 돈을 번 것도 아니고, 어떤 의사의 서명을 딱히 위조했다고 할 수도 없어요. 그러니까 제가 처방전을 쓰고 그 처방전에 'H R 제임스'라고 썼다고 해도, 제가 어떤 특정한 제임스라는 의사의 이름을 위조했다고 할 순 없다는 겁니다, 안 그래요? 제 말뜻을 아시겠습니까? 전 위험을 자초했어요. 경위님이 이 일을 문제 삼으신다면, 전 꼼짝없이 당할 수밖에 없어요. 하지만 만일……."

나이절이 삐딱한 웃음을 흘렸다.

"그래요, 채프먼 군. '하지만 만일' 뭐죠?"

"전 살인을 좋아하지 않아요. 그건 짐승 같은, 끔찍한 짓이에요. 가엾은 실리아는 살해당할 만한 짓을 하지 않았어요. 저는 경위님을 도와 드리고 싶어요. 하지만 이게 도움이 될까요? 그럴 것 같지는 않아요. 그러니까 제 작은 과오에 대해 말씀드리는 거 말이에요."

나이절이 갑자기 흥분하며 말했다.

"채프먼 군, 경찰에게는 폭넓은 재량권이 있어요. 어떤 사건을 무책임하긴 하지만 가벼운 장난으로 받아들이느냐 마느냐 하는 것은 경찰에 달려 있어요. 이번 살인 사건을 해결하는 데 도움을 주고 싶다는 당신의 의견을 받아들이겠습니다. 자, 이제 세 번째 방법에 대해 이야기해 보시죠."

"이제 본질에 상당히 가깝게 다가왔네요. 이건 다른 두 가지 방법보다 조금 더 위험하지만, 동시에 훨씬 더 재미있죠. 실리아가 일하는 조제실에 한두 번 갔다는 말씀은 드렸죠. 그래서 저는 그곳의 지리를 잘 알아요……."

"그래서 그 약장에서 약병을 집어 올 수 있었던 겁니까?"

"아뇨, 아니에요. 그렇게 간단한 방법이 아니에요. 그건 제가 볼 때는 부당할 만큼 쉬워요. 게다가 우연히 진짜 살인 사건이 일어났다면, 그러니까 제가 살인을 저지를 목적으로 약병을 훔쳤다면, 제가 그곳에 들렀다는 사실을 사람들이 기억할 거예요. 사실 저는 실리아가 일하는 조제실에 지난 반년 동안 한 번도 가지 않았어요. 하지만 저는 실리아가 11시 15분이 되면 뒷방으로 가서 커피와 과자를 먹으며 휴식을 취한다는 사실을 알고 있었어요. 약사들이 한 번에 2명씩 교대로 쉬는 거죠. 그런데 그곳에 온 지 얼마 안 돼서 제 얼굴을 알아보지 못할 게 뻔한 약사가 하나 있었어요. 그래서 이렇게 했죠. 저는 흰 가운을 입고 청진기를 목에 두른 다음 그 조제실로 갔어요. 그곳에는 그 신참 약사만 있었고, 그녀는 외래 환자 약 창구에서 정신없이 바빴죠. 저는 아무렇지 않게 걸어 들어가서, 독극물이 있는 약장으로 간 다음, 약을 1병 꺼내 칸막이 벽 끝까지 가서 그 약사에게 '갖고 있는 에피네프린 주사약 농도가 어느 정도예요?'라고 물었어요. 신참 약사가 대답을 했고, 저는 고개를 끄덕여 보인 다음, 그 약사에게 지금 심한 숙취에 시달리고 있는데 베가넌 2알이 있느냐고 물었죠. 저는 그 약을 삼킨 다음 조제실에서 나왔어요. 그 약사는 제가 인턴도 의대생도 아니라는 걸 알아차리지 못했어요. 재미있었어요. 실리아도 제가 거기 갔다는 사실을 전혀 알지 못해요."

"청진기라. 그 청진기는 어디서 났죠?"

샤프 경위가 호기심 어린 목소리로 물었다.

나이절이 갑자기 빙긋 웃었다.

"렌 베이트슨 거예요. 제가 슬쩍했어요."

"이 하숙집에서 말인가요?"

"네."

"그렇다면 청진기 절도 사건은 내막이 밝혀졌군요. 그건 실리아가 한 짓이 아니었어요."

"물론 아니죠! 도벽 있는 사람이 청진기를 훔친다는 얘기 들어 보신 적이나 있나요?"

"그 후에 청진기는 어떻게 했죠?"

"전당 잡히는 수밖에 없었어요."

나이절이 미안한 표정으로 대답했다.

"베이트슨에게 조금 심한 행동이 아닐까요?"

"아주 심했죠. 하지만 제가 사용한 방법을 설명하지 않고서는 그 얘기를 할 수 없었어요. 밝힐 생각도 없었고요. 그렇지만 그 일이 있고 얼마 안 돼서 제가 저녁에 베이트슨을 데리고 나가서 크게 한 턱 냈어요."

나이절이 유쾌하게 덧붙였다.

"아주 무책임한 젊은이로군."

"제가 탁자에 3가지 독극물을 탁 내려놓으며, 누가 가져갔는지 귀신도 모르게 이 약들을 슬쩍했다고 말했을 때, 사람들 표정을 경위님이 보셨어야 하는데."

나이절이 얼굴 가득 웃음을 지으며 말했다.

"그러니까 당신 말은 3가지 독극물로 누군가를 독살할 방법이 3가지 있다는 거고, 당신이 각각의 독극물을 얻은 과정을 아무도 추적하지 못할 거라는 거군요."

나이절이 고개를 끄덕였다.

"그런 셈이죠. 하지만 이런 상황에서는 그런 사실을 내놓고 말하기가 그다지 유쾌하지 않군요. 하지만 중요한 건 그 독극물을 적어도 2주 전쯤 모두 폐기해 버렸다는 사실입니다."

"채프먼 군, 당신은 그렇게 생각하지만, 사실은 그렇지 않을 수도 있지 않습니까."

나이절이 샤프 경위를 쳐다봤다.

"무슨 말씀이십니까?"

"그 약들을 얼마나 오랫동안 갖고 있었죠?"

나이절이 생각에 잠겼다.

"스코폴라민 병은 열흘쯤 갖고 있었던 것 같고, 모르핀 타르타르산염은 나흘 정도, 그리고 디기탈린 팅크제는 바로 그날 오후에 손에 넣었습니다."

"그렇다면 그 약들을 어디 보관해 두었나요? 그러니까 모르핀 타르타르산염과 디기탈린 팅크제 말입니다."

"제 서랍장의 서랍 속에 넣어 두었습니다. 양말 뒤쪽 바닥에 숨겨 두었죠."

"당신이 그걸 거기 두었다는 사실을 아는 사람이 있었나요?"

"아뇨, 아무도 몰랐을 게 확실합니다."

그러나 샤프 경위는 나이절의 목소리에서 약간의 머뭇거림을 감지했고, 이번에는 그냥 넘어가지 않았다.

"당신이 그런 짓을 하고 있다는 걸 누군가에게 말했죠? 당신이 사용한 방법에 대해, 그 약들을 어떻게 손에 넣었는지에 대해."

"아뇨, 적어도……. 아뇨, 말하지 않았습니다."

"채프먼 군, '적어도'라고 말했는데요."

"아뇨, 말하지 않았습니다. 실은 퍼트리샤에게 말하려고 했지만, 퍼트리샤가 찬성하지 않을 것 같았어요. 퍼트리샤는 아주 엄격하거든요. 그래서 퍼트리샤에게도 비밀로 했죠."

"그러니까 의사의 차에서 약을 훔치고, 처방전을 위조하고, 병원에서 모르핀을 슬쩍했다는 말을 퍼트리샤에게 하지 않았단 말이죠?"

"실은 나중에 퍼트리샤에게 제가 처방전을 써서 약사한테서 디기탈린을 받은 일과, 병원에서 의사로 위장한 일에 대해 이야기했습니다. 하지만 퍼트리샤는 조금도 재미있어하지 않더라고요. 차에서 약을 훔친 건 퍼트리샤에게 말하지 않았어요. 퍼트리샤가 무섭게 화를 낼 것 같았거든요."

"당신이 내기에서 이긴 후에 그 약들을 모조리 폐기할 거라는 말도 했나요?"

"네. 퍼트리샤는 몹시 걱정하며 화를 냈어요. 게다가 가져온 약들을 되돌려 줘야 한다고 주장하기 시작했죠."

"당신은 그렇게 해야겠다고 생각하지 않았나요?"

"한 번도 하지 않았어요! 그건 너무 위험해요. 그랬다간 엄청난 소동에 휘말리게 될 테니까요. 대신 우리 셋이 약을 불에 던지고 화장실에 쏟아 버렸어요. 그걸로 된 거죠. 아무 일도 생기지 않았으니까요."

"채프먼 군, 하지만 해로운 일이 벌어졌을 가능성은 충분하겠군요."

"말씀드린 것처럼 약을 모두 버렸는데 어떻게 그럴 수 있죠?"

"채프먼 군, 누가 당신이 약을 거기 숨기는 것을 봤거나, 그곳에서 약을 발견했을지 모른다는 생각은 한 번도 안 해 봤나요? 누가 병에서 모르핀을 덜어 내고 대신 다른 약을 채워 넣었으리라는 생각은 안 해 봤나요?"

"천만에요! 그런 생각은 한 번도 안 했어요. 그럴 리가 없잖아요."

나이절이 샤프 경위를 빤히 쳐다보며 말했다.

"하지만 가능한 일이에요, 채프먼 군."

"하지만 다른 사람이 그걸 어떻게 알겠어요."

"이런 하숙집 같은 곳에서는 사람들이 당신 생각보다 훨씬 더 많은 것을 알고 있게 마련이에요."

"누가 방을 기웃거리며 돌아다닌다는 말씀이신가요?"

"그렇습니다."

"어쩌면 경위님 말씀이 맞을 수도 있겠네요."

"보통 어떤 학생이 격의 없이 당신 방에 들락거리나요?"

"전 렌 베이트슨과 한방을 써요. 여기 있는 남학생 대부분이 이따금씩 제 방에 들르고요. 물론 여학생들은 아니에요. 여학생들은 이쪽 침실이 있는 구역에 들어올 수 없어요. 예의 문제죠. 정숙하게 살아야 하니까요."

"들어오지 않는 걸로 되어 있지만, 들어올 수는 있죠?"

"누구든 그럴 수 있을 거예요. 낮 시간에는요. 예를 들면 오후에는 여기 아무도 없거든요."

"레인 양은 당신 방에 한 번도 온 적이 없나요?"

"경위님, 이상한 뜻으로 하신 말씀이 아니길 바랍니다. 퍼트리샤는 가끔 기운 양말을 가져다주러 제 방에 오지만, 그 이상의 일은 없습니다."

"채프먼 군, 당신은 누군가가 너무도 쉽게 그 독약을 병에서 덜어 다른 물질로 채워 넣을 수 있다는 사실을 잘 알고 있었어요, 그렇지 않나요?"

샤프 경위가 상체를 앞으로 기울이며 나이절을 다그쳤다.

나이절이 갑자기 딱딱하게 굳은 매서운 얼굴로 샤프 경위를 응시했다.

"맞습니다. 방금, 불과 1분 전에 그런 사실을 알게 됐습니다. 바로 제가 그렇게 할 수 있었군요. 하지만 맹세코 제게는 실리아를 죽일 이유가 없습니다. 경위님, 제가 그러지 않았습니다. 하지만 경위님께 제시할 증거라곤 제 말뿐이군요."

11장

 샤프 경위는 레너드 베이트슨과 콜린 맥냅을 불러, 내기를 건 일과 독약을 폐기한 일을 확인했다. 그는 레너드 베이트슨을 내보내고 콜린 맥냅을 남겨 두었다.
 "맥냅 군, 도움도 못 주면서 더 고통스럽게 만들고 싶진 않아요. 약혼을 발표한 바로 그날 밤 약혼녀가 독살되었으니 얼마나 고통스럽겠습니까?"
 "그런 말씀은 하실 필요 없습니다. 제 감정에는 신경 쓰지 않으셔도 됩니다. 그냥 제게 필요한 질문을 하십시오."
 콜린 맥냅이 단호한 얼굴로 말했다.
 "실리아 오스틴의 행동에 심리학적인 이유가 있다고 생각하는 겁니까?"
 "의심의 여지가 없습니다. 이론적인 근거를 대라고 하신다면…….”

"아뇨, 아니에요. 정신 의학과 학생의 말이니 맞겠지요."

샤프 경위가 서둘러 콜린의 말을 막았다.

"실리아는 유난히 불행한 어린 시절을 보냈습니다. 그로 인해 감정적인 장벽이 생겨…….”

"그렇겠죠, 그럴 겁니다."

샤프 경위는 불행한 어린 시절 이야기를 또 듣고 싶지 않았다. 나이절의 이야기로 충분했다.

"한동안 그 여성에게 끌렸나요?"

"정확히 끌렸다고 말할 수는 없습니다. 갑자기 어떤 사실을 깨닫고 놀라는 경우가 있지요. 무의식적으로는 틀림없이 끌리고 있었겠지만, 그런 사실을 깨닫지 못하고 있었던 겁니다. 젊은 나이에 결혼할 생각이 없었던 탓에 의식적으로 그런 생각에 강하게 저항하고 있었던 거죠."

콜린이 생각에 잠긴 얼굴로 진지하게 대답했다.

"그렇군요. 그럴 겁니다. 실리아 오스틴은 당신과 결혼을 약속하고 행복해했나요? 그러니까 어떤 의구심 같은 걸 나타내진 않았나요? 아니면 미래에 대한 불안이나? 실리아가 당신에게 뭔가 털어놓아야 한다고 느낀 건 아닐까요?"

"실리아는 자기가 그동안 한 일을 모두 털어놓았어요. 더 이상의 걱정거리는 남아 있지 않았습니다."

"그렇다면 언제 결혼할 생각이었나요?"

"당분간은 결혼 계획이 없었어요. 아직 아내를 부양할 상황이 못 되니까요."

"여기 실리아의 적은 없었나요? 그녀를 좋아하지 않은 사람은요?"

"그런 사람은 없었을 겁니다. 경위님, 저도 그 점에 대해 많이 생각해 보았습니다만, 이곳 사람들은 실리아를 아주 좋아했습니다. 저는 실리아가 개인적인 문제로 세상을 떠나지는 않았다고 생각합니다."

"개인적인 문제가 아니라는 게 무슨 뜻인가요?"

"정확히 말씀드리기는 힘듭니다. 그저 막연히 그런 느낌이 들 뿐이에요. 저도 확실한 건 아니에요."

샤프 경위는 그런 콜린의 의견을 바꾸지 못했다.

마지막으로 샐리 핀치와 엘리자베스 존스턴과 이야기를 나눌 차례였다. 그는 샐리 핀치를 먼저 만났다.

샐리는 붉은 머리에 맑고 총명한 눈을 반짝이는 매력적인 여성이었다. 몇 가지 의례적인 질문에 답한 샐리 핀치가 갑자기 이야기를 주도해 나갔다.

"경위님, 제가 무슨 말을 하려는지 아세요? 제 생각을 말씀드리고 싶어요. 개인적인 생각인데요, 이 하숙집은 뭔가 단단히 잘못되어 있어요. 아주 심하게 잘못되어 있어요. 그런 느낌이 강하게 들어요."

"뭔가 두려운 느낌이 든다는 뜻인가요, 핀치 양?"

샐리가 고개를 끄덕였다.

"네, 두려워요. 이 하숙집엔 아주 무자비한 누군가가, 무엇인가가 있어요. 이곳은, 그러니까, 어떻게 말씀드려야 할까요? 겉으로 보이는 것과는 판이하게 다른 곳이에요. 아니, 아니에요, 경위님. 공산주의자가 있다는 말이 아니에요. 경위님 입만 봐도 무슨 말씀을 하시려는지 알 수 있어요. 하지만 공산주의자는 아니에요. 공산주의자라 해도 이런 범죄를 저지르지는 않을 거예요. 모르겠어요. 하지만 그 끔찍한 늙은 여자는 경위님께 도움이 될 만한 이야기를 알고 있을 거예요."

"어떤 여자 말씀이신가요? 허버드 부인 말인가요?"

"아뇨, 허버드 부인은 아니에요. 그분은 좋은 분이세요. 늙은 니콜레티스 말이에요. 그 늙은 늑대 같은 여자요."

"그거 흥미롭군요. 핀치 양. 좀 더 자세히 말해 줄 수 있나요? 니콜레티스 부인에 대해서 말이에요."

샐리가 고개를 저었다.

"아뇨, 그건 불가능해요. 제가 말씀드릴 수 있는 건 그 여자 곁을 지나칠 때마다 섬뜩한 느낌이 든다는 것뿐이에요. 경위님, 이곳에서 뭔가 수상한 일이 벌어지고 있어요."

"좀 더 구체적으로 얘기해 주면 좋겠네요."

"저도 그러고 싶어요. 제가 엉뚱한 생각을 한다고 생각하실 수도 있어요. 어쩌면 그럴지도 몰라요. 하지만 다른 사람들도 그렇게 느끼는걸요. 아키봄보도 저와 같은 생각이에요. 두려워하고 있어요. 블랙 베스도 같은 생각이지만, 떠들고 다니지 않을 뿐이에요. 경위님, 전 실리아가 그 일에 대해 뭔가를 알고 있었다는 느낌이 들어요."

"어떤 일에 대해 뭔가를 알고 있었다고요?"

"그 말 그대로예요. 뭔지는 모르지만, 실리아가 이런 말을 했었어요. 마지막 날, 모든 것을 자백한 일에 대해서요. 실리아는 그동안 벌어진 일 중에서 자신이 저지른 일을 모두 털어놓았지만, 다른 일에 대해서도 알고 있다는 투로 말했어요. 그 일도 깨끗이 정리되었으면 좋겠다고요. 경위님, 저는 실리아가 누군가의 비밀을 알고 있었던 것 같아요. 그래서 살해당한 것 같아요."

"그런데 그게 그만큼 심각한 일이었다면……."

샐리가 샤프 경위의 말을 가로막았다.

"실리아도 그 일이 얼마나 심각한지 몰랐을 거예요. 별로 영리한 편이 아니거든요. 좀 둔한 편이죠. 실리아는 뭔가를 알고 있으면서도 자신이 알고 있는 그 일이 위험하다는 사실은 모르고 있었을 거예요. 어쨌든 제 예감은 그래요."

"알겠어요. 고마워요……. 그날 밤 저녁 식사 후에 휴게실에서 실리아 오스틴을 본 게 마지막이었죠, 맞습니까?"

"맞아요. 다른 사람은 어땠는지 모르지만, 사실 저는 그 후에도 실리아를 봤어요."

"그 후에 실리아를 봤다고요? 어디서요? 실리아의 방에선가요?"

"아뇨. 잠자리에 들려고 막 휴게실에서 나올 때, 실리아가 현관문으로 나가고 있었어요."

"현관문으로 나갔다고요? 하숙집 밖으로 말인가요?"

"네."

"그건 의외로군요. 아무도 그런 말을 하지 않았는데."

"아무도 보지 못했을 거예요. 실리아가 분명히 잘 자라는 인사를 하고 자기 방으로 올라갔으니까요. 그러니 만일 저도 실리아를 보지 못했다면, 실리아가 잠자리에 든 줄로만 알았을 거예요."

"그러니까 실리아가 실제로는 2층에 올라갔다가, 겉옷을 걸치고 하숙집 밖으로 나갔다는 거로군요. 맞나요?"

샐리가 고개를 끄덕였다.

"누군가를 만나러 나갔던 것 같아요."

"알겠어요. 외부 사람을 만났겠죠. 아니면 이곳 학생을 만났을 수도 있을까요?"

"글쎄요, 여기 학생일 거라는 예감이 들어요. 실리아가 누군가와 개인적인 얘기를 나누고 싶었다면, 이 하숙집 안에는 그럴 만한 장소가 없거든요. 누군가가 실리아에게 밖에서 만나자고 제안했을 수도 있죠."

"실리아가 언제 돌아왔는지 아나요?"

"아뇨, 전혀 몰라요."

"하인 제로니모가 알까요?"

"실리아가 11시 넘어서 들어왔다면 알 거예요. 그 시간에 제로니모가 문에 빗장을 걸고 문을 잠그거든요. 그 전까지는 모두 자기 열쇠로 문을 열고 들어오죠."

"실리아가 밖으로 나가는 걸 본 게 정확히 몇 시였는지 기억하나요?"

"그러니까 10시경일 거예요. 아니면 10시가 조금 넘은 시각이었거나요. 하지만 10시를 많이 넘긴 시간은 아니었어요."

"알겠어요. 좋은 정보를 줘서 고마워요, 핀치 양."

샤프 경위는 마지막으로 엘리자베스 존스턴과 이야기를 나누었다. 그는 엘리자베스가 조용하면서도 유능한 여성임을 금방 알아볼 수 있었다. 엘리자베스는 샤프 경위의 질문에 정확하고도 지적인 대답을 들려주었으며, 그런 다음에는 입을 다물고 경위의 다음 말을 기다렸다.

"존스턴 양, 실리아 오스틴이 당신의 공책에 잉크를 쏟지 않았다고 강력하게 주장했는데, 그 말을 믿나요?"

"저도 실리아가 그랬다고 생각하지 않아요. 네, 그 말을 믿습니다."

"누가 그랬는지 모르나요?"

"뻔한 답은 나이절 채프먼이라는 거예요. 하지만 너무 뻔하게 여겨져요. 나이절은 영리한 사람이에요. 나이절이라면 자기 잉크를 사용하지 않았을 거예요."

"나이절이 아니라면, 그럼 누구일까요?"

"그게 더 어려운 질문이에요. 하지만 실리아는 누구 짓인지 알고 있었던 것 같아요. 아니 적어도 짐작 가는 사람이 있었던 것 같아요."

"실리아가 그렇게 말했나요?"

"말을 많이 한 건 아니지만, 실리아가 죽던 날 밤, 저녁 식사를 하러 내려가기 전에 실리아가 제 방에 왔어요. 그러고는 자기가 몇 가지 물건을 훔친 건 사실이지만, 제 공책에 잉크를 엎지르지는 않았다고 말했죠. 그래서 제가 그 말을 믿는다고 말해 줬어요. 그러고는 누가 그랬는지 혹시 아느냐고 물었죠."

"그랬더니 뭐라고 했나요?"

"실리아가……."

엘리자베스가 자신이 하려는 말이 정확한 사실인지 확인하려는 듯, 잠시 말을 멈췄다가 다시 입을 열었다.

"이렇게 말했어요. '정말 믿을 수가 없어. 왜냐하면 왜 그러는지 이해가 안 가니까……. 어쩌면 실수이거나 사고일 수도 있을 거야……. 그 짓을 한 사람이 누구든 그 일로 굉장히 괴로워하고 또 진심으로 자백하고 싶어 할 거야. 경찰이 오던 날 전구가 없어진 것처럼, 이해할 수 없는 일들이 벌어지고 있어.'"

샤프 경위가 엘리자베스의 말을 막았다.

"경찰과 전구 이야기는 대체 뭔가요?"

"저도 몰라요. 실리아는 '난 전구를 빼지 않았어.'라고만 말했어요. 그러더니 '그게 여권과 무슨 관련이 있는지 모르겠어.'라고 말했죠. 제가 '무슨 여권 얘기야?'라고 물었더니, '누가 위조 여권을 갖고 있는 것 같아.'라고 대답했어요."

샤프 경위는 한동안 입을 열지 않았다.

베일에 싸여 있던 사건이 마침내 윤곽이 드러나는 느낌이었다. 여권이라…….

"실리아가 무슨 말을 더 했죠?"

"그게 전부예요. 그냥 '어쨌든 내일이면 그 일에 대해 좀 더 알게 될 거야.'라고만 했어요."

"실리아가 그렇게 말했다고요? 내일이면 그 일에 대해 좀 더 알게 될 거야. 그건 아주 의미심장한 말이로군요, 존스턴 양."

"그래요."

샤프 경위는 골똘히 생각에 잠겨 아무 말도 하지 않았다.

여권과 관련된 일 그리고 경찰의 방문……. 샤프 경위는 히코리 가로 오기 전에 그동안의 기록을 꼼꼼히 살폈다. 경찰은 외국 학생들이 묵는 하숙집에 감시의 눈길을 늦추지 않았다. 히코리가 26번지는 기록이 좋은 편이었다. 그러나 자세한 내용은 찾아볼 수 없었다. 셰필드 경찰이 여자의 등을 쳐서 먹고 사는 서아프리카 출신 학생을 수배한 일이 있었다. 문제의 그 학생은 며칠간 히코리가에서 지냈고, 다른 곳으로 갔다가 오래지 않아 경찰에 체포된 후 국외로 추방되었다. 케임브리지 인근의 어느 선술집 주인 아내가 살해된 사건과 관련해 '경찰에 도움을 줄' 유라시안 학생을 찾기 위해 모든 기숙사와 하숙집을 뒤진 일도 있었다. 이 사건은 문제의 청년이 헐에 있는 경찰서로 제 발로 걸어가 수사에 협조함으로써 깨끗이 해결되었다. 한 학생이 체제 전복적인 내용이 담긴 소책자를 배포한 혐의로 조사를 받은 일도 있었다. 그러나 모두 상당히 오래전 일이었고, 따라서 실리아 오스틴의 죽음과 연관이 있을 법하지는 않았다.

샤프 경위가 한숨을 내쉬며 고개를 들다, 자신을 바라보고 있는 엘리자베스 존스턴의 지적인 검은 눈동자와 마주쳤다.

"존스턴 양, 이 하숙집이 뭔가 잘못되었다는 느낌이나 인상을 받은 적이 있는지 말해 봐요."

샤프 경위가 별 생각 없이 충동적으로 물었다.

엘리자베스는 깜짝 놀란 듯했다.

"어떤 면에서 잘못되었다는 말씀이세요?"

"나도 잘 모르겠습니다. 샐리 핀치 양이 한 말에 대해 생각하고 있던 참이에요."

"아, 샐리 핀치!"

엘리자베스의 말에는 샤프 경위가 해석하기 힘든 어조가 담겨 있었다. 그는 흥미를 느꼈고, 그래서 이렇게 덧붙였다.

"핀치 양은 예리하고 현실적인, 훌륭한 관찰자인 것 같았어요. 그런데 핀치 양이 자신도 뭐라고 구체적으로 말하긴 어렵지만, 이곳에 뭔가 이상한 게 있다고 강력하게 주장하더군요."

"미국 사람들은 그런 식으로 생각해요. 미국인들은 다 똑같아요. 신경질적이고, 겁 많고, 온갖 하찮은 일들을 의심하죠! 마녀 사냥을 벌이고, 병적으로 스파이에 열광하고, 공산주의에 대해서는 강박관념을 갖고 있죠. 그 바보들은 그렇다니까요. 샐리 핀치도 전형적인 미국인이에요."

엘리자베스가 날카로운 어조로 대답했다.

샤프 경위는 강렬한 흥미를 느꼈다. 그렇다면 엘리자베스는 샐리 핀치를 싫어하는군. 하지만 이유가 뭘까? 샐리가 미국인이기 때문일까? 엘리자베스는 미국인을 싫어하기 때문에 샐리 핀치를 싫어하는 걸까? 아니면 붉은 머리를 한 그 매력적인 아가씨를 싫어하는 나름의 이유가 있는 걸까? 단순히 같은 여자로서 느끼는 질투심일까?

샤프 경위는 자신이 때때로 유용하게 사용하는 접근법을 시도해 보기로 했다. 그가 부드러운 목소리로 입을 열었다.

"존스턴 양도 잘 아시겠지만, 이런 시설에 있는 사람들의 지적인 수준은 개개인에 따라 편차가 큽니다. 우리는 어떤 사람들, 아니 대부분의 사람들에게는 사실에 관해서만 묻죠. 하지만 지적인 수준이 높은 사람을 만나면······."

샤프 경위가 말을 멈췄다. 그의 말에는 상대를 몹시 추켜세우는 내용이 함축되어 있었다. 엘리자베스가 과연 반응을 보일 것인가?

잠시 후 엘리자베스가 입을 열었다.

"경위님이 무슨 말씀을 하시는지 알 것 같습니다. 말씀하신 것처럼 이곳 사람들의 지적인 수준은 그리 높지 못합니다. 나이절 채프먼은 예리한 지성을 번뜩일 때도 있지만, 생각하는 게 천박하지요. 렌 베이트슨은 꾸준히 공부하는 사람이지만, 그 이상은 아닙니다. 발레리 홉하우스는 성품은 좋지만, 생각하는 방식이 매우 상업적이고 너무 게을러 가치 있는 일에 머리를 쓰지 못합니다. 그러니까 경위님은 예리하면서도 공정한 시각을 갖춘 사람을 원하시는 거죠?"

"바로 존스턴 양 같은 사람이죠."

엘리자베스는 사양 한마디 없이 샤프 경위의 찬사를 받아들였다. 샤프 경위는 겸손하고 온화한 태도 뒤에 자신의 가치를 높이 평가하는 아주 오만한 젊은 여성이 숨어 있음을 깨닫고 흥미를 느꼈다.

"동료 학생들에 대한 존스턴 양의 평가에 전적으로 동의합니다. 채프먼은 영리하지만 유치하고, 발레리 홉하우스는 똑똑하지만 삶에 지쳐 있어요. 하지만 존스턴 양은 본인의 말처럼 예리한 눈을 갖고 있습니다. 그래서 내가 존스턴 양의 의견을 높이 평가하는 것입니다. 공정하면서도 지적인 견해를 보여 주니까요."

샤프 경위는 한순간 칭찬이 지나친 것은 아닌지 염려스러웠지만, 그런 걱정은 전혀 할 필요가 없었다.

"경위님, 이 하숙집에는 잘못된 곳이라곤 없어요. 샐리 핀치의 말에는 신경 쓰지 마세요. 이곳은 상당히 잘 운영되고 있는 하숙집이랍니다. 여기서 어떤 파괴적인 행위의 흔적도 찾으실 수 없을 거예요."

샤프 경위는 약간 놀랐다.

"파괴적인 행위에 대해 생각하고 있지는 않았습니다만."

"아, 알아요. 실리아가 여권에 대해 한 말과 관련해서 말씀드리는 거예요. 하지만 모든 증거를 고려해 공정하게 생각해 볼 때, 저는 실리아의 죽음이 성적인 갈등 같은 개인적인 문제 때문일 거라고 확신해요. 그 일은 이 하숙집과도, 이곳에서 '벌어지고 있는' 일과도 아무 관련이 없어요. 여기서는 아무 일도 벌어지고 있지 않아요. 만일 그랬다면 제가 그렇게 느꼈을 거예요. 저는 아주 예리하니까요."

엘리자베스가 한 발 물러선 태도로 말했다.

"알겠습니다. 고마워요, 존스턴 양. 아주 친절하고 도움이 많이 되었습니다."

엘리자베스 존스턴이 방에서 나갔고, 샤프 경위는 자리에 앉은 채로 닫힌 문을 멍하니 쳐다봤다. 그는 콥 경장이 같은 말을 두 번이나 반복한 후에야 정신을 차렸다.

"뭐라고?"

"이제 심문이 끝났다고 했습니다, 경위님."

"맞아. 그런데 우리가 얻은 게 뭐지? 거의 없어. 하지만 콥 경장, 한 가지는 말해 줄 수 있네. 내일 여기 올 때는 수색 영장을 갖고 와야겠어. 지금은 점잖게 여길 떠나자고. 그러면 모두들 다 끝난 걸로 알 걸세. 하지만 이곳에서 뭔가 수상한 일이 벌어지고 있어. 내일 이곳을 뒤집어엎어야겠어. 뭘 찾는지도 모르는 상황이니 쉽지는 않겠지만, 무엇이든 실마리를 얻을 수 있겠지. 방금 나간 여학생은 아주 흥미로운 사람이네. 그 여학생은 나폴레옹 같은 자아를 갖고 있어. 그리고 뭔가 알고 있으리라는 의심이 강하게 들어."

12장

I

서신을 작성하던 에르퀼 푸아로가 문장을 부르다 말고 멈칫했다. 레몬 양이 영문을 몰라 고개를 들었다.

"네, 무슈 푸아로?"

"내 정신이 딴 데 가 있어요! 어쨌든 이 서신은 그다지 중요하지 않아요. 레몬 양, 미안하지만 언니한테 전화 좀 연결해 줘요."

"알겠습니다, 무슈 푸아로."

잠시 후 푸아로는 사무실 건너편으로 가로질러 가 비서의 손에 들려 있던 수화기를 받아 들었다.

"여보세요!"

"네, 무슈 푸아로?"

허버드 부인이 약간 숨찬 목소리로 전화를 받았다.

"허버드 부인, 제가 방해를 한 건 아니겠죠?"

"전혀 그렇지 않아요."

"시끄러운 일이 있었던 모양이군요, 그렇죠?"

푸아로가 예리하게 짚어 냈다.

"그것 참 좋은 표현이네요, 무슈 푸아로. 말씀하신 대로 정확히 그런 일이 있었답니다. 샤프 경위님이 어제 모든 학생들에 대한 심문을 마치고 오늘 수색 영장을 갖고 오셨거든요. 그 때문에 히스테리 발작을 일으킨 니콜레티스 부인을 제가 돌보고 있는 중이랍니다."

푸아로가 안됐다는 듯이 혀를 끌끌 차더니 잠시 후 이렇게 물었다.

"간단히 하나만 여쭤보겠습니다. 사라진 물건과 그동안 있었던 기묘한 일들을 적은 목록을 제게 주셨는데, 이 목록을 시간순으로 기록하신 건가요?"

"무슨 말씀이시죠?"

"제 말은 목록에 적힌 물건들을 정확히 사라진 순서대로 쓰셨느냐는 겁니다."

"아뇨, 그렇지 않아요. 죄송해요. 그냥 생각나는 대로 적었어요. 그래서 정신없게 해 드렸다면 정말 죄송합니다."

"전에 여쭤봤어야 했는데 그랬군요. 하지만 그때는 그게 중요하게 여겨지지 않았어요. 부인이 주신 목록이 여기 있습니다. 파티용 구두 한 짝, 팔찌, 다이아몬드 반지, 화장용 분, 립스틱, 청진기 등등. 그런데 이게 이 물건들이 사라진 순서대로가 아니란 말씀이시죠?"

"네."

"지금 순서대로 기억하실 수 있는지요? 아니면 순서를 기억하기가 너무 힘드실까요?"

"무슈 푸아로, 지금은 할 수 없을 것 같아요. 모두 얼마간 시간이 지난 일이라 생각을 좀 해 봐야 해요. 실은 제 동생에게서 선생님을 뵈러 오라는 말을 들은 후에 그 목록을 작성했고, 기억나는 순서대로 적었답니다. 그러니까 구두 한 짝이 없어진 건 너무 이상한 일이라 제일 먼저 생각났고, 팔찌와 화장용 분 그리고 라이터와 다이아몬드 반지는 중요한 물건이라 이 하숙집에 정말 도둑이 있나 보다 해서 생각이 났고, 나중에 사소한 다른 일들이 생각나 그것들을 추가로 적었답니다. 그러니까 붕소와 전구 그리고 배낭 같은 것들 말이에요. 그것들은 대수롭지 않아서 나중에 생각이 났죠."

"알겠습니다. 이해가 갑니다……. 그렇다면 부인, 시간이 나실 때 자리에 앉아서……."

"니콜레티스 부인에게 진정제를 먹여 재우고, 제로니모와 마리아를 진정시킨 후에야 시간이 좀 날 것 같아요. 제가 어떻게 도와 드려야 하는 거죠?"

"자리에 가만히 앉아서 그동안 벌어진 여러 가지 사건들을 가능한 한 시간 순서대로 적어 주시길 바랍니다."

"그럼요, 무슈 푸아로. 배낭이 첫 번째고, 그다음이 전구인데, 실은 이 두 가지 일은 이후에 벌어진 다른 일들과 아무 관련도 없다고 생각했답니다. 그다음이 팔찌와 화장용 분, 아니, 파티용 구두 한 짝이 되겠네요. 하지만 제가 생각하는 과정을 듣고 싶지는 않으실 거예요. 제가 최선을 다해서 적어 보겠습니다."

"고맙습니다, 부인. 정말 감사합니다."

푸아로가 전화를 끊고 레몬 양에게 말했다.

"내가 정신이 없었어요. '질서와 체계'라는 원칙에서 벗어나 있었다 이 말이죠. 처음부터 절도 사건이 일어난 정확한 순서를 고려해야 했는데."

"무슈 푸아로, 이제 이 서신을 완성할까요?"

레몬 양이 기계적으로 물었다.

하지만 푸아로는 화가 난 듯 다시 한번 손을 저었다.

II

토요일 아침, 수색 영장을 갖고 히코리가를 다시 찾은 샤프 경위는, 허버드 부인과 계산을 하기 위해 토요일마다 그곳에 들르는 니콜레티스 부인에게 면담을 요청했다. 샤프 경위가 앞으로 자신들이 취할 조치에 대해 설명했다.

니콜레티스 부인은 맹렬히 저항했다.

"하지만 이건 모욕이에요! 학생들이 여길 떠날 거예요. 모두 떠날 거라고요. 나는 망할 거예요······."

"아뇨, 부인, 그렇지 않습니다. 학생들은 분별 있게 처신할 겁니다. 그리고 어쨌든 여기서 살인 사건이 벌어지지 않았습니까."

"살인이 아니에요, 자살이라고요."

"게다가 상황을 설명하면 아무도 반대하지 않을 겁니다……."

"모두가 분별 있게 처신할 거예요. 아흐메드 알리와 찬드라 랄만 빼고 말이에요."

허버드 부인이 니콜레티스 부인을 달래며 말했다.

"하! 그것들을 누가 신경이나 쓴대?"

니콜레티스 부인이 말했다.

"고맙습니다, 부인. 그럼 이곳, 부인의 거실부터 시작하겠습니다."

샤프 경위의 제안에 니콜레티스 부인은 즉각 맹렬히 저항했다. 니콜레티스 부인이 외쳤다.

"원하는 대로 아무 데서나 시작해도 좋아요. 하지만 여긴 안 돼요! 거부합니다."

"니콜레티스 부인, 죄송합니다. 하지만 이 하숙집을 샅샅이 뒤져야 합니다."

"그건 좋다니까요. 하지만 내 방만은 안 돼요. 난 법 위에 있는 사람이에요."

"법 위에 있는 사람은 아무도 없습니다. 죄송하지만 비켜 주십시오."

"너무 무례하군. 당신들은 주제넘은 훼방꾼이야. 내가 사방에 투서를 보내겠어. 의회에 아는 사람이 있는데, 그 사람에게 편지를 써야겠군. 항의 편지를 쓰겠어."

니콜레티스 부인이 격분해서 소리쳤다.

"부인, 쓰고 싶은 분께 얼마든지 편지를 쓰십시오. 전 이 방을 수색해야겠습니다."

경위는 곧바로 책상부터 수색을 시작했다. 그가 얻은 것은 커다란 과자 상자, 종이 뭉치, 여러 가지 잡다한 쓰레기뿐이었다. 샤프 경위가 방 한구석에 있는 찬장으로 갔다.

"잠겨 있군요. 열쇠 좀 주시겠습니까?"

"절대로 못 줘! 죽어도 당신한테 열쇠를 줄 수 없어. 짐승보다 못한 경찰 놈들 같으니라고. 침을 뱉어야겠어. 퉤! 퉤! 퉤!"

니콜레티스 부인이 외쳤다.

"열쇠를 내놓으시는 게 좋을 겁니다. 아니면 찬장 문을 억지로 열 수밖에 없습니다."

샤프 경위가 경고했다.

"열쇠는 못 줘! 열쇠를 가져가려면 내가 입고 있는 옷을 갈기갈기 찢어야 할걸! 하지만 그랬다가는 추문이 들불처럼 번질 거야."

"콥 경장, 끌을 가져와."

샤프 경위가 체념한 목소리로 명령했다.

분개한 니콜레티스 부인이 비명을 질렀지만, 샤프 경위는 아랑곳하지 않았다. 콥 경장이 끌을 가져왔다. 날카로운 소리가 두 번 나더니 찬장 문이 열렸다. 문이 열리면서 수많은 빈 브랜디 병이 찬장 밖으로 쏟아져 나왔다.

"짐승 같은 놈! 악마보다 못한 놈!"

니콜레티스 부인이 외쳤다.

"부인, 감사합니다. 이 방 수색은 끝났습니다."
경위가 정중하게 말했다.
니콜레티스 부인이 히스테리를 부리는 동안, 허버드 부인이 재빨리 브랜디 병을 찬장에 밀어 넣었다.
궁금했던 점 한 가지, 니콜레티스 부인의 이상한 기질에 대한 수수께끼는 이렇게 해서 말끔히 풀렸다.

III

허버드 부인이 자신의 거실 약장에서 진정제를 꺼내 적당한 분량만큼 따르고 있을 때, 전화벨이 울렸다. 푸아로였다. 허버드 부인은 전화를 끊고, 자신의 거실에서 소리를 지르며 발로 소파를 걷어차고 있는 니콜레티스 부인에게 갔다.
"이걸 마시면 기분이 나아질 거예요."
허버드 부인이 말했다.
"게슈타포!"
이제 어느 정도 마음을 가라앉힌 니콜레티스 부인이 성난 음성으로 말했다.
"내가 부인이라면, 이 일은 더 이상 생각하지 않겠어요."
허버드 부인이 니콜레티스 부인을 위로했다.
"게슈타포! 게슈타포! 게슈타포 같은 놈들이야!"

니콜레티스 부인이 다시 소리쳤다.

"그분들은 할 일을 했을 뿐이에요."

"내 개인 찬장을 뒤지는 게 그놈들이 할 일이란 말이야? 난 놈들에게 이러면 안 된다고 말했어. 찬장 문을 잠그고, 열쇠는 내 품속에 넣어 뒀지. 만일 당신이 증인으로 그 자리에 있지 않았다면, 그자들은 부끄러운 줄도 모르고 내 옷을 찢어 버렸을 거야."

"아니에요. 그런 짓을 할 분들이 아니잖아요."

"당신이야 그렇게 생각하겠지! 대신 그놈들은 끌을 가져와서 내 찬장 문을 강제로 열었어. 그건 내가 소유한 집에 구조적인 해를 가한 거야."

"아시다시피, 부인께서 열쇠를 내주지 않았기 때문에……."

"왜 내가 놈들에게 열쇠를 줘야 한단 말이야? 그건 내 열쇠야. 내 개인 열쇠라고. 그리고 여긴 내 개인 방이야. 내 개인 방이라서 경찰에게 나가 달라고 했는데, 그놈들이 나가지 않았잖아."

"니콜레티스 부인, 어쨌든 살인 사건이 일어났다는 사실을 잊지 마세요. 살인 사건이 있었으니, 평소라면 달갑지 않을 일도 참는 수밖에 없잖아요."

"살인이라니 말도 안 되는 소리! 가엾은 실리아는 자살을 한 거야. 어리석은 사랑 놀음에 말려들어서 독약을 먹은 거라고. 흔히 있는 일이야. 젊은 여자애들은 사랑이 무슨 큰일이라도 되는 양 어리석게 굴지! 일이 년이면 그 엄청난 열정도 다 식어 버리고 마는걸! 그 남자도 결국 다른 남자와 똑같은 인간이야! 하지만 이 우둔한 계

집들은 그걸 몰라. 수면제와 살균제를 먹고, 가스 꼭지를 틀어 놓지. 하지만 그땐 이미 너무 늦은 거야."

"나라면 이미 끝난 일로 고민하지 않겠어요."

허버드 부인이 원래 하던 이야기로 화제를 돌리며 말했다.

"그래서 당신이 아주 잘났다는 거야. 난 고민을 해야겠어. 난 이제 더 이상 안전하지 않아."

"안전이요?"

허버드 부인이 놀란 얼굴로 물었다.

"그건 내 개인 찬장이었어. 그 안에 뭐가 들어 있는지 아무도 몰랐다고. 난 다른 사람들이 알기를 원치 않았어. 그런데 이제 다 알게 되었어. 그래서 마음이 몹시 불편해. 그 사람들이 어떻게 생각할까?"

"그 사람들이라니 누구 말씀이세요?"

니콜레티스 부인이 부루퉁한 표정을 지으며 크고 떡 벌어진 어깨를 으쓱해 보였다.

"당신은 몰라. 하지만 난 그 일로 마음이 아주 불편해졌어. 몹시 불편하다고."

"제게 말해 보세요. 그러면 도와 드릴 수 있을지도 모르잖아요."

"내가 여기서 잠을 자지 않는 게 천만다행이야. 이 집 문의 열쇠는 다 똑같아. 열쇠 하나만 있으면 모든 문을 다 열 수 있다고. 그래, 여기서 잠을 자지 않는 게 천만다행이야."

"니콜레티스 부인, 마음에 걸리는 게 있으면 제게 털어놓는 게 낫지 않을까요?"

니콜레티스 부인이 검은 눈동자를 깜빡이며 허버드 부인을 바라보다 딴 곳으로 시선을 돌렸다.

"당신이 말했잖아. 당신이 이 집에서 살인 사건이 일어났다고 하니, 당연히 마음이 불편할 수밖에. 다음은 누굴까? 게다가 살인자가 누군지도 모르잖아. 그건 경찰들이 너무 어리석어서 그래. 아니면 뇌물을 먹었거나."

니콜레티스 부인이 얼버무리듯 말했다.

"그건 말도 안 되는 소리예요. 부인도 잘 아시잖아요. 하지만 진짜 걱정되는 일이 있으면 털어놓으세요……."

허버드 부인의 말에 니콜레티스 부인이 벌컥 화를 냈다.

"아니, 그럼 내게 걱정거리가 하나도 없기라도 하다는 거야? 언제나 그렇듯이 잘 알고 있을 거 아냐! 당신은 모르는 게 없잖아! 늘 훌륭하게 일을 처리하니까. 음식을 제공하고, 이 집을 운영하고, 학생들의 환심을 사려고 먹을거리에 돈을 물 쓰듯 쓰고, 그러더니 이제 내 사생활까지 간섭하려 들다니! 하지만 그건 안 돼! 내 사생활은 나만 아는 거야. 아무도 그걸 꼬치꼬치 파고들 수 없어. 알아들겠어! 아무리 오지랖이 넓어도 그렇지."

"제발 그만두세요."

허버드 부인이 화를 내며 말했다.

"당신은 스파이야. 난 진작 그걸 알고 있었어."

"무슨 일을 염탐하는 스파이라는 건가요?"

"아무것도 아냐. 여긴 염탐할 게 아무것도 없어. 그런 게 있다고 생각한다면, 당신이 만들어 냈기 때문이야. 누가 나에 대해 거짓말을 한다면, 누구 짓인지 알아내고 말 거야."

"제가 이곳을 떠나길 바라신다면, 그렇다고 말씀해 주세요."

"아니, 당신은 떠나선 안 돼. 떠날 수 없어. 적어도 지금은 아니야. 경찰에, 살인에, 온갖 걱정거리가 있는 이런 판국에 날 버리고 가선 안 된다고."

"그렇다면 좋아요. 하지만 부인이 무슨 말씀을 하시는지 도무지 이해가 가지 않네요. 어떤 때는 부인도 부인 자신에 대해 잘 모르시는 것 같아요. 제 침대에서 좀 주무시는 게 좋겠어요……."

13장

 히코리가 26번지에 멈춰 선 택시에서 에르퀼 푸아로가 내렸다.
 제로니모가 오랜 친구를 맞이하듯 반갑게 문을 열어 주었다. 하숙집 복도에는 경찰이 서 있었고, 그래서인지 제로니모는 푸아로를 식당으로 끌고 들어가서 문을 닫았다.
 "끔찍해요. 항상 경찰이 죽치고 있다니까요! 질문을 퍼붓고, 여기 갔다, 저기 갔다, 찬장을 열어 보고, 서랍 속을 뒤지고, 마리아가 일하는 부엌까지 들어와요. 마리아가 굉장히 화났어요. 마리아가 밀방망이로 경찰을 치고 싶다 해서 제가 안 된다고 했죠. 밀방망이에 맞아서 좋아할 경찰이 어디 있냐고, 마리아가 그런 짓을 하면 경찰이 우리를 더 힘들게 할 거라고 그랬어요."
 제로니모가 외투를 벗는 푸아로를 도우며 이렇게 속삭였다.
 "옳은 말일세. 허버드 부인은 한가하신가?"

푸아로가 제로니모의 말에 동의하며 이렇게 물었다.
"부인이 계신 2층으로 모셔다 드릴게요."
"잠깐. 자네 전구가 없어진 날이 언제였는지 기억하나?"
푸아로가 제로니모를 멈춰 세우고 물었다.
"그럼요. 기억하지요. 하지만 벌써 오래전 일이에요. 한두 달, 아니 석 달 전일 거예요."
"정확히 어떤 전구가 사라졌나?"
"복도에 있던 거랑, 휴게실에 있던 것도 없어진 것 같아요. 누가 장난친 거예요. 전구를 몽땅 빼내 갔어요."
"정확한 날짜는 기억하나?"
제로니모가 생각에 잠겼다.
"모르겠어요. 하지만 2월 언제쯤, 경찰이 왔던 날인 것 같아요······."
"경찰이라고? 경찰이 여기 무슨 일로 왔단 말인가?"
"어떤 학생 일로 니콜레티스 부인을 만나러 왔었어요. 아프리카에서 온 아주 나쁜 학생이었는데, 일은 안 하고, 노동 회관 가서 국가 보조금 타 먹고, 여자를 데리고 살았는데, 그 여자가 남자들과 외출해 돈을 벌어 와서 이 학생을 먹여 살렸대요. 아주 나쁜 놈이에요. 경찰은 그런 놈을 좋아하지 않죠. 맨체스터 아니면 셰필드에서 있었던 일이래요. 그 사람이 거기서 도망쳐 이리로 온 거죠. 하지만 경찰이 그 사람을 뒤쫓아 왔고, 허버드 부인에게 그 사람에 대해 물었어요. 부인은 그런 나쁜 사람은 마음에 들지 않아 내보내 버렸다고, 그래서 여기 없다고 말했어요."

"알겠어. 경찰이 그 사람을 추적했군."

"뭐라고요?"

"경찰이 그 사람을 잡았나?"

"네, 네, 잡았어요. 경찰이 그 사람을 찾아, 여자를 등쳐 먹고 산 죄로 감옥에 집어넣었죠. 여자를 등쳐 먹고 살면 안 되니까요. 여긴 좋은 하숙집이에요. 여긴 그런 일은 없어요."

"그런데 그날 전구가 없어졌단 말이지?"

"네. 제가 스위치를 켰는데, 아무 일도 일어나지 않았어요. 그래서 휴게실로 가 봤더니 거기도 전구가 없었어요. 그래서 남은 전구를 넣어 둔 서랍을 열어 봤더니, 거기 있는 전구도 누가 가져간 거예요. 그래서 부엌으로 내려가서 마리아에게 남은 전구가 어디 있느냐고 물어봤죠. 마리아가 자기는 경찰이 오는 게 싫다고 화를 내면서 남은 전구가 어디 있든 자기가 알 바 아니라고 했어요. 그래서 제가 초를 들고 나왔어요."

푸아로는 제로니모를 따라 허버드 부인의 방으로 가면서 방금 들은 이야기에 대해 곰곰이 생각해 보았다.

허버드 부인은 푸아로를 반갑게 맞아 주었다. 하지만 피곤하고 지친 표정이었다. 허버드 부인이 즉시 종이 1장을 내밀었다.

"무슈 푸아로, 최선을 다해서 없어진 물건들을 순서대로 적어 봤어요. 하지만 100퍼센트 정확하다고 자신하진 못하겠네요. 몇 달 전 일인 데다 여러 가지 사건이 벌어진 터라, 각각 언제 일어난 일인지 기억하기 힘들거든요."

"정말 감사합니다, 부인. 그런데 니콜레티스 부인은 어떠신가요?"

"제가 진정제를 먹여서 지금 자고 있을 거예요. 부인이 수색 영장 때문에 무섭게 소란을 피우셨죠. 부인 방에 있는 찬장을 열지 못하게 해서 경위님이 문을 부쉈더니, 그 속에서 빈 브랜디 병이 수도 없이 쏟아져 나왔답니다."

"저런!"

푸아로가 허버드 부인의 말에 적절한 반응을 보였다.

"그걸 보니 많은 생각이 들었어요. 싱가포르에 살 때 술을 많이 마시는 사람들을 봤으면서도, 전에는 왜 한 번도 그런 생각을 하지 못했는지 모르겠더군요. 하지만 이런 일에 무슨 관심이 있으시겠어요."

"전 모든 일에 관심이 있습니다."

푸아로가 자리에 앉아 허버드 부인이 방금 넘겨준 종이를 들여다보았다. 잠시 후 푸아로가 말했다.

"아! 이제 배낭이 맨 위에 있군요."

"네. 대수로운 일은 아니었지만, 지금 생각해 보니, 그 일은 분명 보석을 비롯한 다른 물건들이 사라지기 전에 일어났어요. 그 일은 한 유색 인종 학생 때문에 빚어진 소란과 뒤섞여 버렸지요. 그 학생은 그 일이 있기 하루나 이틀 전에 이곳을 떠났고, 그래서 그 학생이 떠나기 전에 일종의 복수 같은 걸 한 모양이라고 생각했던 기억이 나요. 조금 문제가 있었거든요."

"아! 제로니모도 그 비슷한 말을 하던데, 그러니까 여기 경찰이 왔었다면서요? 그 말이 맞나요?"

"네. 경찰이 셰필드인가 버밍햄인가 하는 곳에서 조사를 벌였던 것 같아요. 일종의 추문 같은 거였어요. 부도덕하게 돈을 버는 그런 종류의 사건 말이에요. 그 학생은 나중에 그 일로 법정에 섰대요. 사실 그 학생은 여기 사나흘 정도밖에 안 있었어요. 그런데 그 학생의 행동거지며 여자와 시시덕거리는 게 마음에 들지 않아, 제가 그 학생이 쓰던 방이 계약되었으니 나가 달라고 했죠. 경찰이 왔을 때도 별로 놀라지 않았어요. 물론 그 학생이 어디로 갔는지 몰라 경찰에게 알려 주지는 못했지만, 경찰이 뒤를 밟아서 잡아냈지요."

"그런데 그 일이 있은 후에 그 배낭을 발견했단 말씀이시죠?"

"네, 그랬던 것 같아요. 기억이 잘 나지 않지만요. 그러니까 렌 베이트슨이 히치하이크 여행을 가려던 참에 자기 배낭을 찾지 못해 한바탕 소동을 벌인 일이 있어요. 모두 나서서 한참 동안 배낭을 찾았는데, 결국 제로니모가 토막토막 잘린 배낭을 보일러 뒤에서 찾아냈죠. 아주 이상한 일이었어요. 무척 기괴하면서도 무의미한 일 같았어요."

"맞아요. 기괴하면서도 무의미한 일이죠."

푸아로가 맞장구쳤다. 그리고 잠시 생각에 잠겼다.

"그런데 같은 날, 그러니까 경찰이 이 아프리카 학생에 대해 조사하러 온 날, 전구가 없어졌다는 거죠? 제로니모가 제게 그렇게 말했습니다. 그게 그날이었나요?"

"기억이 잘 나진 않지만, 맞아요. 그런 것 같아요. 경찰과 함께 아래층 휴게실로 갔더니, 촛불이 켜져 있었던 기억이 나요. 사라진 그 젊은이가 아키봄보에게 어디로 간다고 말하지 않았는지 물어보러 아키봄보를 만나러 가던 길이었어요."

"휴게실에 다른 사람은 없었나요?"

"그 시간엔 학생 대부분이 돌아와 있었을 거예요. 저녁 6시 무렵이었거든요. 제가 제로니모에게 전구가 어디 갔냐고 물었더니, 제로니모가 전구가 없어졌다고 하더군요. 그래서 왜 새 전구를 끼우지 않느냐고 물었더니, 전구가 다 떨어졌다는 거예요. 누가 말도 안 되는 어리석은 장난을 쳤다고 생각하니 화가 나더군요. 저는 누가 전구를 훔쳐 간 게 아니라, 장난을 치는 줄 알았어요. 하지만 늘 넉넉히 사 두는 여분의 전구까지 하나도 남지 않았다는 말을 듣고는 놀랐죠. 무슈 푸아로, 하지만 저는 그때까지도 이 문제를 심각하게 생각하지 않았답니다."

"전구와 배낭이라."

푸아로가 생각에 잠긴 얼굴로 중얼거렸다.

"하지만 그 두 가지 일은 가엾은 실리아가 저지른 작은 과오와는 아무 관련도 없는 것 같아요. 실리아가 자기는 그 배낭에 손도 대지 않았다고 열성적으로 부인했던 것 기억하시죠?"

"그럼요, 기억하고말고요. 그건 진심입니다. 이 일이 있고 나서 얼마 후에 물건들이 없어지기 시작했나요?"

"아, 무슈 푸아로, 그 모든 일을 기억해 내기가 여간 어려운 게 아니랍니다. 가만있자, 3월이었나, 아니, 2월, 그래, 2월 말이었어. 그래요, 그 일이 있고 나서 일주일 후에 제너비브가 팔찌가 없어졌다고 말했던 것 같아요. 맞아요, 2월 20일에서 25일 사이였어요."

"그리고 그 후로 절도 사건이 연이어 일어났나요?"

"맞아요."

"그 배낭은 렌 베이트슨 것이었나요?"

"네."

"그렇다면 렌 베이트슨이 굉장히 화를 냈겠군요?"

"우리라도 그런 일을 그냥 지나칠 순 없었을 거예요, 무슈 푸아로. 렌 베이트슨은 그런 학생이죠. 마음이 따뜻하고 지나치다 싶을 만큼 관대하지만, 성격이 불같아요."

허버드 부인이 살짝 미소를 지으며 말했다.

"그 배낭은 어떤 거였나요? 특별한 배낭이었나요?"

"아뇨, 평범한 보통 배낭이었어요."

"비슷한 배낭을 하나 볼 수 있을까요?"

"그럼요, 물론이죠. 콜린이 그것과 똑같은 배낭을 갖고 있을 거예요. 나이절도 갖고 있고요. 실은 렌도 하나 더 샀답니다. 어차피 있어야 하는 거니까요. 여기 학생들은 주로 이 길 끝에 있는 가게에서 그런 걸 산답니다. 그 가게는 온갖 종류의 캠핑 장비와 도보 여행용 외투 같은 걸 사기에 아주 좋은 곳이죠. 반바지, 슬리핑 백, 그런 모든 것들 말이에요. 게다가 가격도 저렴해요. 큰 상점에 비해 아주 많이 싸니까요."

"그런 배낭을 하나만 볼 수 있을까요, 부인?"

허버드 부인은 푸아로를 정중하게 콜린 맥냅의 방으로 안내했다.

콜린이 방에 없었지만, 허버드 부인은 옷장 문을 열고 몸을 굽혀 배낭을 꺼내서 푸아로에게 내밀었다.

"무슈 푸아로, 여기 있습니다. 없어졌다가 마구 잘린 채 발견된 배낭과 똑같은 거랍니다."

"자르려면 힘이 꽤 들겠는걸요. 작은 자수용 가위 같은 걸로는 어림도 없겠어요."

푸아로가 배낭을 이리저리 만지고 살펴보며 말했다.

"맞아요. 그러니까 이건 여학생이 할 수 있는 일은 아니에요. 힘을 꽤 들여야 하거든요. 힘과 악의가 있어야 하죠."

"압니다. 맞는 말씀이세요. 기분이 좋진 않군요. 그런 생각을 하니 불쾌해져요."

"그런 다음 발레리의 스카프가 갈가리 찢긴 채 발견되었을 때는, 뭐라고 해야 할까요, 그러니까 미친 사람 소행으로 여겨지더군요."

"아, 하지만 그 생각은 옳지 않은 것 같습니다, 부인. 이번 사건에서 정신 나간 짓은 하나도 없습니다. 뚜렷한 목적과 의도 그리고 일정한 방식이 있는 것 같습니다."

"글쎄요, 이런 일은 무슈 푸아로가 저보다 훨씬 더 많이 아시겠죠. 저는 이런 일이 마음에 들지 않는다는 말밖에는 할 말이 없네요. 저는 여기 좋은 학생들이 많이 있다고 생각했는데, 그중 1명이 제가 상상하기조차 싫은 이런 일을 저질렀다니 괴로울 뿐이랍니다."

푸아로가 창가로 다가갔다. 그러고는 창문을 열고 낡은 발코니로 걸어 나갔다.

그 방은 하숙집 뒤쪽에 면해 있었고, 아래로는 작고 지저분한 마당이 내려다보였다.

"건물 앞쪽으로 난 방보다는 여기가 조용하겠군요?"

푸아로가 물었다.

"어떤 면에서는 그렇죠. 하지만 히코리가는 그다지 시끄러운 도로가 아니랍니다. 게다가 뒤쪽에 면한 방은 밤마다 고양이들 때문에 시끄럽죠. 고양이들이 울어 대고, 쓰레기통 뚜껑을 쳐서 떨어뜨리곤 하거든요."

푸아로가 내려다보니 커다랗고 낡은 쓰레기통이 4개 있었고, 쓰레기 더미도 여기저기 쌓여 있었다.

"보일러실은 어디죠?"

"저기가 보일러실 문이에요. 저 아래, 석탄 창고 옆이에요."

"알겠습니다."

푸아로는 아래를 내려다보며 무언가를 골똘히 생각했다.

"또 누구 방이 이쪽으로 나 있나요?"

"옆방이 나이절 채프먼과 렌 베이트슨의 방이에요."

"그 너머에는요?"

"그다음은 옆집, 그러니까 여학생들의 방이죠. 첫 번째가 실리아의 방이고, 그 옆이 엘리자베스 존스턴의 방, 그다음이 퍼트리샤 레인의 방이에요. 발레리와 진 톰린슨의 방은 건물 앞쪽으로 나 있답니다."

푸아로가 고개를 끄덕이고는 다시 방 안으로 들어왔다.

"이 젊은이는 아주 깔끔하군요."

푸아로가 콜린 맥냅의 방을 둘러보며 중얼거렸다.

"네, 콜린의 방은 언제나 말끔히 정돈되어 있어요. 남학생 중에는 발 디딜 틈도 없이 어질러 놓고 사는 사람도 많죠. 렌 베이트슨의 방을 한번 보셔야 해요. 하지만 렌은 아주 좋은 청년이랍니다."

허버드 부인이 너그러운 말투로 말했다.

"학생들이 이 배낭을 이 길 끝에 있는 상점에서 산다고 하셨죠?"

"그렇습니다."

"가게 이름이 뭔가요?"

"무슈 푸아로, 이제는 그런 걸 물어보셔도 기억이 잘 나질 않는답니다. 매벌리 같아요. 아니면 켈소든지. 발음은 전혀 다르지만, 제 머릿속에는 비슷한 이름으로 기억되어 있어서요. 그건 물론 전에 어떤 사람은 켈소라고 부르고, 또 어떤 사람은 매벌리라고 불렀기 때문이겠지만, 두 이름은 느낌이 아주 비슷해요."

"아, 그게 바로 제가 어떤 일에 매혹되는 이유랍니다. 바로 눈에 보이지 않는 연관성이지요."

푸아로는 다시 한 번 창밖을 내다보고 마당을 내려다본 다음, 허버드 부인에게 작별 인사를 하고 그 집에서 나왔다.

푸아로는 히코리가를 따라 걸어 내려가 대로로 연결되는 길모퉁이에 이르렀다. 그는 허버드 부인이 말한 상점을 어렵지 않게 찾을 수 있었다. 상점 안에는 온갖 소풍용 바구니, 배낭, 보온병, 각종 운동 기구, 반바지, 사파리 셔츠, 차양용 헬멧, 텐트, 수영복, 자전거용

전등, 회중전등 등이 진열되어 있었다. 실로 젊은이들과 운동하는 사람들에게 필요한 모든 것이 다 있는 듯했다. 상점 위 간판에 쓰인 이름은 매벌리도 켈소도 아닌, 힉스였다. 푸아로는 한동안 진열대에 놓인 상품들을 살펴보다 안으로 들어가 있지도 않은 조카에게 줄 배낭을 찾는다고 말했다.

"조카가 캠핑을 떠난다고 해서요. 다른 학생들과 함께 도보 여행을 떠나는데, 필요한 건 모두 등에 짊어지고 간답니다. 그러다 자동차나 화물차가 지나가면 언어 타고 간다는군요."

푸아로가 일부러 최대한 외국 사람 티를 내며 말했다.

자그마한 키에 연갈색 머리를 한, 친절한 상점 주인이 즉시 이렇게 대답했다.

"아, 히치하이크 말씀이시군요. 요즘에는 모두 그렇게 한답니다. 버스나 기차를 타면 돈이 많이 드니까요. 요즘 젊은이들은 그렇게 히치하이크를 해서 온 유럽을 돌아다닌다고 하더군요. 자, 이게 선생님이 찾으시는 배낭입니다. 그냥 보통 배낭을 찾으시는 거죠?"

"그런 것 같습니다. 다른 종류도 있나요?"

"여성용으로 가볍게 나온 배낭이 한두 종류 있긴 하지만, 대부분은 이게 팔립니다. 품질이 좋고 튼튼하고 질긴 데다, 제가 이런 말씀 드리긴 좀 뭐하지만 정말 싸니까요."

상점 주인이 푸아로가 콜린의 방에서 본 것과 똑같은, 질긴 캔버스 천으로 된 배낭을 들어 보였다. 푸아로는 배낭을 살펴보며 외국 사람이 할 법한 불필요한 질문을 몇 가지 더 한 후에 결국 배낭의 값을 치렀다.

"그럼요, 이 배낭이 많이 팔립니다."

상점 주인이 배낭을 포장하며 말했다.

"이 부근에 하숙하는 학생들이 꽤 많죠?"

"그렇습니다. 여긴 학생들이 많은 지역입니다."

"히코리가에 하숙집이 하나 있다면서요?"

"아, 네. 거기 사는 청년들한테 이 배낭을 몇 개 팔았죠. 아가씨들도 사 갔고요. 젊은이들이 여행을 떠나기 전에 여기 들러 필요한 걸 사가거든요. 저는 큰 상점보다 물건을 싸게 팔고 있고, 그래서 젊은이들한테 그런 사실을 알려 주지요. 여기 있습니다, 선생님. 조카 분이 선생님께서 직접 고른 선물을 받고 기뻐할 겁니다."

푸아로는 고맙다고 인사를 한 후에 새로 산 물건을 들고 상점에서 나왔다.

푸아로가 겨우 한두 걸음 옮겼을 때, 누가 그의 어깨를 쳤다. 샤프 경위였다.

"안 그래도 뵙고 싶었습니다."

"그 집 수색은 끝났나요?"

"수색을 하긴 했는데, 별다른 소득은 없었습니다. 요 앞에 괜찮은 샌드위치 가게가 있는데, 바쁘지 않으면 함께 가시겠습니까? 이야기를 좀 나누고 싶은데."

샌드위치 가게에는 사람이 별로 없었다. 두 사람은 샌드위치가 담긴 접시와 커피 잔을 들고 식당 모퉁이에 있는 작은 탁자로 갔다.

샤프 경위가 학생들을 심문한 결과를 자세히 설명했다.

"증거라고 할 만한 것을 포착한 유일한 사람이 나이절입니다. 그것도 아주 심각한 일이 있었죠. 나이절이 3가지 독약을 손에 넣었다니까! 하지만 그가 실리아 오스틴에게 적의를 품었다고 생각할 만한 이유가 없는 데다, 나이절이 실제로 죄를 저질렀다면 자신의 행동을 그렇게까지 솔직하게 털어놓을 수 있을지 의심스러운 생각이 듭니다."

"그렇다 해도 다른 가능성은 있겠는걸요."

"그렇죠. 그 약을 모두 서랍 속에 넣어 두었으니까요. 어리석은 풋내기 같으니라고!"

샤프 경위는 엘리자베스 존스턴에 대해, 그리고 실리아가 그녀에게 한 말에 대해서도 들려주었다.

"만일 엘리자베스의 말이 사실이라면, 그건 보통 일이 아닙니다."

"정말 보통 일이 아니군요."

푸아로도 동의했다.

"'내일이면 그 일에 대해 좀 더 알게 될 거야.'"

샤프 경위가 엘리자베스가 한 말을 되풀이해 들려주었다.

"그런데 그 가엾은 아가씨에게 내일이 찾아오지 않은 거로군요. 그 집을 수색했는데, 성과가 별로 없었다고요?"

"뭐라고 해야 할까, 예기치 못한 일이 한두 가지 있었습니다."

"어떤?"

"엘리자베스 존스턴은 공산당원입니다. 엘리자베스의 당원증을 찾아냈지 뭡니까."

"그렇군요, 그거 흥미로운 일이군요."

푸아로가 무언가를 생각하며 말했다.

"그건 당신도 예측하지 못했을 겁니다. 나도 어제 그 아가씨를 심문할 때까지 몰랐으니까요. 다양한 면모를 지닌 사람이더군요. 엘리자베스 말입니다."

"엘리자베스는 공산당의 소중한 신입 회원이었을 겁니다. 남다른 지성을 소유한 젊은 여성이니까요."

"엘리자베스가 아무 연민도 내보이지 않는 점이 흥미롭더군요. 엘리자베스는 히코리가에서 있었던 일에 대해 줄곧 아주 차분한 입장을 보였습니다. 그렇다고 해서 실리아 오스틴 사건과 무슨 관련이 있는 것 같지는 않았어요. 하지만 유념해 둘 만한 사실이죠."

"그 밖에 또 알아낸 사실은 뭡니까?"

샤프 경위가 어깨를 으쓱해 보였다.

"퍼트리샤 레인 양의 서랍에서 녹색 잉크로 흠뻑 젖은 손수건이 나왔습니다."

푸아로가 눈썹을 치켜올렸다.

"녹색 잉크? 퍼트리샤 레인이라고요! 그렇다면 퍼트리샤가 엘리자베스 존스턴의 공책에 잉크를 쏟은 모양이군요. 그런 다음 손을 닦은 거죠. 하지만 분명……."

"퍼트리샤는 틀림없이 사랑하는 나이절이 의심받기를 원치 않았을 겁니다."

샤프 경위가 푸아로의 말을 대신 맺어 주었다.

"거기까지는 생각하지 못했을 겁니다. 물론 다른 누군가가 그 손수건을 퍼트리샤의 서랍에 넣었을 수도 있지요."

"충분히 그럴 수 있죠."

"다른 건요?"

"렌 베이트슨의 아버지가 롱윗 베일 정신 병원에 입원해 계신 것 같더군요. 이 사실에 얼마나 비중을 둬야 할지는 잘 모르겠지만……."

샤프 경위가 잠시 생각에 잠겼다가 이렇게 말했다.

"렌 베이트슨의 아버지가 실성했다는 것은 당신 말처럼 별 의미가 없을 수도 있습니다. 하지만 잊지 말고 기억해 둬야 할 사실이긴 하군요. 그보다는 그분이 구체적으로 어떤 정신병을 앓고 있는지 알아보는 게 좋을 겁니다."

"베이트슨 군은 괜찮아 보이는 청년이지만, 약간 걷잡을 수 없이 성질을 부리긴 하더군요."

푸아로가 고개를 끄덕였다. 불현듯, 실리아 오스틴이 한 말이 생생하게 떠올랐다. "배낭은 제가 자르지 않았어요. 누가 성질을 부리느라 그랬을 거예요." 실리아는 그게 성질을 부려 한 일이었다는 걸 어떻게 알았을까? 렌 베이트슨이 배낭을 난도질하는 걸 실리아가 보기라도 했단 말인가? 푸아로는 샤프 경위가 하는 말을 듣고 정신을 차렸다. 샤프 경위가 빙긋 웃으며 이렇게 말했다.

"……아흐메드 알리는 아주 높은 등급의 포르노 책과 엽서를 많이 갖고 있었습니다. 그걸 보니 방을 수색하겠다고 했을 때 아흐메드가 미친 듯이 화를 낸 이유가 납득이 가더군요."

"분명 학생들의 저항이 심했겠군요."

"그랬죠. 프랑스 여학생은 히스테리를 부렸고, 인도에서 온 찬드라 랄은 국제적인 사건으로 터뜨리겠다고 위협했습니다. 그의 소지품 사이에서 체제 전복적인 내용이 담긴 소책자가 몇 권 나왔습니다. 흔히 볼 수 있는 엉성한 자료였죠. 서아프리카 출신 학생 중 한 명에게서는 무시무시한 유품과 주술 도구가 몇 점 나왔고. 그래, 수색 영장이 인간 본성의 특이한 단면을 보여 준다는 데는 의심의 여지가 없는 것 같습니다. 니콜레티스 부인과 부인의 찬장에 대한 얘기는 들었습니까?"

"그 얘긴 들었습니다."

샤프 경위가 빙긋 웃었다.

"빈 브랜디 병이 그렇게 많이 쌓여 있는 건 난생 처음 봤습니다! 게다가 그 여자가 우리한테 어찌나 무섭게 화를 내던지!"

샤프 경위는 웃다 말고 갑자기 심각한 얼굴이 되었다.

"하지만 우리가 찾던 건 발견하지 못했습니다. 합법적인 것 말고는 여권도 찾지 못했고요."

"친구, 당신이 발견하라고 가짜 여권이 돌아다니기야 하겠습니까. 여권 문제로 히코리가 26번지를 공식 방문한 적은 없었습니까? 그러니까 지난 6개월 동안?"

"아니, 그 기간 동안 딱 1번 들른 일이 있었습니다."

샤프 경위가 자세한 내막을 들려주었다.

푸아로는 인상을 쓴 채 귀를 기울였다.

"모두 말이 되지 않는군요. 처음부터 다시 시작해야 할 것 같습니다."

푸아로가 고개를 저으며 말했다.

"무슈 푸아로, 대체 처음이 어딥니까?"

"배낭입니다. 그 배낭. 모든 건 그 배낭에서 시작되었습니다."

푸아로가 부드러운 음성으로 말했다.

14장

I

제로니모와 성질 급한 마리아를 머리끝까지 화나게 만드는 데 성공한 니콜레티스 부인이 지하층에서 계단을 따라 올라왔다.
"거짓말쟁이에 도둑놈들 같으니라고. 이탈리아 놈들은 다 거짓말쟁이에 도둑놈이야!"
니콜레티스 부인이 의기양양하게 큰 소리로 외쳤다.
지하로 연결된 계단을 막 내려가려던 허버드 부인이 속이 타는 듯 짧은 한숨을 내쉬었다.
"저녁 식사를 준비하는 사람들을 저렇게 화나게 만들다니."
허버드 부인이 중얼거렸다. 그녀는 니콜레티스 부인에게 한마디 하려다 애써 눌러 참았다.
"보통 때처럼 월요일에 올게."

니콜레티스 부인이 말했다.

"알겠습니다, 니콜레티스 부인."

"월요일 아침이 되자마자 사람을 시켜 내 찬장 문을 고치도록 해. 수리비는 경찰에 청구할 거야, 알겠어? 경찰에 청구할 거라고."

허버드 부인이 반신반의하는 표정을 지었다.

"그리고 이 어두운 통로에 새 전구를 끼우도록 해. 밝은 걸로 끼우라고. 통로가 너무 어두워."

"돈을 아껴야 한다고 통로에는 촉수가 낮은 전구를 끼우라고 하셨잖아요."

"그건 지난주 일이야. 이제 사정이 달라. 지금은 '누가 날 따라오나?' 하면서 자꾸 뒤돌아보게 된다고."

니콜레티스 부인이 쏘아붙였다.

저 여자가 없는 소리를 지어내는 걸까, 아니면 정말로 두려운 일이 있는 걸까? 허버드 부인은 생각했다. 니콜레티스 부인은 매사를 과장하는 버릇이 있어서, 그녀의 말에 얼마나 진실이 담겨 있는지 가늠하기 힘들었다.

허버드 부인이 못 미더워하며 물었다.

"혼자 집까지 가실 수 있겠어요? 제가 모셔다 드릴까요?"

"여기보다 거기가 안전해!"

"그런데 뭘 겁내시는 거죠? 혹시 제가 알면 도와드릴 수……."

"그건 당신이 신경 쓸 일이 아니야. 난 아무 말도 안 할 거야. 참을 수 없을 정도로 꼬치꼬치 캐묻는군."

"죄송합니다. 저는…….."

"저런, 기분이 상했군. 그래, 난 성질이 나쁘고 무례해. 하지만 난 걱정거리가 많은 사람이야. 내가 자네를 믿고 의지한다는 걸 잊어선 안 돼. 허버드 부인이 없으면 내가 뭘 어떻게 하겠나. 자, 여기 입맞춤을 보내네. 즐거운 주말 보내게. 잘 자고."

니콜레티스 부인이 환한 미소를 지어 보이며 말했다.

허버드 부인은 니콜레티스 부인이 현관문을 열고 밖으로 나가 문을 닫는 것을 지켜보았다. 그러고는 다소 부적절할 만큼 크게 "아, 정말이지!"라고 안도의 한숨을 내쉰 후에, 부엌 계단 쪽으로 갔다.

니콜레티스 부인은 현관 앞 계단을 내려가 대문 밖으로 나가서 왼쪽으로 몸을 돌렸다. 히코리가는 상당히 넓은 길이었다. 히코리가에 있는 집들은 정원 때문에 약간 뒤로 물러서 있었다. 히코리가 26번지에서 이삼 분 정도 걸어 길 끝에 이르면, 버스가 다니는 런던의 주요 도로 중 하나가 나왔다. 그 길 끝에는 신호등이 있고, 길모퉁이에는 '여왕의 목걸이'라는 선술집이 있었다. 니콜레티스 부인은 포장된 도로 한가운데로 걸으며 이따금씩 불안한 듯 주변을 살폈지만, 아무도 눈에 띄지 않았다. 그날 밤 히코리가는 평소와 달리 한산했다. 니콜레티스 부인이 발걸음을 재촉해 '여왕의 목걸이' 쪽으로 갔다. 그녀는 다시 한 번 얼른 주변을 살핀 다음, 뭔가 켕기는 태도로 술집 문을 열고 들어갔다.

더블 브랜디를 주문해 홀짝거리며 니콜레티스 부인은 정신을 차렸다. 이제 니콜레티스 부인은 조금 전처럼 불안하고 불편해 보이는 얼굴이 아니었다. 하지만 경찰에 대한 그녀의 반감은 조금도 줄어들지 않았다.

"게슈타포! 그놈들한테 수리비를 물릴 거야. 그럼, 그놈들이 내야 하고말고!"

니콜레티스 부인은 숨을 헐떡이며 이렇게 중얼거린 다음, 브랜디 잔을 비웠다. 브랜디를 한 잔 더 주문한 그녀는 최근에 벌어진 일들을 곰곰이 따져 보았다. 불운하게도, 정말 불운하게도, 경찰이 자신의 비밀 찬장을 무자비하게 열어젖힌 판에, 학생들과 다른 사람들이 그 소식을 모르기를 바라는 것은 언감생심이었다. 허버드 부인이 입이 무겁긴 하지만, 그렇다 해도 이 세상에 믿을 사람 어디 있단 말인가? 이런 일은 언제나 소문이 나기 마련이었다. 제로니모도 알고 있었다. 그가 이미 아내에게 말했을 테고, 마리아가 청소부에게 말하고, 그렇게 계속되면……. 니콜레티스 부인은 누가 뒤에서 부르는 소리를 듣고 화들짝 놀랐다.

"아니, 니콜레티스 부인 아니세요. 여기 자주 들르시는 줄은 꿈에도 몰랐는걸요?"

"아, 자네로군. 난 그냥……."

니콜레티스 부인이 말했다.

"그럼 누구인 줄 아셨어요? 사악한 늑대라도 온 줄 아셨나요? 뭘 마시고 계세요? 제가 한잔 살게요."

"걱정거리가 많아. 경찰이 우리 집을 수색한답시고 온통 들쑤셔 놨잖아. 내 가엾은 심장. 심장을 조심해야 하는데. 마시고 싶진 않지만, 밖에서 안 좋은 일이 있다 보니 브랜디 한 잔이 생각나서…….”
니콜레티스 부인이 점잔을 빼며 변명을 늘어놓았다.
"브랜디만 한 게 없죠. 여기 있어요."
잠시 후 니콜레티스 부인은 활력과 행복감에 넘쳐 '여왕의 목걸이'를 나섰다. 그녀는 버스를 타지 않기로 했다. 상쾌한 밤이었고, 바깥 공기를 마시며 걷는 게 몸에도 좋을 것 같았다. 그렇다. 바깥 공기가 분명 몸에도 이로울 것이다. 니콜레티스 부인은 자신이 비틀거리며 걷는 것 같지는 않았지만, 정신이 조금 흐릿해짐을 느꼈다. 한 잔만 덜 마셨으면 좋았을걸. 하지만 맑은 공기를 마시면 곧 머리가 맑아질 것 같았다. 어쨌든 여자가 자기 방에서 이따금씩 조용히 술 한잔한다 한들 그게 왜 나쁘단 말인가? 대체 뭐가 문제란 말인가? 취한 모습을 남들에게 보인 것도 아니지 않은가. 취했다고? 물론 니콜레티스 부인은 술에 취해 정신을 잃은 적이 단 한 번도 없었다. 그러니 사람들이 그런 걸 못마땅해한다면, 그 일로 자신을 나무란다면, 그녀도 즉각 어디서 그런 얘길 들었느냐고 따져 물을 참이었다. 그녀도 한두 가지 비리 정도는 알고 있지 않은가? 그녀가 그런 사실을 신나게 떠벌린다면 어떻게 될까! 니콜레티스 부인은 호전적으로 고개를 치켜들다가, 자신을 덮칠 듯 달려드는 우체통을 가까스로 피했다. 그녀의 머리가 잠시 춤을 추듯 흔들렸다. 니콜레티스 부인은 벽에 잠깐 기대 있고 싶었다. 잠시만 눈을 붙이고 싶었…….

II

기운차게 팔을 휘두르며 담당 구역을 순찰 중인 벗 순경에게 소심해 보이는 어느 사무원이 다가와 말을 걸었다.
"경관님, 여기 여자가 하나 있습니다. 어디가 아픈 것 같습니다. 심하게 취해 누워 있습니다."
벗 순경이 그쪽으로 힘찬 발걸음을 돌려 누워 있는 사람 위로 몸을 숙였다. 브랜디 냄새가 진동하는 걸 보니, 다른 가능성은 없었다.
"곤드레만드레 취했군. 걱정 마십시오. 우리가 처리하겠습니다."

III

일요일 아침 식사를 마친 에르퀼 푸아로는 수염에 묻은 코코아를 세심하게 닦아 내고 거실로 갔다.
탁자에는 그의 지시에 따라 하인 조지가 사서 정리해 둔 배낭 4개가 가격표가 붙은 채로 가지런히 놓여 있었다. 푸아로가 어제 산 배낭의 포장을 풀어 다른 배낭들 옆에 놓았다. 그러고 나니 흥미로운 점이 눈에 띄었다. 그가 힉스에서 산 배낭은 하인 조지를 시켜 다른 여러 상점에서 산 배낭들에 비해 조금도 품질이 떨어져 보이지 않았다. 그러나 힉스에서 산 것은 값이 매우 쌌다.
"흥미로운걸."

에르퀼 푸아로가 이렇게 중얼거리며 배낭을 주시했다.

잠시 후 푸아로가 배낭을 꼼꼼히 살피기 시작했다. 배낭의 안과 밖을 보고, 배낭을 뒤집어 보기도 했으며, 솔기 부분과 주머니, 그리고 손잡이를 만져 보기도 했다. 그런 다음 화장실로 가서 작고 날카로운 잡초 제거용 칼을 가져왔다. 푸아로는 힉스에서 산 배낭을 뒤집은 다음, 배낭 아랫부분에 칼을 들이댔다. 안감과 배낭의 바닥 사이에 두껍게 접힌 종이처럼 보이는, 주름 잡힌 뻣뻣한 천 조각이 들어 있었다. 푸아로는 잘려 나간 배낭을 몹시 흥미로운 눈으로 살펴봤다.

잠시 후 그가 다른 배낭을 자르기 시작했다.

마침내 푸아로는 뒤로 물러앉아 엉망이 된 배낭들을 둘러봤다. 그가 전화기를 가져다 전화를 걸었고, 이내 수화기를 통해 샤프 경위의 목소리가 흘러나왔다.

"내 말 좀 들어 봐요. 두 가지 사실만 알려 줄 수 있겠습니까."

샤프 경위가 갑자기 큰 소리로 웃음을 터뜨리더니 어떤 시구를 읊조렸다.

"난 그놈에 대해 두 가지 사실을 안다네. 그중 하나는 그놈이 야비한 인간이라는 사실이라네."

"뭐라고요?"

의외의 반응에 놀란 에르퀼 푸아로가 물었다.

"아무것도 아닙니다. 아무것도 아니예요. 제가 즐겨 읊조리는 시구일 뿐입니다. 알고 싶은 두 가지 사실이 대체 뭡니까?"

"지난 3개월 사이에 경찰이 히코리가에 가서 조사를 벌인 일이 있다고 어제 당신이 말했죠. 몇 날 몇 시에 그런 일이 있었는지 알려줄 수 있겠습니까?"

"그러죠, 그건 어렵지 않습니다. 서류철에 있을 겁니다. 잠깐만 기다리세요. 내가 찾아볼 테니."

잠시 후에 샤프 경위가 다시 전화를 받았다.

"체제 전복적인 선전물을 살포한 인도 학생에 대한 첫 조사. 12월 18일 오후 3시 30분."

"그건 너무 오래전이군요."

"케임브리지의 앨리스 콤브 부인 살인 사건과 관련해 유리시안 몬태규 존스를 조사함. 2월 24일 오후 5시 30분. 셰필드 경찰이 수배 중이던 서아프리카 출신 윌리엄 로빈슨을 조사함. 3월 6일 오전 11시."

"아! 고맙습니다."

"하지만 이 두 사건이 이번 일과 관련이 있다고 생각한다면……."

푸아로가 샤프 경위의 말을 막았다.

"아니, 아무 관련도 없습니다. 난 그저 경찰 조사가 이루어진 시간에 관심이 있을 뿐입니다."

"뭘 하고 있는 겁니까, 푸아로?"

"배낭을 여러 개 잘랐습니다. 아주 재미있더군요."

푸아로는 이렇게 말한 다음 수화기를 내려놓았다.

그가 수첩에서 어제 허버드 부인에게서 받은, 수정한 목록을 꺼냈다. 그 목록은 다음과 같았다.

 배낭(렌 베이트슨 것)
 전구
 팔찌(제너비브 것)
 다이아몬드 반지(퍼트리샤 것)
 화장용 분(제너비브 것)
 파티용 구두 한 짝(샐리 것)
 립스틱(엘리자베스 존스턴 것)
 귀걸이(발레리 것)
 청진기(렌 베이트슨 것)
 목욕용 소금(?)
 잘린 스카프(발레리 것)
 바지(콜린 것)
 요리책(?)
 붕소(찬드라 랄 것)
 인조 보석이 달린 브로치(샐리 것)
 엘리자베스의 공책에 잉크를 쏟은 일
 (최선을 다했지만, 한 치의 오차도 없이 정확하지는 않습니다. 엘 허버드)

푸아로는 한동안 그 목록을 들여다보았다.
그가 한숨을 쉬며 중얼거렸다.

"그래……. 중요하지 않은 물건은…… 단호하게 지워야 해……."

푸아로는 그 일을 도와줄 사람을 염두에 두고 있었다. 일요일이었다. 학생들이 대부분 집에 있을 터였다.

푸아로가 히코리가 26번지로 전화를 걸어 발레리 홉하우스 양을 바꿔 달라고 했다. 굵고 조금 쉰 목소리의 소유자가 전화를 받아, 발레리가 일어났는지 잘 모르겠으니 가서 알아보겠다고 했다.

잠시 후 낮고 허스키한 목소리가 들려왔다.

"발레리 홉하우스입니다."

"에르퀼 푸아로예요. 날 기억하나요?"

"물론이죠, 무슈 푸아로. 뭘 도와드릴까요?"

"발레리 양과 잠깐 이야기를 나누고 싶은데 괜찮은가요?"

"물론이죠."

"그럼 내가 히코리가에 잠깐 들를까요?"

"그러세요. 조금 이따 뵐게요. 제로니모에게 선생님을 제 방으로 안내하라고 일러 두겠습니다. 여긴 일요일에 남의 눈을 피하기가 쉽지 않아서요."

"고마워요, 홉하우스 양. 정말 고맙게 생각해요."

제로니모가 문을 열고 과장된 몸짓으로 푸아로를 맞이했다. 그러더니 몸을 앞으로 숙이며 늘 그렇듯 음모라도 꾸미는 듯한 목소리로 이렇게 말했다.

"발레리 양 방으로 조용히 안내하겠습니다. 쉬이."

제로니모가 한 손가락을 입술에 댄 채 계단을 올라 히코리가가 내려다보이는 널찍한 방으로 푸아로를 안내했다. 침실 겸 거실로 쓰이는 그 방에는 세련되고 상당히 값비싸 보이는 가구가 놓여 있었다. 발레리가 쓰는 침대 겸 소파에는 낡았지만 아름다운 페르시아 깔개가 덮여 있었고, 히코리가 26번지 하숙집에 원래 있었던 것으로 보이지 않는 앤 여왕 시대의 멋진 호두나무 책상이 놓여 있었다.

발레리 홉하우스가 자리에서 일어나 그를 맞이했다. 그녀는 피곤해 보였고 눈밑에 검은 그림자가 드리워져 있었다.

"여기서 잘 지내는 것 같군요. 멋있고 근사해요."

푸아로가 인사를 건넸다.

발레리가 웃어 보였다.

"전 여기서 지낸 지 꽤 오래되었어요. 2년 반, 거의 3년이 다 되어 가니까요. 착실히 일해서 제 것을 몇 가지 살 수 있었죠."

"아가씨는 학생이 아니죠, 그렇죠?"

"네, 아니에요. 돈을 버는걸요. 직업을 갖고 있어요."

"화장품 회사라고 했나요?"

"네, 사비나 페어라는 미용실에서 필요한 물건을 구매하는 일을 하고 있어요. 실은 그 미용실에 작은 지분도 갖고 있고요. 저희 미용실은 미용용품 외에 다른 상품도 취급하죠. 액세서리나 파리에서 나온 자질구레한 신제품 같은 거요. 제가 바로 그쪽을 담당하고 있어요."

"그렇다면 파리나 미국에 상당히 자주 가겠군요?"

"네, 보통 한 달에 한 번 정도는 가고, 더 자주 갈 때도 있어요."

"내가 꼬치꼬치 캐묻더라도 불쾌해하지 않았으면 해요."

"여부가 있겠어요? 저희도 궁금한 게 너무 많은 상황인걸요. 어제 샤프 경위님도 질문을 많이 하시기에 모두 대답해 드렸어요. 선생님은 낮은 안락의자보다는 등받이가 똑바른 의자를 더 좋아하실 것 같네요."

"발레리 양은 상당히 영리해 보여요."

푸아로가 팔걸이가 달리고 등받이가 높은 의자에 똑바로 앉으며 말했다.

발레리는 침대 겸 소파에 앉았다. 그녀가 푸아로에게 담배를 권한 다음, 자신도 1대 피워 물었다. 푸아로는 그녀를 주의 깊게 관찰했다. 발레리는 신경질적이면서도 수척한 아름다움을 지니고 있었는데, 겉모습만 번지르르한 여자들보다 한결 매력적이었다. 지적이고 매력적인 아가씨로군. 푸아로가 생각했다. 그는 발레리가 최근의 경찰 조사로 신경이 날카로워졌는지 아니면 원래 성격이 그런지 궁금했다. 그는 이곳에서 저녁을 먹던 날 밤에도 발레리에 대해 같은 생각을 했던 기억이 났다.

"샤프 경위가 아가씨를 심문했나요?"

"그럼요."

"그래서 아가씨는 모든 것을 아는 대로 진술했나요?"

"물론이죠."

"그 말이 사실인지 의심스럽군요."

푸아로의 말에 발레리가 삐딱한 표정으로 쳐다봤다.

"제가 샤프 경위님께 어떤 대답을 했는지도 모르시면서 어떻게 그런 판단을 하실 수 있으세요?"

발레리가 반박했다.

"아니, 판단이 아니에요. 그건 내 어리석은 생각 중 하나일 뿐이죠. 난 어리석은 생각을 많이 하는데, 그건 바로 여기 담겨 있어요."

푸아로가 자신의 머리를 톡톡 치며 말했다.

그건 푸아로가 일부러 돌팔이인 체하는, 가끔 써먹는 농담이었다. 그러나 발레리는 웃지 않았다. 그녀가 푸아로를 빤히 쳐다보더니 불쑥 이렇게 말했다.

"무슈 푸아로, 본론으로 들어갈까요? 선생님이 무슨 말씀을 하시는지 통 모르겠네요."

"홉하우스 양, 하지만 분명……."

푸아로가 주머니에서 작은 꾸러미를 꺼냈다.

"이 안에 뭐가 들었는지 맞혀 볼래요?"

"무슈 푸아로, 전 투시력이 없거든요. 종이와 포장을 꿰뚫어 보지 못해요."

"퍼트리샤 레인 양이 도난당했던 반지가 여기 있어요."

"그 약혼반지요? 아니, 퍼트리샤 엄마의 약혼반지요? 그런데 왜 그걸 선생님이 갖고 계세요?"

"내가 퍼트리샤 양에게 하루나 이틀 정도만 빌려 달라고 부탁했거든요."

놀라서 휘둥그레진 발레리의 눈썹이 더욱 높이 치켜 올라갔다.

"그렇군요."

"이 반지에 관심이 가더군요. 이 반지가 없어졌다가 돌아온 것 그리고 그 밖의 점에 흥미가 일었어요. 그래서 레인 양에게 빌려 달라고 부탁했죠. 레인 양은 쾌히 응해 줬습니다. 그래서 이 반지를 갖고 곧장 보석상을 하는 친구에게 갔죠."

"그래서요?"

"그 친구에게 이 반지에 박힌 다이아몬드를 봐 달라고 했어요. 기억하겠지만, 양옆으로 작은 보석 여러 개가 장식되어 있는 상당히 큰 다이아몬드예요. 기억하죠, 발레리 양?"

"그런 것 같아요. 잘 기억나진 않지만요."

"하지만 아가씨가 만졌잖아요, 안 그랬나요? 아가씨의 수프 그릇 속에 들어 있었는데."

"그렇게 반지가 돌아왔었죠! 네, 맞아요. 기억나요. 삼킬 뻔했어요."

발레리가 짤막한 웃음을 터뜨렸다.

"아까 말했듯이 난 이 반지를 보석상을 하는 친구에게 가져가서 다이아몬드를 봐 달라고 했어요. 그 친구가 뭐라고 대답을 했는지 알아요?"

"제가 어떻게 알겠어요?"

"그 친구 말이 다이아몬드가 아니라고 하더군요. 지르콘이었어요. 흰 지르콘."

"아! 그렇다면 퍼트리샤가 다이아몬드인 줄 알고 있던 그게 사실은 지르콘이었고, 아니면⋯⋯."

발레리가 푸아로를 빤히 쳐다보며 조금 떨리는 목소리로 말했다. 푸아로가 고개를 저었다.

"아니, 내 말은 그게 아니에요. 그건 퍼트리샤 레인 어머니의 약혼반지였어요. 퍼트리샤 레인 양은 좋은 집안 출신이고, 그러니까 최근에 세금을 내기 전까지는 가족들이 넉넉하게 살았을 거예요. 그런 집안에서는 약혼반지를 비싼 걸로 하죠. 다이아몬드나 다른 보석을 박은 반지로 말이에요. 난 레인 양의 아버지가 레인 양의 어머니에게 싸구려 약혼반지를 주지 않았을 거라고 확신해요."

"그 점에서는 저도 같은 생각이에요. 퍼트리샤의 아버지는 시골 마을의 대지주라고 들었어요."

"그렇다면 이 반지의 다이아몬드는 나중에 다른 것으로 바꿔치기 된 게 틀림없어요."

"퍼트리샤가 그 반지에 박힌 다이아몬드를 잃어버렸다가, 그걸 다른 다이아몬드로 대체할 여력이 되지 않아 대신 지르콘을 박아 넣었는지도 몰라요."

발레리가 느릿느릿 말했다.

"그럴 수도 있지만, 난 그렇게 생각하지 않아요."

"그렇다면, 추측을 한번 해 보신다면, 선생님은 어떻게 생각하세요?"

"난 실리아가 가져간 그 반지에서 다이아몬드가 지르콘으로 교체된 후 돌아왔다고 생각해요."

발레리가 똑바로 일어나 앉았다.

"그러니까 실리아가 고의로 그 다이아몬드를 훔쳤다는 말씀이세요?"

푸아로가 고개를 저었다.

"아니, 난 아가씨가 훔쳤다고 생각해요."

순간 발레리 홉하우스가 숨을 훅 들이쉬었다.

"정말이지, 그건 너무 심한 말씀이세요. 아무 증거도 없으시잖아요."

발레리가 항변했다.

"아니, 증거가 있어요. 그 반지는 수프 그릇에서 발견되었어요. 내가 여기 와서 저녁을 먹던 날 보니, 식탁 옆 탁자에 놓인 커다란 그릇에 수프를 담아 내와서 한 사람 한 사람 나눠 주더군요. 따라서 누군가가 자신의 수프 그릇에서 반지를 발견했다면, 수프를 나눠 주는 사람인 제로니모나 수프를 먹는 당사자가 반지를 그릇에 넣을 수밖에 없어요. 그 당사자란 바로 아가씨죠! 제로니모가 그런 것 같지는 않아요. 아가씨는 수프에서 그런 식으로 반지를 찾아내는 게 재미있을 거라고 생각했어요. 비판을 하자면, 아가씨는 재미를 위해 지나치게 극적인 설정을 했어요. 반지를 높이 치켜들고 비명을 지르다니! 지나친 유머 감각을 발휘하느라 자신이 뻔한 실수를 저지르는 줄도 몰랐던 거예요."

"말씀 다 하셨나요?"

발레리가 경멸하듯 쏘아붙였다.

"아니, 아직 끝나지 않았어요. 그날 저녁 실리아가 이곳에서 벌어진 절도 사건을 자기가 저질렀다고 고백했을 때, 난 여러 가지 사소한 점에 주목했어요. 예를 들어, 이 반지에 대해 말할 때, 실리아는 '전 그게 그렇게 비싼 반지인지 몰랐어요. 그래서 그런 사실을 알자마자 돌려주기로 마음먹었죠.'라고 말했어요. 발레리 양, 실리아가 그걸 어떻게 알았을까요? 그 반지가 얼마나 비싼 것인지 누가 실리아에게 알려 준 걸까요? 그리고 잘린 스카프에 대해서는 실리아가 이런 말을 했어요. '그건 괜찮아요. 발레리가 개의치 않았어요……' 자신의 비싼 실크 스카프가 토막토막 잘렸는데, 왜 아가씨는 개의치 않은 걸까요? 난 그때 다른 누군가가 실리아를 위해 이 모든 절도 사건을 계획하여 실리아를 도벽 있는 사람으로 만들려는, 그래서 콜린 맥냅의 관심을 끌려는 작전을 세웠다는 인상을 받았습니다. 그 사람은 실리아 오스틴보다 훨씬 머리가 잘 돌아가고 심리학에도 상당한 지식이 있는 인물이겠죠. 실리아에게 그 반지가 값비싼 거라고 말한 사람은 바로 아가씨였어요. 아가씨가 실리아한테서 이 반지를 받아다가 돌려줄 궁리를 한 거죠. 마찬가지로 실리아에게 아가씨의 스카프를 잘게 찢으라고 제안한 것도 바로 아가씨였어요."

"그건 모두 가설이에요. 그것도 아주 억지스러운 가설이죠. 경위님도 이미 제가 실리아에게 이런 일을 시킨 게 아니냐고 물으셨어요."

"그래서 뭐라고 대답했죠?"

"말도 안 된다고 했죠."

"그렇다면 나한테는 뭐라고 대답하겠어요?"

발레리가 한동안 탐색하는 눈으로 푸아로를 응시했다. 그러다 짤막힌 웃음을 터뜨리더니 담배를 비벼 끄고 등 뒤에 쿠션을 밀어 넣은 다음, 입을 열었다.

"선생님 말씀이 맞아요. 제가 실리아에게 그렇게 시켰어요."

"이유를 물어봐도 될까요?"

발레리가 초조해하며 이렇게 말했다.

"아, 순수하고도 어리석은 선의에서 비롯된 행동이었어요. 정이 많아 남의 일에 참견하게 된 거죠. 실리아는 자기한테 눈길 한번 주지 않는 콜린을 사모하며 유령처럼 멍하니 바라보기만 했어요. 너무 바보 같아 보였죠. 콜린은 심리학과 콤플렉스, 감정적인 장벽 따위에 정신이 팔린, 오만하고 완고한 청년이에요. 그래서 그런 콜린의 흥미를 끌어 놀려 주면 재미있겠다고 생각했어요. 어쨌든 전 실리아가 그렇게 비참해 보이는 게 싫었고, 그래서 실리아를 붙들고, 제 작전을 설명한 다음 그렇게 해 보자고 충동질했어요. 실리아는 조금 불안해했지만, 동시에 짜릿한 흥분을 느끼기도 한 것 같아요. 그런 상황에서 이 바보 같은 친구가 제일 먼저 본 것이 화장실에 놓아 둔 퍼트리샤의 반지였고, 그래서 반지를 슬쩍한 거죠. 하지만 그 반지는 정말로 비싼 거였고, 그러니 야단법석이 나고 경찰이 쳐들어올 판이었어요. 그러면 우리 계획이 심각한 위기에 처하게 되죠. 그래서 제가 그 반지를 빼앗아서 내가 어떻게든 돌려줄 테니, 앞으로는 모조 보석이나 화장품 같은 것만 손대라고 말했어요. 그리고 제 소지품에 고의로 해를 가하라고도 시켰어요. 그러면 아무 말썽도 일어나지 않을 테니까요."

푸아로가 깊은 한숨을 쉬었다.

"내가 생각한 것과 똑같군요."

"지금은 그러지 말았어야 했다고 생각해요. 하지만 정말이지 좋은 의도로 한 일이었어요. 진 톰린슨의 말처럼 심하긴 했지만요."

발레리가 침울한 표정으로 말했다.

"이제 퍼트리샤의 반지에 대해 얘기해 봅시다. 실리아가 아가씨에게 이 반지를 주었고, 아가씨는 이걸 어디에선가 찾아 퍼트리샤에게 돌려줘야 했습니다. 하지만 퍼트리샤에게 돌려주기 전에 어떤 일이 있었던 걸까요?"

푸아로는 발레리가 자신의 목에 두른, 술 장식이 달린 스카프 끄트머리를 신경질적으로 꼬았다 풀었다 하고 있음을 눈치 챘다. 푸아로가 좀 더 달래는 듯한 말투로 이렇게 덧붙였다.

"돈이 궁했던 거예요, 그렇죠?"

발레리가 푸아로는 쳐다보지도 않은 채 가볍게 고개를 끄덕여 보였다.

"다 털어놓을게요. 무슈 푸아로, 문제는 제가 노름꾼이라는 데 있어요. 그건 타고나는 거라서 저 자신도 어떻게 할 수 없는 문제랍니다. 전 메이페어(런던 하이드파크 동쪽의 고급 주택가—옮긴이)에 있는 작은 클럽에 소속되어 있어요. 아, 장소는 말씀드리지 말아야 하는데, 저 때문에 경찰이 그곳을 급습하게 만들고 싶지는 않아요. 제가 거기 속해 있다는 사실을 밝히는 선에서 이 얘긴 끝내기로 해요. 그곳에는 룰렛과 바카라 등 많은 시설이 비치되어 있어요. 저는 여러 번에 걸쳐 많은 돈을 잃었어요. 그러다가 퍼트리샤의 반지가 손에 들어오게 되었죠. 우연히 지르콘 반지를 파는 상점 앞을 지나게 되었고, '이 다이아몬드를 흰 지르콘으로 바꾼다 해도 퍼트리샤는 그런 사실을 꿈에도 알지 못할 거야!'라는 생각이 들었어요. 자신이 잘 아는 반지는 잘 들여다보지 않는 법이거든요. 다이아몬드에서 평소보다 광채가 좀 덜 나더라도, 세척할 때가 되었다고 생각하죠. 저는 그렇게 해도 괜찮을 거라는 충동을 느꼈고, 일을 저지르고 말았어요. 다이아몬드를 빼내서 팔고 지르콘을 대신 박은 다음, 그날 밤 제 수프에서 반지가 나온 것처럼 꾸민 거죠. 아주 바보 같은 짓이었다는 건 저도 인정해요. 자! 이제 모든 것을 아셨네요. 하지만 솔직히 실리아에게 그 죄를 뒤집어씌울 생각은 아니었어요."

발레리가 씁쓸한 어조로 설명했다.

푸아로가 고개를 끄덕여 보인 후에 이렇게 말했다.

"알아요. 이해합니다. 우연히 그런 기회가 생겼을 뿐이죠. 그 일이 어렵지 않아 보였고, 그래서 그렇게 한 거예요. 하지만 아가씨는 이번에 큰 실수를 저질렀지요."

"저도 알아요."

발레리가 냉담하게 툭 내뱉더니 벌컥 화를 냈다.

"하지만 그래서 어쨌다는 건가요? 그게 지금 문제가 되나요? 하고 싶으시면 얼마든지 절 경찰에 신고하세요. 퍼트리샤에게 말하세요. 그 경위님한테도 얘기하시고요. 온 세상에 대고 외치세요! 하지만 그래 봤자 무슨 소용이 있을까요? 실리아를 죽인 사람을 찾아내는 데 무슨 도움이 될까요?"

푸아로가 자리에서 일어섰다.

"어떤 게 도움이 될지 안 될지는 아무도 알 수 없습니다. 우선 앞을 가로막고 있는 사소한 일들, 문제의 본질을 흐리는 것들을 말끔히 제거해야 해요. 저에겐 가엾은 실리아를 충동질해서 그런 일을 벌이게 한 사람이 누구인지 아는 게 중요했어요. 이제 그건 알게 되었어요. 이 반지는 아가씨가 직접 퍼트리샤 양에게 가져가서 사실을 설명하고 사과하도록 하세요."

발레리가 얼굴을 찌푸렸다.

"좋은 충고라고 말씀드릴 수밖에 없네요. 좋아요. 제가 퍼트리샤에게 가서 기꺼이 굴욕을 당할게요. 퍼트리샤는 상당히 너그러운 편이에요. 퍼트리샤에게 여력이 되는 대로 그 다이아몬드를 되돌려주겠다고 말하겠어요. 무슈 푸아로, 원하시는 게 이건가요?"

"내가 원하는 게 아니라, 그래야 마땅한 겁니다."

그때 갑자기 문이 벌컥 열리고 허버드 부인이 들어왔다.

허버드 부인은 가쁜 숨을 몰아쉬고 있었다. 그녀의 표정을 본 발레리가 비명을 질렀다.

"무슨 일이세요, 이모님? 무슨 일이에요?"

허버드 부인이 의자에 털썩 주저앉았다.

"니콜레티스 부인 말이에요."

"니콜레티스 부인이요? 무슨 일이 있나요?"

"아, 이럴 수가, 부인이 죽었어요."

"죽었다고요? 어떻게? 언제요?"

발레리의 음성이 거칠어졌다.

"어젯밤에 거리에서 쓰러져 사람들이 경찰서로 데려간 모양이에요. 경찰이 그러는데, 부인이, 부인이……."

"혹시 취해 있었나요……?"

"그래요. 부인이 취해 있었대요. 하지만 어쨌든 부인은 죽었……."

"가엾은 니콜레티스 부인."

발레리의 허스키한 목소리가 마구 떨렸다.

"니콜레티스 부인을 좋아했나요, 마드무아젤?"

푸아로가 부드러운 목소리로 물었다.

"이상하게 여겨지실지도 몰라요. 늙은 악마처럼 보일 수도 있으니까요. 하지만 맞아요. 좋아했어요……. 처음 여기 왔을 때는, 그러니까 3년 전에는 지금처럼 그렇게 신경질적이지 않았어요. 좋은 분이었죠. 재미있고 따뜻한 분이었어요. 하지만 최근 몇 년 동안 그분은 몰라보게 달라지셨어요."

발레리가 허버드 부인을 돌아보며 말했다.

"부인이 남몰래 술을 마셔 왔기 때문인 것 같아요. 경찰이 니콜레티스 부인 방에서 술병을 많이 찾아냈다면서요, 그렇죠?"

"맞아, 내 탓이야. 어젯밤에 부인을 혼자 집에 보내는 게 아니었는데. 부인은 뭔가를 두려워했어."

허버드 부인이 머뭇거리다 왈칵 토해 내듯 말했다.

"두려워했다고요?"

푸아로와 발레리가 동시에 물었다.

허버드 부인이 슬픈 얼굴로 고개를 끄덕였다. 그녀의 동그랗고 온화한 얼굴이 고통으로 일그러졌다.

"그래요. 자신은 안전하지 않다고 여러 번 말했어요. 그래서 제가 뭐가 두려운지 말해 달라니까 타박을 주셨죠. 물론 니콜레티스 부인의 속은 아무도 몰라요. 과장이 심하니까요. 하지만 왠지……."

"이렇게 생각하시는 건 아니죠? 니콜레티스 부인이, 그러니까 니콜레티스 부인도……."

발레리가 공포에 질린 눈으로 말을 멈췄다.

"경찰에서는 사인이 뭐라고 하던가요?"

"알려 주지 않았어요. 화요일에 검시할 예정이라고……."

허버드 부인이 고통스러운 음성으로 대답했다.

15장

 런던 경시청의 어느 조용한 방에 네 남자가 탁자를 둘러싸고 앉았다.
 마약반의 와일딩 경감이 회의를 주재했다. 와일딩 경감 옆에는 열의에 넘치는 사냥개 같은 얼굴을 한, 젊고 활력에 넘치며 낙천적인 벨 경장이 앉았다. 신중한 표정으로 조용히 의자 등받이에 기대 앉은 사람은 샤프 경위였다. 네 번째 의자에 앉은 사람은 에르퀼 푸아로였고, 탁자 위에는 배낭이 하나 놓여 있었다.
 와일딩 경감이 심각한 얼굴로 턱을 어루만지며 조심스럽게 입을 열었다.
 "무슈 푸아로, 참 흥미로운 아이디어입니다. 그래요, 흥미로운 아이디어예요."
 "말씀드렸다시피, 그냥 아이디어일 뿐입니다."

와일딩 경감이 고개를 끄덕이고는 설명을 시작했다.

"전반적인 상황은 이렇습니다. 물론 밀수는 형태를 바꿔 가며 언제나 일어납니다. 밀수꾼들을 한바탕 소탕하고 나면, 한동안 잠잠하다 다른 곳에서 다시 일이 시작됩니다. 제가 담당하고 있는 지부에서만도 지난 1년 반 동안 상당히 많은 밀수품이 이 나라에 이 나라에 들어왔습니다. 대부분이 헤로인이고, 코카인도 꽤 됩니다. 미국 대륙 여기저기에 많은 거점이 존재하고 있습니다. 프랑스 경찰은 밀수품이 프랑스로 들어오는 한두 가지 경로를 알고 있다고 합니다. 하지만 밀수품이 나가는 경로에 대해서는 잘 모른다고 합니다."

"여러분의 문제는 대략 3가지 항목으로 나뉘는 것으로 보입니다. 먼저 공급의 문제가 있고, 위탁물이 이 나라로 들어오는 경로의 문제가 있으며, 마지막으로 누가 실질적으로 밀수를 지휘해서 이익을 얻는가 하는 문제가 있습니다."

"그 말씀이 맞습니다. 소규모 공급책들과 밀수품이 공급되는 경로는 어느 정도 파악하고 있습니다. 몇몇 공급책은 체포하고, 또 몇몇 거물이 걸리기를 바라며 내버려 두었죠. 밀수품은 상당히 다양한 경로를 통해 나이트클럽, 술집, 약국, 수상한 의사, 그리고 멋쟁이 여성을 상대하는 양재사와 미용사 등에게 공급됩니다. 경마장이나 골동품상에 넘겨지기도 하고, 사람들이 많이 모이는 복합 상가로 유입되기도 하죠. 하지만 이런 사실을 모두 말씀드릴 필요는 없습니다. 그 점은 중요하지 않으니까요. 우리는 이 모든 것을 예의 주시하고 있습니다. 그래야 거물을 잡을 수 있거든요. 의심할 구석이라곤 전혀 없어 보이는 명망 높은 부호 한두 사람이 여기 해당됩니다. 이들은 무척 조심스러워서 물건에 직접 손을 대지 않습니다. 그야말로 밑에 있는 애송이들은 이들이 누구인지도 모르지요. 하지만 어쩌다 한 번씩 이런 자들이 실수를 저지릅니다. 바로 그럴 때 이들을 잡는 겁니다."

"제가 추측한 것과 상당히 흡사합니다. 전 위탁물이 어떻게 이 나라로 들어오는가라는 두 번째 항목에 관심이 갑니다."

"영국은 섬나라입니다. 예전부터 그래 왔듯이 바다를 통해 들어오는 경우가 가장 많습니다. 화물선을 이용하는 거죠. 동부 해안이나 남부의 후미진 곳 어딘가에 조용히 배를 세우고 모터보트로 소리 없이 영국해협을 건넙니다. 몇 번 성공을 거두기도 하지만, 이내 보트 주인에 대한 첩보가 들어오고, 일단 그 사람이 수사 선상에 오르면 그걸로 그 사람의 좋은 시절은 끝나는 거죠. 최근엔 정기 여객기를 이용해 한두 차례 밀수가 이루어진 일도 있습니다. 거액을 제안하면, 나약한 인간인 탓에 이따금씩 남자 승무원이나 선원이 걸려듭니다. 또 수입업자들도 있습니다. 그랜드 피아노나 다른 일상용품을 수입하는 큰 회사들 말입니다! 이 회사들은 한동안 별 문제 없이 잘해 오다가, 보통은 결국 발각이 되고 맙니다."

"불법 교역물을 들여올 때 가장 큰 어려움 중 하나가 해외에서 국내로 들어오는 통관 수속을 밟는 일이라는 데 동의하십니까?"

"당연합니다. 그리고 좀 더 말씀드리자면, 요즘 걱정이 많습니다. 우리가 감당할 수 있는 것보다 더 많은 물건이 유입되고 있습니다."

"그렇다면 보석류 같은 물품은 어떻습니까?"

"많은 양의 보석이 밀수입되고 있습니다. 남아프리카와 호주에서 불법 다이아몬드를 비롯한 여러 가지 보석들이 들어오고 있습니다. 극동 지역에서 일부 들어오기도 하고요. 우리 나라로 꾸준히 보석이 들어오고 있는데도, 어떻게 들어오는지 파악하지 못한 상태입니다. 얼마 전에 평범한 관광객인 어떤 젊은 여자가 프랑스에서 우연히 알게 된 사람에게서 구두 한 켤레를 갖고 영국해협을 건너 줄 수 있겠느냐는 요청을 받았습니다. 새 구두가 아니니 관세를 물 것도 없는, 누가 버려 둔 듯한 평범한 구두였지요. 그 여자는 별다른 의심 없이 그렇게 하겠다고 했고, 우리가 그 건을 적발해 냈습니다. 구두 뒤축을 파내고 그 안에 다이아몬드 원석을 집어넣은 경우였습니다."

벨 경장이 대답했다.

"하지만 무슈 푸아로, 선생은 무엇을 뒤쫓고 계십니까? 마약인가요, 아니면 밀수 보석인가요?"

와일딩 경감이 물었다.

"둘 다입니다. 실은 값이 많이 나가고, 부피가 작은 것은 무엇이든 해당됩니다. 영국해협을 넘나들며 물건을 운송하는, 화물 운송업에 허점이 있어 보입니다. 훔친 보석, 세팅에서 빼낸 보석 등이 영국 밖으로 나가고, 불법 보석과 마약이 들어오는 것이지요. 밀수품 공급과는 아무 관련도 없는 작은 사업체에서 위탁받은 물건을 운반하는 일을 할 수도 있습니다. 하지만 두둑히 대가를 받겠지요."

"옳은 말씀입니다! 아주 작은 공간에 일이 만 파운드의 값어치가 나가는 헤로인을 담을 수 있고, 고가의 다이아몬드 원석도 마찬가지입니다."

"아시다시피 밀수꾼도 인간이므로 약점이 있게 마련입니다. 오래지 않아 여객선의 남자 승무원이나, 소형 유람용 모터보트를 가진 요트 팬, 프랑스로 자주 왔다 갔다 하는 여자나, 지나치게 돈을 많이 버는 것처럼 보이는 수입업자, 뚜렷한 직업 없이 잘사는 사람 등이 용의 선상에 오릅니다. 하지만 무고한 시민을 통해 영국으로 밀수품이 유입되는 경우, 게다가 매번 다른 사람이 그 역할을 맡는 경우에는 수상한 화물을 적발해 내기가 훨씬 어려워지죠."

푸아로가 말했다.

"그래서 선생이 말씀하시려는 게 이겁니까?"

와일딩 경감이 손가락으로 배낭을 가리켜 보이며 물었다.

"그렇습니다. 요즘 가장 의심을 적게 받을 사람이 누구겠습니까? 바로 학생입니다. 진지하고 열심히 공부하는 학생들 말입니다. 학생들은 돈이 없어 등에 배낭 하나만 달랑 메고 여행을 다닙니다. 남의 차를 얻어 타며 유럽 전역을 돌지요. 만일 어떤 학생이 번번이 밀수품을 들여온다면, 그 학생은 머지않아 적발될 것입니다. 하지만 주목할 것은 무고한 사람들이 밀수품을 옮기고 있으며, 그 수도 아주 많다는 데 있습니다."

"무슈 푸아로, 그렇다면 이런 일이 정확히 어떻게 이루어지고 있다고 생각하십니까?"

와일딩 경감이 턱을 문지르며 물었다.

에르퀼 푸아로가 어깨를 으쓱해 보이며 입을 열었다.

"그 문제에 대한 것도 제 추측일 뿐입니다. 세부적인 사항에서는 오류가 많겠지만, 저는 대체로 이렇게 돌아가고 있다고 생각합니다. 먼저, 어떤 한 종류의 배낭이 시장에 깔립니다. 다른 것과 다를 바 없는 평범한 보통 배낭으로 목적에 맞게 튼튼하게 잘 만들어져 있지요. 제가 '다른 것과 다를 바 없다'고 말씀드리긴 했지만, 실은 그렇지 않습니다. 아랫부분의 안감에 약간 차이가 있습니다. 보시다시피, 그 부분은 떼어 내기 쉽고, 두껍게 주름 잡힌 안감 속에 보석이나 마약 뭉치를 숨길 수 있습니다. 그 부분을 들여다보지 않는다면, 아무도 그런 점을 의심하지 않을 것입니다. 순수한 헤로인이나 코카인은 자리를 거의 차지하지 않으니까요."

"사실입니다. 아무에게도 들키지 않고 매번 오륙천 파운드 상당의 마약을 들여올 수 있을 겁니다."

와일딩 경감이 재빠른 손놀림으로 길이를 가늠해 보며 말했다.

"정확히 그렇습니다. 놈들이 그런 배낭을 만들어 시장에 내놓고 한 군데 이상의 가게에서 파는 것이지요. 상점 주인은 밀수 조직원일 수도 있고, 아닐 수도 있습니다. 캠핑 용구를 파는 다른 가게에 비해 저렴한 가격 때문에 단지 이익을 얻으려고 값싼 배낭을 들여와 파는 것일 수도 있으니까요. 물론 배후에는 거대한 조직이 숨어 있겠지요. 이들이 의과 대학, 런던 대학 또는 다른 학교에 다니는 학생들의 명단을 은밀히 작성합니다. 본인이 학생이거나 학생 행세를 하는 누군가가 이 조직에 연루되어 있겠지요. 학생들은 외국에 갑니다. 그러다가 돌아오는 길 어딘가에서 이들의 배낭이 복제된 배낭과 맞바꿔집니다. 얼마 후 그 학생은 영국으로 돌아옵니다. 세관 조사는 형식적이죠. 그 학생은 자신이 묵는 하숙집에 도착해 짐을 풀고, 빈 배낭은 옷장이나 방 한구석에 던져 놓습니다. 이 시점에서 다시 배낭이 맞바꿔지거나, 가짜로 만든 아랫부분이 깨끗이 제거되고 다른 멀쩡한 배낭이 그 자리에 놓이는 겁니다."

"그렇다면 히코리가에서 그런 일이 있었다고 생각하시는 겁니까?"

"그런 의심이 듭니다. 그렇습니다."

푸아로가 고개를 끄덕이며 대답했다.

"하지만 무슈 푸아로, 선생의 추측이 맞는다 치고, 어떻게 그런 생각을 하게 되신 겁니까?"

"배낭이 여러 조각으로 찢겨 있었습니다. 왜 그랬을까요? 이유가 뻔하지 않기 때문에 합당한 이유를 상상해 봐야 합니다. 히코리가로 들어오는 배낭에는 수상한 점이 있습니다. 가격이 너무 싸다는 겁니다. 게다가 히코리가에서는 이상한 일이 연달아 일어났는데, 그 일을 벌였다고 자백한 여학생이 배낭을 자른 것은 자기가 아니라고 맹세했습니다. 그 여학생이 다른 일은 모두 털어놓은 판에 진실을 말하는 게 아니라면, 왜 유독 그 사실은 부인했겠습니까? 따라서 배낭을 그렇게 자른 데는 다른 이유가 있을 거라고 생각했습니다. 게다가 배낭을 자르는 건 쉬운 일이 아닙니다. 힘이 많이 드는 일이므로, 누군가 그렇게 해야 할 절박한 이유가 있었을 거라는 생각이 들었습니다. 저는 경찰이 그 하숙집 주인을 찾아온 날 즈음해서 배낭이 그렇게 되었다는 사실에서 추측의 실마리를 얻었습니다. 하지만 이건 정확한 건 아닙니다. (몇 달 전 일을 기억하는 사람의 기억력에는 한계가 있으니까요.) 경찰이 찾아온 이유는 다른 데 있었지만, 전 그 사람의 입장에 대해 이런 추측을 해 봤습니다. 누군가가 밀수 조직에 관련되어 있습니다. 그 사람이 그날 저녁 하숙집에 돌아와 경찰이 와서 2층에서 허버드 부인을 만나고 있다는 이야기를 듣습니다. 그 순간 그 사람은 경찰이 밀수 조직 때문에 왔으며, 수색을 벌일지 모른다고 생각합니다. 그런데 바로 그때 외국에서 밀수품을 넣어 갖고 막 돌아왔거나, 아니면 얼마 전에 밀수품을 담았던 배낭이 있다고 칩시다. 만약에 경찰이 은밀히 벌어지고 있는 일에 대한 정보를 얻어, 학생들의 배낭을 조사할 목적으로 히코리가에 왔다고 한다면, 그 사람은 감히 문제의 배낭을 들고 집 밖으로 나가지 못합니다. 바로 그렇게 집을 빠져나가는 사람을 감시하기 위해 경찰이 밖을 지키고 있을 수도 있고, 배낭은 쉽게 가리거나 숨길 수 있는 물건이 아니기 때문입니다. 고작 생각해 낼 수 있는 일이라곤 배낭을 토막토막 잘라 다른 쓰레기 더미와 함께 보일러실에 밀어 넣는 것뿐입니다. 마약이나 보석이 집 안에 있었다면, 임시 방편으로 목욕용 소금통 안에 숨길 수 있겠지요. 하지만 빈 배낭이라 하더라도 마약을 한 번 담았던 것은 정밀 검사를 하면 헤로인이나 코카인의 흔적을 찾아낼 수 있습니다. 따라서 배낭을 없애야 하는 거죠. 이런 일이 가능하다고 생각하십니까?"

"조금 전에 말씀드렸다시피, 아직은 아이디어에 불과하군요."

와일딩 경감이 말했다.

"지금까지 대수롭지 않게 여겨 왔던 사소한 일이 이 배낭과 관련되어 있을 수도 있습니다. 이탈리아 하인 제로니모 말이, 경찰이 왔던 날 복도의 전구가 사라져 버렸다고 하더군요. 갈아 끼울 전구를 가지러 갔더니, 여분으로 사 둔 전구조차 없어졌다고 했습니다. 제로니모는 하루나 이틀 전만 해도 그 서랍 안에 여분으로 사 둔 전구가 틀림없이 있었다고 했습니다. 그때 제 눈에 하나의 가능성이 보였습니다. 이것 역시 무리한 추측일 수 있고, 아직은 확신한다고 말씀드릴 수도 없는, 그저 가능성에 지나지 않습니다만······. 즉, 전에 마약 조직에 연루된 일이 있어 켕기는 게 있는 누군가가 밝은 불빛 아래서는 경찰이 자신의 얼굴을 알아볼지 모른다고 생각해 겁을 먹은 것입니다. 그래서 그 사람이 즉시 복도의 전구를 빼내고, 다른 것을 끼울 수 없도록 새 전구도 모두 없애 버린 것입니다. 그 결과 복도에는 촛불 하나만 놓이게 된 거죠. 물론 이것도 순전히 추측입니다."

"독창적인 아이디어십니다."

와일딩 경감이 말했다.

"경감님, 가능한 얘깁니다. 생각하면 할수록 그럴 수 있겠다는 생각이 듭니다."

벨 경장이 열의에 찬 음성으로 말했다.

"만일 그렇다면, 히코리가 아닌 곳에서도 그런 일이 있을 수 있겠군요?"

와일딩 경감이 말했다.

푸아로가 고개를 끄덕였다.

"그렇습니다. 그 조직은 학생들이 드나드는 여러 클럽 등에 마수를 뻗치고 있을 겁니다."

"그 둘 사이의 연결점을 찾아야겠군요."

와일딩 경감이 말했다.

샤프 경위가 처음으로 입을 열었다.

"경감님, 둘 사이에는 연결점이 있습니다. 어쩌면 지금은 없어져 버렸을 수도 있습니다. 학생 클럽과 하숙집을 여러 곳 운영하는 여자가 있습니다. 히코리가의 그 하숙집을 운영했던 니콜레티스 부인 말입니다."

와일딩 경감이 즉시 푸아로를 쳐다봤다.

"그렇습니다. 니콜레티스 부인이 이 경우에 들어맞지요. 니콜레티스 부인은 이런 곳을 직접 운영하지는 않으면서 이곳에서 나는 모든 이익을 거두어들였습니다. 신뢰할 만한 성품과 이력을 지닌 사람을 시켜 대신 운영하게 하는 방법을 사용한 거죠. 제가 아는 허버드 부인도 그렇게 고용된 경우입니다. 니콜레티스 부인이 재정적인 지원을 담당했겠지만, 그 부인도 표면상의 우두머리에 불과하다는 의심이 듭니다."

푸아로가 말했다.

"흠, 니콜레티스 부인에 대해 조금 더 설명해 주겠나?"

와일딩 경감이 물었다.

샤프 경위가 고개를 끄덕였다.

"현재 부인의 배경과 출신에 대해 조사 중입니다. 하지만 신중하게 움직여야 합니다. 너무 빨리 경보를 울려서는 안 되니까요. 부인의 경제적인 배경도 조사 중입니다. 어처구니없게도, 그 여자는 보기 드물게 사나웠습니다."

샤프 경위가 수색 영장을 내밀었을 때 니콜레티스 부인의 반응이 어땠는지를 설명했다.

"브랜디 병이라고? 그렇다면 그 여자가 술을 마신단 말이지? 그럼 일이 더 쉬워지겠군. 어떻게 된 건가? 그 부인이 알코올 중독으로……."

"아뇨, 경감님. 그 여잔 죽었습니다."

"죽었다고? 수상한 짓이라도 했다는 건가?"

와일딩 경감이 눈썹을 치켜 올리며 물었다.

"그런 것 같습니다. 정확한 사인은 부검을 해 봐야 압니다. 제 생각엔 그 여자가 비밀을 떠벌리기 시작한 것 같습니다. 자기가 살해당할 줄은 몰랐겠지요."

"실리아 오스틴 건에 대해 말했는데, 그 여학생도 무언가를 알고 있었나?"

"무언가를 알고 있었을 겁니다. 하지만 그러면서도 자기가 아는 게 무언지는 몰랐던 것 같습니다!"

푸아로가 말했다.

"그렇다면 무언가를 알면서도 그것이 뭘 의미하는지는 몰랐다는 뜻인가요?"

"그렇습니다. 실리아는 영리한 편이 아닙니다. 그래서 그 의미를 깨닫지 못했을 가능성이 큽니다. 하지만 무언가를 보거나 들은 후에, 별다른 의심 없이 그런 사실을 언급했을 가능성이 있습니다."

"무슈 푸아로, 실리아가 뭘 보거나 들었는지는 모릅니까?"

"추측만 해 볼 뿐, 그 이상은 모릅니다. 여권에 대한 언급이 있었습니다. 그 하숙집에 사는 누군가가 위조 여권을 갖고 가명으로 미국에 드나들었을까요? 그러한 사실이 발각되자 누군가에게 심각한 위협이 되었을까요? 아니면 실리아가 누군가 배낭을 자르는 광경을 목격한 걸까요? 그것도 아니라면, 어느 날 누군가 배낭에서 가짜 바닥 부분을 떼어 내는 것을 왜 그러는지도 모른 채 본 걸까요? 아니면 누군가 전구를 빼내는 장면을 본 걸까요? 그리고 그것이 얼마나 중대한 일인지도 모른 채 당사자에게 자신이 봤다는 사실을 밝힌 걸까요? 아, 몽 디외(하느님)! 추측! 추측! 추측! 더 알아야 합니다. 언제나 더 많은 것을 알아야 합니다!"

에르퀼 푸아로가 절망감을 토로했다.

"니콜레티스 부인의 이력에서부터 시작해야 합니다. 실마리를 잡을 수도 있을 겁니다."

샤프 경위가 말했다.

"니콜레티스 부인이 폭로할지 모른다고 생각해서 놈들이 부인을 제거한 걸까요? 그 여자가 과연 무언가를 발설한 수 있었을까요?"

"그 여자는 한동안 남몰래 술을 마셔 왔습니다……. 그리고 그건 그 여자의 판단력이 흐려졌음을 의미합니다. 그 여자가 좌절을 느껴 모든 것을 누설할 수도 있었습니다. 공범 증언 말입니다."

샤프 경위가 말했다.

"그 여자가 밀수단 두목은 아니겠죠?"

"그런 것 같지는 않습니다. 그 여자는 외부에 노출된 인물입니다. 물론 어떤 일이 벌어지고 있는지는 알고 있었을 겁니다. 하지만 배후에 누군가 있는 게 틀림없습니다."

푸아로가 고개를 저으며 대답했다.

"배후 인물에 대해 짚이는 게 있나요?"

"추측은 해 볼 수 있지만, 틀릴지도 모릅니다. 그래요, 제 추측이 틀릴 수도 있다고요!"

16장

I

"히코리 디코리 독(영국 전승 동요의 제목이나 여기서는 시계가 째깍거리는 소리를 표현한 의성어로 쓰인다 — 옮긴이). 쥐가 시계탑 위로 올라갔네. 경찰이 '왁!' 하고 외쳤지. 결국 누가 피고석에 서게 될지 궁금한걸?"

나이절이 말했다.

"말할 것이냐, 말 것이냐, 그것이 문제로다!"

그가 커피 한 잔을 따라 아침 식탁으로 가져오며 이렇게 덧붙였다.

"뭘 말한다는 거야?"

레너드 베이트슨이 물었다.

"뭐든 자기가 아는 것."

나이절이 한 손을 가볍게 휘저으며 대답했다.

"그거야 말하나 마나지! 도움이 될 만한 정보를 안다면, 당연히 경찰에 알려야지. 그 방법밖에 없어."

진 톰린슨이 비난하는 투로 말했다.

"우리의 멋진 톰린슨 여사의 말씀이셨습니다."

나이절이 말했다.

"난 경찰은 싫어."

르네가 프랑스어로 대화에 끼어들었다.

"뭘 말한다는 거야?"

레너드 베이트슨이 다시 물었다.

"우리가 서로에 대해 아는 것 말이야."

나이절은 붙임성 있게 이렇게 대답하고는 적의가 번뜩이는 눈으로 식탁을 둘러봤다.

"어쨌든 우린 서로에 대해 많은 것을 알고 있어, 그렇지 않아? 한 집에 살고 있으니 그럴 수밖에 없지."

나이절이 쾌활한 어조로 덧붙였다.

"하지만 뭐가 중요하고 중요하지 않은지를 누가 판단하지? 경찰의 영역 밖인 일도 많아."

아흐메드 알리가 말했다. 그는 샤프 경위가 자신이 수집한 엽서에 대해 좋지 않은 말을 한 것이 생각나는지 볼멘 음성이었다.

"경찰이 네 방에서 아주 흥미로운 것을 발견했다는 소식 들었어."

나이절이 아키봄보 쪽으로 고개를 돌리며 말했다.

아키봄보는 피부색 덕분에 얼굴이 붉어지는 것은 보이지 않았지만, 당황한 듯 눈을 깜빡거렸다.

"우리 나라엔 미신이 많아. 할아버지가 지니고 있으라며 주신 거야. 그렇다고 내가 그런 것을 믿거나 섬기는 건 아니야. 난 현대적이고 과학적인 사람이니까. 난 부두교도 믿지 않아. 하지만 언어 구사 능력이 떨어져서 경찰에 그런 걸 설명하기가 몹시 힘들었어."

"심지어 우리의 사랑스러운 진에게도 비밀이 있었다면서."

나이절이 진 톰린슨에게 시선을 돌리며 말했다.

"난 여길 떠나 YWCA로 갈 거야."

진이 모욕을 당하지 않겠다는 듯 성난 음성으로 선언했다.

"진, 그러지 마. 우리에게 기회를 한 번만 더 줘."

나이절이 말했다.

"나이절, 그만해! 이런 상황이라면 경찰이 꼬치꼬치 캐묻는 게 당연해."

발레리가 짜증스러운 목소리로 말했다.

콜린 맥냅이 뭐라 말하려는 듯 목청을 가다듬었다.

"내 생각엔, 지금의 상황을 정확히 알아야 할 것 같아. 니콜레티스 부인의 사인이 정확히 뭐지?"

콜린이 재판관 같은 말투로 물었다.

"검시 결과가 나오면 알게 되겠지."

발레리가 초조한 목소리로 대답했다.

"난 그 점이 몹시 의심스러워. 내 생각엔 경찰이 검시를 연기한 것 같아."

콜린이 말했다.

"심장에 문제가 있었던 것 아니겠어? 부인이 거리에서 쓰러졌다며."

퍼트리샤가 말했다.

"곤드레만드레 취해서 경찰서로 가게 된 거지."

렌 베이트슨이 말했다.

"그렇다면 니콜레티스 부인이 술을 마시긴 마셨구나. 왠지 예전부터 그런 느낌이 들더라니. 경찰이 이 집을 수색했을 때, 부인의 방 찬장에서 빈 브랜디 병이 잔뜩 나왔다며."

진이 말했다.

"모든 정보에 정통한 우리의 진을 믿어 보자고."

나이절이 말했다.

"그래서 가끔 그렇게 이상한 행동을 했던 거로군."

퍼트리샤가 말했다.

"에헴! 한번은 어느 토요일 저녁에 집으로 오다가 니콜레티스 부인이 '여왕의 목걸이'에 들어가는 걸 본 적이 있어."

콜린이 다시금 목청을 가다듬더니 말했다.

"거기서 술을 퍼마셨겠지."

나이절이 말했다.

"그렇다면 술 때문에 죽은 거 아냐?"

진이 말했다.

"뇌출혈일 거야."

레너드 베이트슨이 고개를 저으며 대답했다.

"혹시 니콜레티스 부인도 살해되었다고 생각하는 건 아니겠지?"

진이 물었다.

"내 생각엔 그런 것 같아. 별로 놀랍지도 않아."

샐리 핀치가 말했다.

"이봐, 누가 니콜레티스 부인을 죽였다는 거야? 내가 제대로 알아들은 거야?"

아키봄보가 한 사람 한 사람의 얼굴을 차례로 주시하며 물었다.

"아직 그렇게 추측할 만한 근거는 없어."

콜린이 말했다.

"하지만 누가 그 여자를 죽이려 한 걸까? 유산이 많았던 걸까? 만일 그 여자가 부자였다면 가능한 일일 수도 있지."

제너비브가 말했다.

"그 여자는 불쾌하기 이를 데 없어. 모두 그 여자를 죽이고 싶었을 거야. 나도 그럴 때가 많았는걸."

나이절이 흐뭇한 얼굴로 빵에 마멀레이드를 바르며 말했다.

II

"샐리, 뭘 좀 물어봐도 돼? 아침 식사를 하며 나눈 이야기에 대해 생각을 많이 해 봤어."

"아키봄보, 내가 너라면 너무 깊이 생각하지 않겠어. 건강에 해로워."

샐리와 아키봄보는 '리전트 공원'이라는 식당의 야외 식탁에서 점심 식사를 함께 했다. 여름이 되어 식당 벽을 개방한 덕분이었다.

"오늘 오전 내내 마음이 무척 심란했어. 교수님 질문에도 제대로 대답하지 못했어. 못마땅해하시더라고. 교수님이 내가 여러 가지 책을 베끼기만 할 뿐 내 생각은 없다고 말씀하셨어. 하지만 난 많은 책에서 지혜를 얻기 위해 여기 왔고, 영어 구사 능력이 떨어져서 내가 직접 쓰는 것보다는 책에 더 잘 표현되어 있는 것 같아. 게다가 오늘 아침엔 히코리가에서 벌어지고 있는 여러 가지 고통스러운 일들에 대해 생각하느라 다른 생각은 거의 할 수가 없었어."

아키봄보가 침울한 얼굴로 말했다.

"그건 네 말이 옳아. 나도 오늘 오전엔 정신을 집중하기 힘들었어."

샐리가 말했다.

"그래서 뭘 좀 알려 달라는 거야. 아까 말한 것처럼 생각을 많이 해 봤거든."

"좋아, 무슨 생각을 했는지 말해 봐."

"그러니까 부……우소 말인데."

"부우소? 아, 붕소! 그래. 그게 어쨌다는 거야?"

"이해가 안 가. 그건 산이잖아, 그렇지? 황산 같은 산 맞지?"

"황산하고는 달라."

"실험실에서만 사용하는 건 아니지?"

"실험실에서 붕소로 무슨 실험을 하는지는 모르겠어. 그건 상당히 약하고 해가 없는 물질이야."

"그러니까 눈에 넣을 만큼 해가 없다는 거야?"

"맞아. 바로 그런 용도로 사용하는 거야."

"아! 그렇다면 이제 이해가 가. 찬드라 랄이 하얀 가루가 담긴 작은 병을 갖고 있는데, 그 가루를 뜨거운 물에 풀고 그 물로 눈을 씻었어. 찬드라 랄은 그 병을 화장실에 두는데, 어느 날 그게 없어지자 무섭게 화를 냈어. 그게 부웅소일 거야, 그렇지?"

"그런데 도대체 붕소가 어쨌다는 거야?"

"곧 알려 줄게. 하지만 지금은 안 돼. 좀 더 생각해 봐야겠어."

"위험을 자초하는 짓은 하지 마. 네가 다음 시체가 되는 건 원치 않아, 아키봄보."

III

"발레리, 네 충고가 필요해."

"물론 충고는 해 줄게, 진. 하지만 왜들 남의 충고를 바라는지 모르겠어. 충고에 따르지도 않으면서."

"이건 정말이지 양심의 문제야."

"그렇다면 내가 충고할 문제가 아닌데. 사실 나에겐 이렇다 할 양심이 없거든."

"아, 발레리. 그렇게 말하지 마!"

"하지만 그건 사실이야. 난 파리에서 옷을 밀수입하고, 우리 미용실에 오는 흉측한 여자들한테 아름답다는 끔찍한 거짓말을 해 대거든. 게다가 돈이 없을 때는 요금도 내지 않고 버스를 타고 다니기도 해. 그렇긴 하지만 말해 봐. 무슨 일인데?"

발레리가 담배를 비벼 끄며 물었다.

"아침 식사를 하면서 나이절이 한 말에 대한 거야. 누가 다른 사람에 대해 무언가를 알고 있다면, 그 사실을 알려야 한다고 생각해?"

"무슨 바보 같은 질문이야! 그런 건 한마디로 이렇다 저렇다 할 수 없는 문제지. 어떤 일인데 망설이는 거니?"

"여권에 대한 거야."

"여권이라고? 누구 여권?"

발레리가 흠칫 놀란 얼굴로 등을 곧추세우고 앉았다.

"나이절 말이야. 나이절이 위조 여권을 갖고 있어."

"나이절이? 그럴 리가. 있을 수도 없는 일이야."

발레리가 못 믿겠다는 듯이 말했다.

"하지만 사실이야. 게다가 이상한 점이 있어. 실리아가 여권에 대해 무슨 말을 했다고 경찰한테 들은 기억이 나. 실리아가 위조 여권을 발견해서, 나이절이 실리아를 죽인 걸까?"

"멜로드라마 같은 얘기네. 하지만 솔직히 난 믿어지지 않아. 여권이 뭐가 어쨌다는 거니?"

"내가 봤어."

"어떻게 봤는데?"

"정말 우연히 그렇게 됐어. 일이 주 전에 뭔가를 찾으려고 내 문서함을 열려다가, 실수로 나이절의 서류함을 보게 됐어. 휴게실 선반 위에 두 개가 나란히 놓여 있거든."

발레리가 말도 안 된다며 웃음을 터뜨렸다.

"누가 그따위 말도 안 되는 변명을 믿겠니! 무슨 짓을 하려고 했던 거야? 염탐질?"

"아냐. 물론 아니야! 난 다른 사람의 사적인 문서 같은 건 절대로 보지 않아. 난 그런 사람이 아니야. 그냥 내가 정신없이 그 서류함을 열고 뭔가를 찾다가……."

진이 분개한 음성으로 반박했다.

"이봐, 진. 그런 식으로 빠져나가려 하지 마. 나이절의 서류함은 네 것보다 훨씬 크고 색깔도 완전히 달라. 네가 그런 사람이라는 걸 시인하는 게 좋을걸. 어쨌든 좋아. 나이절의 개인적인 물건을 뒤질 기회가 생겨 그렇게 했다는 거지?"

진이 자리에서 벌떡 일어섰다.

"좋아, 발레리. 네가 이렇게 비협조적이고 부당하고 심술궂게 나온다면, 난……."

"아, 가지 마! 어서 말해 봐. 나도 궁금해. 알고 싶다고."

"거기 그 여권이 있었어. 아래쪽에 그 여권이 있고 그 위에 이름이 쓰여 있었는데, 스탠퍼드나 스탠리 같은 이름이었던 것 같아. '이상도 하지. 나이절이 다른 사람의 여권을 자기 서류함에 보관하고 있다니.' 하는 생각이 들어, 여권을 열어 봤더니 나이절의 사진이 붙어 있지 않겠어! 그렇다면 나이절이 이중 생활을 하는 게 아니겠어? 이 말을 경찰에 해야 할까? 그래야 한다고 생각해?"

진의 질문에 발레리가 짤막한 웃음을 터뜨렸다.

"진, 안된 일이지만, 사실 그건 별로 대단한 일이 아니야. 퍼트리샤에게서 들었는데, 나이절이 돈이나 어떤 대가를 받고 자기 성을 바꿨대. 그러느라 나이절이 단독 날인 증서인가 뭔가를 통해 적법한 절차를 밟았고, 그게 전부야. 나이절의 원래 성이 스탠필드나 스탠리 비슷한 거였던 것 같아."

"아!"

진은 몹시 억울한 표정이었다.

"내 말을 못 믿겠거든, 퍼트리샤에게 물어봐."

"아, 아냐. 네 말이 사실이라면 내가 잘못 생각한 게 틀림없어."

"다음엔 좀 더 운이 좋길 바라."

"무슨 말인지 모르겠어, 발레리."

"너 나이절한테 원한이라도 품고 있는 거야? 나이절이 경찰의 오해를 받길 바라?"

진이 움츠러들었다.

"내 말을 어떻게 생각할지 모르지만, 난 내가 할 일을 하고 싶었을 뿐이야."

진이 발레리의 방을 나가며 말했다.

"아, 이럴 수가!"

발레리가 한탄했다.

그때 방문 두드리는 소리가 들리고, 샐리가 들어왔다.

"발레리, 무슨 일이야? 기분이 안 좋아 보여."

"역겨운 진 때문이야. 진은 너무 이상해! 설마 진이 가엾은 실리아를 죽였을 가능성이 조금이라도 있는 건 아니겠지? 진이 피고석에 서는 걸 본다면 기분이 굉장히 좋아질 것 같아."

"나도 동감이야. 하지만 그런 것 같지는 않아. 진은 누군가를 죽일 만큼 위험을 자초할 사람은 아니야."

"니콜레티스 부인에 대해서는 어떻게 생각해?"

"나도 모르겠어. 곧 부검 결과가 나오겠지."

"난 부인도 살해당했을 가능성이 크다고 생각해."

"하지만 이유가 뭐지? 이 집에서 대체 무슨 일이 벌어지고 있는 거야?"

"나도 궁금해. 샐리, 넌 너도 모르게 사람들을 유심히 쳐다본 적 있니?"

"발레리, 사람들을 유심히 쳐다보다니 무슨 뜻이야?"

"'너니?' 하는 궁금한 마음으로 관찰하는 거지. 샐리, 여기 미친 사람이 살고 있는 것 같아. 성격이 괴팍한 정도가 아니라, 아주 심하게 미친 사람 말이야."

"그럴지도 몰라. 맙소사! 정말 소름 끼치는 느낌이야."

샐리가 몸을 떨며 말했다.

IV

"나이절, 할 말이 있어."

"뭐지, 퍼트리샤? 내가 공책을 대체 어디 두었는지 모르겠어. 여기 쑤셔 넣은 것 같은데."

나이절이 미친 듯이 자신의 서랍장을 뒤지며 말했다.

"아, 나이절, 그렇게 아무 데나 쑤셔 놓지 마! 넌 모든 걸 정신없이 어질러 놔. 내가 방금 깨끗이 정리해 놓았는데."

"빌어먹을. 내 공책을 찾아야 한단 말이야."

"나이절, 내 말 좀 들어 봐!"

"좋아, 퍼트리샤. 그렇게 절망적인 표정 짓지 마. 무슨 일이야?"

"고백할 게 있어."

"살인을 저질렀다는 건 아니겠지?"

나이절이 예의 그 경솔한 어조로 물었다.

"아냐, 물론 아니고말고!"

"좋아. 그렇다면 그보다 가벼운, 무슨 죄를 저지른 거야?"

"언젠가 네 양말을 꿰매 갖고 이 방에 가져와서 네 서랍에 넣으려는데……."

"그런데?"

"모르핀 병이 거기 있는 거야. 네가 병원에서 훔쳤다고 말했던 그것 말이야."

"그래. 네가 그것 때문에 한바탕 소란을 피웠잖아!"

"하지만 나이절, 그걸 네 서랍 속 양말 틈에 두다니. 거긴 누구든 손을 댈 수 있는 곳이잖아."

"누가 거기 손을 대겠어? 너 말고는 아무도 내 양말 서랍을 뒤지지 않는다고."

"그걸 거기 그렇게 두는 게 끔찍한 생각이 들었어. 내기에 이기고 나면 네가 없애 버릴 걸 잘 알지만, 그동안은 줄곧 거기 있게 되잖아."

"물론이지. 그땐 아직 세 번째 약병을 손에 넣지 못했을 때니까."

"그걸 거기 그냥 놔두면 안 되겠단 생각이 들어서 약병을 서랍에서 꺼내 안의 독극물을 비우고 흔한 중탄산소다를 대신 채워 넣었어. 그랬더니 완벽하게 똑같아 보였어."

나이절이 잃어버린 공책을 찾다 말고 멈칫했다.

"하느님 맙소사! 정말 그랬단 말이야? 렌과 콜린 앞에서 그 안에 든 게 모르핀 황산염이랑 타르타르산염이랑 또 뭐라고 큰소리쳤는데, 그게 중탄산소다 나부랭이였단 말이야?"

"그래. 너도 알다시피……."

나이절이 인상을 찌푸리며 퍼트리샤의 말을 가로막았다.

"그렇다면 그 내기가 무효화되는 건 아닌지 모르겠어. 물론 난 그걸 전혀 몰랐……."

"그렇지만 나이절, 그걸 거기 두는 건 너무 위험한 일이었어."

"아, 빌어먹을, 퍼트리샤, 항상 그렇게 일을 크게 만들어야겠어? 그 안의 내용물은 어떻게 한 거야?"

"그걸 '소다빅' 병에 넣은 다음 내 손수건 서랍 뒤쪽에 숨겨 놨어."

나이절이 놀랍다는 표정으로 퍼트리샤를 쳐다봤다.

"이봐, 퍼트리샤. 네 생각이 너무 논리적이어서 놀랄 지경이야! 그렇게 한 이유가 대체 뭔데?"

"거기가 더 안전할 것 같았어."

"이봐 멍청한 아가씨, 모르핀 둔 곳을 자물쇠로 잠가 두지 않는 한, 내 양말 틈에 두든 네 손수건 사이에 두든 무슨 차이가 있냐고!"

"차이가 있긴 있어. 우선 난 방을 혼자 쓰고 넌 다른 사람과 같이 쓰잖아."

"설마 가엾은 렌이 내 모르핀을 슬쩍할 거라고 생각한 건 아니겠지?"

"그런 생각을 했던 건 아니야. 하지만 지금은 그럴지도 모른다는 생각이 들어. 왜냐하면, 그게 없어졌으니까."

"경찰이 압수해 갔다는 거야?"

"아냐. 그 전에 없어졌어."

"그렇다면……? 자, 다시 한번 정리해 보자. '소다빅'이라는 상표가 붙은 병에 모르핀 황산염이 들어 있었고, 그 병이 어딘가에 틀어박혀 있다가, 요통을 느낀 누군가가 한 숟갈 수북이 퍼서 먹었을지 모른다는 거야! 아이고, 맙소사, 퍼트리샤! 네가 기어코 일을 저질렀구나! 그 약이 그토록 불안했다면, 대체 왜 그냥 쏟아 버리지 않은 거야?"

나이절이 하얗게 질린 얼굴로 퍼트리샤를 다그쳤다.

"값이 꽤 나가는 거니까, 그냥 쏟아 버리지 말고 병원에 돌려줘야 한다고 생각했어. 네가 내기에 이기는 대로 실리아에게 줘서 병원에 갖다 놓게 할 생각이었어."

"실리아에게 주지 않은 게 확실해?"

"물론 안 줬어. 네 말은 내가 그 약을 실리아에게 줘서 실리아가 그걸 먹고 자살했다면, 모든 게 내 잘못이라는 거지?"

"진정해. 그 약이 언제 없어졌지?"

"나도 정확히는 몰라. 실리아가 죽기 전날 찾아봤는데 서랍에 없기에, 무심코 내가 다른 데 뒀나 보다라고 생각했어."

"실리아가 죽기 전날 없어졌단 말이야?"

"내가 너무 어리석은 짓을 한 것 같아."

퍼트리샤가 창백해진 얼굴로 말했다.

"그건 너무 완곡한 표현이야. 흐리멍덩한 정신에 박힌 살아 있는 양심이 얼마나 오래갈 수 있겠어!"

"나이절, 경찰에 알려야 할까?"

"이런, 제기랄! 그래, 그래야 할 것 같아. 그러면 내가 모든 죄를 뒤집어쓰게 되겠지."

"아냐, 나이절. 내 잘못이야. 내가……."

"애초에 그 빌어먹을 약을 슬쩍한 건 나야. 그때는 아슬아슬한 곡예를 즐기는 기분이었는데, 지금은 벌써 판사의 신랄한 비판이 들리는 것 같아."

"미안해. 그 약을 치울 때는 설마 이렇게 될 줄 몰랐는데……."

"네가 잘하는 줄 알았겠지. 나도 알아! 퍼트리샤, 난 그 약이 없어졌다는 게 믿어지지 않아. 네가 그걸 딴 데 두고 잊어버린 걸 거야. 넌 가끔 물건 둔 곳을 잊어버리곤 하잖아."

"그렇긴 해. 하지만……."

퍼트리샤가 혼란스러운 표정으로 얼굴을 찌푸리며 머뭇거렸다.

나이절이 자리를 박차고 일어섰다.

"네 방으로 가서 이 잡듯이 뒤져 보자."

V

"나이절, 그건 내 속옷이야."

"이봐, 퍼트리샤. 이런 상황에 내 앞에서 점잔을 빼려는 건 아니겠지. 팬티 밑이 그런 약병을 숨기기 가장 좋은 곳이잖아, 안 그래?"

"맞아. 하지만 분명히……."

"모든 곳을 다 찾아보기 전에는 아무것도 확신할 수 없어. 그리고 난 반드시 찾아내고 말 거야."

그때 누가 형식적으로 문 두드리는 소리가 나고, 이윽고 샐리 핀치가 들어왔다. 샐리의 눈이 놀라 휘둥그레졌다. 퍼트리샤는 나이절의 양말을 한 움큼 손에 쥔 채 침대에 앉아 있고, 나이절은 서랍장의 서랍을 모조리 빼내어 팬티와 브래지어, 스타킹을 비롯한 여성용품을 사방에 마구 늘어놓은 채 흥분한 사냥개처럼 스웨터 더미를 파헤치고 있었다.

"대체 무슨 일이야?"

샐리가 물었다.

"중탄산염을 찾고 있어."

나이절이 짤막하게 대답했다.

"중탄산염? 왜?"

"어디가 좀 아파서 말이야. 그러니까 배, 배가 좀 아파. 이럴 땐 중탄산염을 먹어야 배가 가라앉거든."

나이절이 빙긋 웃으며 대답했다.

"내 것도 어딘가에 조금 있을 거야."

"소용없어, 샐리. 퍼트리샤 것이어야만 해. 퍼트리샤가 갖고 있는 회사 제품만 내 병에 잘 듣는다고."

"미쳤구나. 퍼트리샤, 나이절이 왜 저래?"

퍼트리샤가 처참한 표정으로 고개를 젓더니 물었다.

"샐리, 혹시 너 내 소다빅 병 못 봤니? 병 바닥에 조금 들어 있는 건데."

"아니."

샐리가 호기심 어린 눈으로 퍼트리샤를 쳐다보다 얼굴을 찌푸렸다.

"생각해 볼게. 누군가 여기 와서……. 아니, 모르겠어. 퍼트리샤, 너 우표 있니? 편지를 부쳐야 하는데 우표가 떨어졌어."

"저기 서랍 안에 있어."

샐리는 얕은 책상 서랍을 열고 전지 우표 1장을 꺼내 우표를 1개

떼어 낸 다음, 자신이 들고 있던 편지에 붙였다. 그러고는 남은 우표를 다시 서랍에 넣고 2펜스 50페니를 책상에 올려놓았다.

"고마워. 여기 있는 네 편지도 같이 부쳐 줄까?"

"그래. 아니, 아냐……. 더 이따 부쳐야 할 거 같아."

샐리가 고개를 끄덕여 보인 후에 방에서 나갔다.

퍼트리샤가 들고 있던 양말을 내려놓고 손가락을 신경질적으로 비틀었다.

"나이절?"

"응?"

나이절은 이제 옷장으로 옮겨 가서 외투 주머니 속을 살펴보고 있었다.

"고백할 게 또 있어."

"하느님, 맙소사. 퍼트리샤, 또 무슨 짓을 저지른 거야?"

"네가 화낼까 봐 겁이 나."

"난 단순히 화가 난 것 이상이야. 두렵다고. 내가 슬쩍한 약물 때문에 실리아가 죽었다면, 난 사형에 처해지지는 않더라도 오랫동안 감옥신세를 져야 할 거야."

"그것과는 아무 관련도 없는 일이야. 네 아버지에 대한 거야."

"뭐라고?"

나이절이 놀라움과 의혹이 겹친 표정으로 몸을 돌렸다.

"네 아버지가 굉장히 편찮으신 거 알지?"

"얼마나 아프든 내가 알 바 아니야."

"어젯밤 라디오에서 유명한 화학자인 아서 스탠리 경이 위독한 상태라고 그러던걸."

"유명 인사라서 좋구나. 자기가 아픈 걸 온 세상에 알려야 하다니."

"나이절, 그분이 돌아가실지도 몰라. 그러니 그분과 화해해야 해."

"그런 일은 없을 거야!"

"하지만 돌아가실지도 몰라."

"죽어 가든, 건강하든 똑같이 나쁜 인간이야."

"나이절, 그러면 안 돼. 그렇게까지 증오하고 용서하지 않다니."

"퍼트리샤, 잘 들어. 내가 전에 말했잖아. 그 인간이 어머니를 죽였다고."

"네가 그런 말 한 건 기억나. 그리고 네가 어머니를 몹시 좋아했다는 것도 알아. 하지만, 나이절, 가끔은 네가 과장하는 것 같다는 생각이 들어. 아내에게 냉담하고 무뚝뚝한 남편 때문에 고통스럽고 회한에 찬 삶을 사는 여자는 셀 수 없이 많아. 하지만 네 아버지가 네 어머니를 죽였다고 말하는 건 지나친 과장이고 사실도 아니야."

"그 일에 대해 아는 게 많은 모양이지?"

"넌 아버지가 돌아가시기 전에 화해하지 않은 걸 언젠가 후회하게 될 거야. 그래서……."

퍼트리샤가 잠시 말을 멈추었다가 기운을 내서 다시 말했다.

"그래서 내가 네 대신 네 아버지에게 편지를 써서, 이야기를 전해 드리려고……."

"네가 그자한테 편지를 썼단 말이야? 샐리가 부치려고 했던 게 바로 그 편지야? 알겠어."

나이절이 퍼트리샤의 책상으로 성큼성큼 걸어가, 겉봉에 주소를 적고 우표를 붙여 놓은 편지를 집어 들더니, 신속하고 신경질적인 동작으로 갈기갈기 찢어 쓰레기통에 던져 버렸다.

"이젠 끝났어! 다시는 이런 짓 하지 마."

"나이절, 넌 정말이지 너무 어린아이 같아. 그 편지를 찢을 수 있었을지 몰라도 내가 또 편지 쓰는 걸 막지는 못할걸. 그리고 난 편지를 또 쓸 테야."

"넌 구제불능일 만큼 감상적이야. 아버지가 어머니를 죽였다고 내가 말했을 때, 내가 있는 그대로의 사실을 말했다는 걸 전혀 깨닫지 못한 모양이야. 어머니는 메디날 과용으로 돌아가셨어. 검시를 한 사람들이 실수로 과용하셨다고 했지만, 어머니는 실수로 그 약을 과용하신 게 아니야. 아버지가 어머니에게 고의로 주신 거라고. 아버지는 다른 여자와 결혼하려 했는데, 어머니가 이혼해 주지 않으셨어. 뻔하고 추잡한 살인 사건이지. 네가 내 입장이었다면 어떻게 했겠어? 아버지를 경찰에 신고했을까? 그건 어머니가 원치 않으셨을 테고……. 그래서 난 내가 할 수 있는 유일한 일을 한 거야. 즉, 그자에게 내가 진실을 안다고 말한 다음 영원히 그 앞에서 사라진 거지. 난 심지어 성까지 바꿨어."

"나이절, 미안해……. 난 그런 줄도 모르고……."

"자, 이제 알았겠지, 항생 물질학의 대가인, 그 유명하고 명망 높은 아서 스탠리의 실체를……. 그림같이 아름답게 살 줄 알았을 거야! 하지만 그 멋진 여자는 결국 아버지와 결혼하지 않았어. 그 여자가 아버지를 피한 거지. 아버지가 어떤 짓을 했는지 그 여자가 눈치챈 것 같아…….”

"나이절, 너무 끔찍한 얘기야. 미안해…….”

"괜찮아. 우리 다시는 이 얘기 하지 말자. 그 빌어먹을 중탄산소다 일로 돌아가자고. 자, 그걸 어떻게 했는지 잘 생각해 봐. 퍼트리샤, 두 손을 머리에 대고 잘 생각해 보라고.”

VI

휴게실에 들어선 제너비브는 몹시 흥분해 있었다. 그녀가 그곳에 모여 있던 학생들에게 떨리는 목소리로 나지막이 말했다.

"누가 가엾은 실리아를 죽였는지 이제 확실히 알겠어.”

"제너비브, 누가 그랬어? 어떻게 그렇게 자신 있게 말하지?”

르네가 물었다.

제너비브가 조심스럽게 사방을 둘러보며 휴게실 문이 닫혔는지 확인했다. 그러고는 목소리를 낮춰 이렇게 말했다.

"나이절 채프먼이야.”

"나이절 채프먼이라고? 하지만 이유가 뭐야?”

"잘 들어 봐. 방금 복도를 지나 계단을 내려오다가 퍼트리샤 방에서 들려오는 얘기를 들었는데, 바로 나이절이 말하고 있었어."

"나이절이? 퍼트리샤 방에서?"

진이 믿어지지 않는다는 투로 되물었다. 하지만 제너비브는 그런 진의 반응에 개의치 않았다.

"나이절이 퍼트리샤에게 자기 아버지가 어머니를 죽였다고 말했어. 그리고 그 때문에 나이절이 자기 성도 바꾼 거래. 그러니 명확하잖아, 안 그래? 아버지가 살인자니, 나이절도 유전적인 결함이 있는 거라고……."

"가능한 얘기야. 분명히 있을 수 있는 얘기라고. 나이절은 무척 폭력적이고 편향되어 있어. 자기 자신을 통제할 줄도 몰라. 너희도 같은 생각이지?"

찬드라 랄이 그런 가능성을 떠올리며 흐뭇한 얼굴로 말했다. 그러고는 뻐기는 표정으로 아키봄보를 쳐다봤다. 아키봄보는 양털처럼 곱슬곱슬한 새카만 머리를 힘차게 흔들며 하얀 이가 모두 드러나도록 웃어 보였다.

"나도 그런 감정을 강하게 느껴 왔어. 나이절은 도덕 관념이 없어……. 완전히 타락한 인물이야."

진이 말했다.

"이건 치정 살인이야. 나이절이 실리아와 잔 다음, 실리아를 죽인 거야. 왜냐하면 실리아는 아주 착하고 모범적인 여성이고, 결혼을 앞두고 있었으니까……."

아흐메드 알리가 말했다.

"바보 같은 소리!"

레너드 베이트슨이 불쑥 내뱉었다.

"뭐라고?"

"바보 같은 소리라고 그랬어!"

렌이 소리쳤다.

17장

I

경찰서 어느 방에 자리 잡고 앉은 나이절이 샤프 경위의 예리한 눈을 불안하게 응시했다. 나이절은 조금 더듬거리며 방금 할 말을 끝낸 참이었다.

"채프먼 군, 방금 우리에게 한 말이 매우 중대한 사실이라는 걸 본인도 잘 알죠? 굉장히 심각한 일입니다."

"물론 잘 압니다. 긴급한 일이라고 생각하지 않았다면 이렇게 말씀드리러 오지도 않았을 겁니다."

"그러니까 레인 양이 모르핀이 든 중탄산소다 병을 마지막으로 본 게 언제인지 정확히 기억하지 못한단 말인가요?"

"퍼트리샤의 머릿속은 지금 온통 뒤죽박죽입니다. 생각하면 할수록, 더 모르겠다는 겁니다. 저 때문에 더 정신이 없다고 하더군요.

그래서 제가 여기 다녀가는 동안 곰곰이 생각해 보기로 했습니다."

"지금 당장 히코리가로 함께 가는 게 좋겠군요."

그때 탁자 위에 있던 전화벨이 울렸고, 나이절의 진술을 받아 적던 순경이 팔을 뻗어 수화기를 집어 들었다.

"레인 양이 전화를 걸었는데, 채프먼 군을 바꿔 달랍니다."

순경이 말했다.

나이절이 탁자 위로 몸을 굽혀 수화기를 받아 들었다.

"퍼트리샤? 나이절이야."

가쁜 숨을 몰아쉬며 열에 들떠 더듬거리는 퍼트리샤의 목소리가 들렸다.

"나이절. 알 것 같아! 그러니까 그걸 가져간 사람, 내 손수건 서랍에서 그걸 가져간 사람이 누군지 이제 알 것 같아. 그럴 사람은 1명뿐인데……."

퍼트리샤의 말이 갑자기 끊겼다.

"퍼트리샤? 여보세요? 아직 거기 있어? 그게 누구지?"

"지금은 말할 수 없어. 나중에 말할게. 여기로 올 거지?"

전화기 가까이 있던 순경과 샤프 경위는 수화기 너머로 흘러나오는 말소리를 정확히 알아들었다. 나이절이 어떻게 할지를 묻는 얼굴로 쳐다보자 샤프 경위는 고개를 끄덕여 보였다.

"지금 당장 간다고 해요."

샤프 경위가 말했다.

"지금 바로 갈게. 지금 당장."

나이절이 말했다.

"좋아. 내 방에 있을게."

"좀 이따 봐, 퍼트리샤."

히코리가로 급히 차를 몰고 가는 동안 아무도 입을 열지 않았다. 샤프 경위는 마침내 사건 해결의 실마리를 잡은 게 아닐까 생각했다. 퍼트리샤 레인이 확실한 증거를 제공하려는 걸까? 아니면 나름의 추측을 늘어놓으려는 걸까? 하지만 퍼트리샤 레인이 스스로 중요하게 여기는 어떤 사실을 기억해 낸 것만은 틀림없었다. 샤프 경위는 퍼트리샤가 복도에 있는 전화를 이용했으며, 그래서 말을 제대로 하지 못한 거라고 추측했다. 저녁 이 시간에는 많은 사람이 복도를 지나다닐 터였다.

나이절이 히코리가 26번지의 현관문을 열쇠로 열었고, 모두 안으로 들어갔다. 샤프 경위는 휴게실의 열린 문틈으로 책 위에 웅크리고 있는 레너드 베이트슨의 헝클어진 붉은 머리칼을 보았다.

나이절이 앞장서서 2층으로 올라갔고, 복도를 지나 퍼트리샤의 방으로 갔다. 나이절은 짤막하게 문을 두드린 후 안으로 들어갔다.

"이봐, 퍼트리샤. 여기 우리가……."

나이절이 말을 멈췄다. 대신 숨이 막히는 듯 긴 신음 소리를 냈다. 나이절은 얼어붙은 듯 꼼짝도 하지 않았다. 샤프 경위가 그의 어깨 너머로 방 안을 들여다봤다.

퍼트리샤 레인이 바닥에 쓰러져 있었다.

샤프 경위가 나이절을 살짝 옆으로 밀쳤다. 그러고는 앞으로 나아가 웅크린 퍼트리샤 옆에 무릎을 꿇었다. 그는 퍼트리샤의 머리를 들고 맥박이 뛰는지 확인한 다음, 조심스럽게 다시 내려놓았다. 그는 심각하게 굳은 얼굴로 자리에서 일어섰다.

"아니죠? 안 돼, 안 돼, 안 돼."

나이절의 목소리는 높고 부자연스러웠다.

"맞아요, 채프먼 군. 퍼트리샤는 죽었어요."

"안 돼, 안 돼. 퍼트리샤, 안 돼! 가엾은 퍼트리샤. 어떻게······."

"이겁니다."

그것은 순식간에 급조된 간단한 무기였다. 모직 양말 안에 대리석 문진이 들어 있었다.

"뒤통수를 쳤군. 아주 효율적인 무기지. 채프먼 군, 이 말이 위로가 될지 모르지만, 퍼트리샤는 자신에게 무슨 일이 일어났는지조차 몰랐을 거예요."

나이절이 몸을 마구 떨며 침대에 주저앉았다.

"저건 내 양말이에요. 퍼트리샤가 꿰매 주려 했던 건데······. 아, 하느님, 퍼트리샤가 저 양말을 꿰매 주려 했는데······."

나이절이 갑자기 울기 시작했다. 그는 남을 의식하지 않고 모든 것을 포기한 어린아이처럼 울었다.

샤프 경위의 추측은 계속되었다.

"퍼트리샤가 상당히 잘 아는 사람의 짓이야. 누가 양말을 집어 들고 문진을 그 안에 밀어 넣은 거야. 채프먼 군, 저 문진을 본 적이 있나요?"

샤프 경위가 양말을 뒤집어 안에 든 문진을 보여 주며 물었다. 나이절이 울면서 문진을 봤다.

"언제나 퍼트리샤의 책상 위에 있던 거예요. '루체른의 사자' 문양이죠."

나이절이 두 손으로 얼굴을 감쌌다.

"퍼트리샤, 아, 퍼트리샤! 너 없이 어떻게 해야 하니!"

나이절이 갑자기 똑바로 일어나 앉으며 헝클어진 금발 머리를 뒤로 쓸어넘겼다.

"이런 짓을 한 놈이 누구든 그놈을 죽이겠어! 죽여 버릴 거야. 야비한 살인자!"

"채프먼 군, 진정해요. 그래요, 기분이 어떨지 잘 압니다. 아주 힘겨운 일이죠."

"퍼트리샤는 남에게 해를 끼친 일이 한 번도 없는데……."

샤프 경위가 나이절을 위로하며 방에서 데리고 나갔다. 나이절은 자신의 방으로 돌아갔다. 샤프 경위는 죽은 여자 위로 몸을 구부렸다. 그러고는 그녀의 손가락 사이에 있던 것을 조심스럽게 떼어냈다.

II

"난 아무것도 못 봤어요. 아무 소리도 못 들었어요. 난 아무것도 몰라요. 마리아와 함께 부엌에 있었어요. 수프를 올려놓고 치즈를

갈아 넣고 있었다고요…….”

이마가 땀에 젖은 채 제로니모가 겁에 질린 검은 눈동자로 이 사람 저 사람을 두리번거리며 말했다.

샤프 경위가 제로니모의 말을 막았다.

"아무도 자넬 탓하지 않네. 시간에 대해 알고 싶을 뿐이야. 지난 1시간 동안 이 집에서 나가거나 안으로 들어온 사람이 누군가?”

"난 몰라요. 내가 어떻게 알아요?”

"하지만 부엌 창문에서 보면 누가 들어오고 나가는지 잘 보일 텐데, 안 그런가?”

"그런 것 같아요.”

"그럼 말해 보게.”

"이 시간에는 쉴 새 없이 사람들이 드나들어요.”

"6시부터 우리가 도착한 6시 35분까지 집 안에 있던 사람은 누구지?”

"나이절과 허버드 부인 그리고 홉하우스 양만 빼고 모두 집 안에 있었어요.”

"그 세 사람은 언제 나갔나?”

"허버드 부인은 차 마시는 시간인 오후 5시 전에 나가서, 아직 돌아오지 않았어요.”

"계속해 보게.”

"나이절 군은 30분 전, 그러니까 6시 직전에 아주 흥분한 얼굴로 나가서 지금 당신들과 함께 돌아왔고요…….”

"그래, 맞아."

"발레리 양은 6시 정각에 나갔어요. 삐삐삐 하고 시보가 울릴 때요. 칵테일파티에 가는 것처럼 아주 멋지게 차려입고 나가서 아직 들어오지 않았어요."

"그 밖의 사람들은 모두 여기 있나?"

"네, 모두 여기 있어요."

샤프 경위가 자신의 수첩을 내려다보았다. 수첩에는 퍼트리샤의 전화가 걸려온 시간이 적혀 있었다. 정확히 6시 8분이었다.

"다른 사람들은 모두 여기, 집 안에 있었단 말인가? 그동안 돌아온 사람도 없고?"

"샐리 양이 있었어요. 편지를 들고 우체통으로 갔다가 들어왔죠······."

"샐리가 몇 시에 들어왔는지 알고 있나?"

제로니모가 인상을 찌푸렸다.

"뉴스를 하고 있을 때 돌아왔어요."

"그렇다면 6시 지나서?"

"네, 맞아요."

"뉴스의 어떤 부분이 방송되고 있었지?"

"그건 기억나지 않아요. 하지만 스포츠 뉴스 전이었어요. 스포츠 뉴스가 나오면 라디오를 끄니까요."

샤프 경위가 난감한 표정으로 웃었다. 나이절 채프먼과 발레리 홉하우스 그리고 허버드 부인을 제외한 나머지 모두를 용의 선상에 올려야 했다. 오랫동안 힘겨운 심문을 벌여야 할 터였다. 누가 휴게실에 있었고, 누가 휴게실에서 나갔단 말인가? 그것도 언제? 과연 누가 누구의 알리바이를 입증할 것인가? 설상가상으로 많은 학생들, 특히 아시아와 아프리카 출신 학생들은 체질적으로 시간관념이 흐릿했다. 첩첩산중이었다.

하지만 해야 하는 일이었다.

III

허버드 부인의 방 분위기는 무겁게 가라앉아 있었다. 여전히 외출복 차림으로 소파에 앉아 있는 부인의 온화하고 둥근 얼굴이 불안하게 굳어 있었다. 샤프 경위와 콥 경장은 작은 탁자 주위에 앉았다.

"퍼트리샤가 여기서 전화를 건 것 같습니다. 6시 8분경에는 여러 사람이 휴게실에 드나들었지만, 복도에서 전화를 거는 걸 봤다거나 소리를 들은 사람이 아무도 없습니다. 물론 사람들이 말하는 시간을 믿을 수는 없습니다. 절반 정도가 전혀 시계를 보지 않으니까요. 따라서 저는 퍼트리샤가 경찰서로 전화를 걸기 위해 이곳으로 왔다고 생각합니다. 허버드 부인은 외출하셨지만, 방문을 잠그지는 않으셨지요?"

허버드 부인이 고개를 저었다.

"니콜레티스 부인은 매번 방문을 잠그지만, 저는 한 번도……."

"그렇다면 퍼트리샤 레인은 자신이 기억해 낸 사실을 전하기 위해 이리로 와서 전화를 건 겁니다. 그런데 퍼트리샤가 말하고 있을 때 문이 열리고 누군가 안을 들여다봤거나 안으로 들어온 겁니다. 퍼트리샤는 말을 못하고 전화를 끊었습니다. 그건 방 안에 들어온 사람이 퍼트리샤가 말하려 했던 바로 그 사람이었기 때문일까요? 아니면 그냥 조심하느라 그랬을까요? 그 둘 다일 수 있습니다. 전 개인적으로 첫 번째 추측에 마음이 쏠립니다."

허버드 부인이 힘차게 고개를 끄덕였다.

"그게 누구든 퍼트리샤를 따라 여기까지 와서 문밖에서 귀를 기울이고 있었던 것 같습니다. 그러다 퍼트리샤의 말을 막으려고 방 안으로 들어왔겠지요."

"그런 다음……."

"그녀는 퍼트리샤와 함께 퍼트리샤의 방으로 가서 지극히 정상적이고도 편안하게 이야기를 시작했습니다. 퍼트리샤가 중탄산염 병을 가져간 그녀를 비난했고, 상대방은 그럴듯한 핑계를 댔겠지요."

샤프 경위가 어두운 표정으로 말했다.

"그런데 왜 그녀라고 하시죠?"

허버드 부인이 날카로운 음성으로 물었다.

"우습군요. 대명사가 문제가 되다니! 우리가 시신을 발견했을 때, 나이절 채프먼은 이런 짓을 한 놈이 누구든 그놈을 죽이겠다고 말했습니다. '그놈'이라고 한 것에 주목해야 합니다. 나이절 채프먼은 분명 살인을 저지른 사람이 남자라고 생각한 겁니다. 그건 나이절이 폭력적인 행위를 남자와 연관시켰기 때문일 겁니다. 또는 어떤 사람, 특정한 누군가에게 구체적인 의심을 품었을 수도 있습니다. 만일 후자에 해당한다면, 나이절이 그렇게 생각하는 이유를 알아봐야겠지요. 하지만 저는 살인자가 여자라는 데 1표를 던지겠습니다."

"왜죠?"

"이유는 간단합니다. 누군가 퍼트리샤와 함께 퍼트리샤의 방으로 들어갔습니다. 그렇다면 퍼트리샤가 그 사람을 편안하게 생각했음이 분명하고, 그건 바로 상대가 여자임을 뜻합니다. 남자는 특별한 경우가 아닌 한 여학생의 침실에 들어갈 수 없으니까요. 그렇죠, 허버드 부인?"

"네. 딱히 엄한 규칙이라고 할 순 없지만, 전반적으로 잘 지켜지고 있습니다."

"이 집의 이쪽과 저쪽은 1층을 제외하고는 분리되어 있습니다. 그 전에 나이절과 퍼트리샤의 대화를 엿들은 사람이 있다면, 여자일 가능성이 높습니다."

"네, 무슨 말씀이신지 알겠습니다. 사실 여학생 중에는 남의 방 열쇠 구멍에 귀를 대고 엿듣는 데 상당한 시간을 할애하는 사람도 있답니다."

허버드 부인이 얼굴을 붉히며 변명처럼 덧붙였다.

"아니, 그런 표현은 너무 심하군요. 사실 이 집이 견고하게 지어지긴 했지만, 건물에 구획을 지어 여러 개의 방으로 나누는 새로운 시공은 모두 종이처럼 얄팍하게 이루어졌답니다. 그러니 벽 너머로 들려오는 소리를 듣지 않을 도리가 없죠. 진이 여기저기 기웃거리며 다니는 것은 사실이에요. 진은 그런 걸 좋아하죠. 그리고 물론, 나이절이 퍼트리샤에게 자기 아버지가 어머니를 죽였다고 하는 말을 제너비브가 들었을 때도, 제너비브는 발걸음을 멈추고 모든 얘기를 다 들었을 거예요."

경위가 고개를 끄덕였다. 그는 샐리 핀치와 진 톰린슨 그리고 제너비브와 관련된 증거를 유념해 두었다.

"퍼트리샤의 양쪽 옆방은 누가 사용하죠?"

"한쪽 옆은 제너비브 방인데, 그쪽에는 원래 있던 두꺼운 벽이 놓여 있지요. 계단과 가까운 다른 쪽 방은 엘리자베스 존스턴이 사용하는데, 그쪽은 얇은 칸막이뿐이랍니다."

"범위가 조금씩 좁혀지는군요. 그 프랑스 여학생은 그 대화의 끄트머리만 들었을 거예요. 샐리 핀치는 편지를 부치러 가기 전, 좀 더 이른 시간에 방 앞에 있었고요. 하지만 두 여학생이 그 자리에 있었다 해도 아주 짧은 시간 동안을 제외하면 다른 사람이 엿들었을 가능성이 자동적으로 배제되는 것은 아닙니다. 엘리자베스 존스턴이 자기 방에 있었다면, 얇은 칸막이벽을 통해 모든 얘기를 들었겠지만, 샐리 핀치가 편지를 부치러 나갈 때 엘리자베스는 이미 휴게실에 있었던 게 거의 확실합니다."

"엘리자베스가 내내 휴게실에 있었던 게 아닌가요?"

"아뇨, 한동안 휴게실에 있다가 깜빡 잊고 놓아둔 책을 가지러 2층으로 갔습니다. 언제나 그렇듯 그게 언제인지는 아무도 모르지만 말입니다."

"셋 중 하나일 수도 있겠군요."

허버드 부인이 체념한 듯 말했다.

"사람들의 증언이 사실인 한 그렇습니다. 하지만 우린 다른 증거도 갖고 있습니다."

샤프 경위가 주머니에서 조그맣게 접은 종이 뭉치를 꺼냈다.

"그게 뭔가요?"

"머리카락 두 가닥입니다. 퍼트리샤 레인의 손가락 사이에 있던 거지요."

샤프 경위가 미소를 지으며 대답했다.

"그렇다면 그게……."

그때 문 두드리는 소리가 들렸다.

"들어와요."

샤프 경위가 말했다.

방문이 열리고 아키봄보가 들어왔다. 그는 검은 얼굴 가득 웃음을 짓고 있었다.

"저 말입니다."

아키봄보가 입을 열었다.

"네, 음……. 무슨 일이죠?"

샤프 경위가 재촉했다.

"드릴 말씀이 있습니다. 슬프고 비극적인 사건에 관한 아주 중대한 사실입니다."

18장

"자, 아키봄보 군. 말해 보시죠. 무슨 일입니까?"

샤프 경위가 별달리 기대할 게 없다는 투로 물었다.

아키봄보가 자신을 빤히 쳐다보고 있는 세 사람을 마주한 채 누군가 내준 의자에 앉았다.

"감사합니다. 이제 시작할까요?"

"네, 하십시오."

"그러니까, 그게, 저는 이따금 배가 아주 좋지 않습니다."

"아."

"샐리 양은 속이 느글거리는 거라고 하더군요. 하지만 실제로 배가 아픈 건 아닙니다. 구토를 하는 것도 아니고요."

샤프 경위는 신체적인 증상에 대한 자세한 설명을 간신히 참고 들었다.

"아, 네. 잘 알겠어요. 안됐군요. 그건 그렇고 우리에게 할 얘기는……."

"그건 아마 음식에 적응이 안 된 탓인 듯합니다. 여기가 아주 꽉 찬 느낌입니다. 제 생각엔 고기를 적게 먹고 그러니까 탄화물소라고 하는 것을 너무 많이 섭취해서 그런 것 같습니다."

아키봄보가 그곳을 정확히 가리켜 보이며 말했다.

"탄수화물이죠. 하지만 난 그게 아니라……."

샤프 경위가 반사적으로 아키봄보의 말을 바로잡아 주었다.

"그래서 전 가끔 작은 알약으로 된 소다 민트를 먹습니다. 때로는 배 아픈 데 먹는 가루약을 먹기도 하고요. 무슨 약을 먹었는지는 별로 중요하지 않습니다. 약을 먹으면 푸 하는 소리가 커다랗게 나면서 이렇게 공기가 왕창 빠져나옵니다."

아키봄보가 커다란 소리로 실감나게 트림을 해 보였다.

"그러고 나면 한결 낫죠. 한결 나아요."

그는 천사처럼 웃었다.

샤프 경위의 얼굴은 피가 몰려 보랏빛이 되었다.

"그 얘기는 이제 충분히 알겠어. 이제 다음 얘기로 넘어가는 게 좋겠어."

허버드 부인이 점잖게 타일렀다.

"그럼요. 물론이죠. 그러니까, 지난주 초에 있었던 일입니다. 정확히 며칠인지는 모르겠지만요. 마카로니가 너무 맛있어서 많이 먹었더니, 배가 몹시 거북했습니다. 교수님이 내주신 숙제를 하려고 했지만, 여기가 꽉 차서 생각이 잘 나지 않더군요. (아키봄보가 또 자기 배를 가리켜 보였다.) 저녁 식사를 한 후에 휴게실에 엘리자베스만 있기에, 내 것을 다 먹어서 그러니, 중탄산염이나 배 아플 때 먹는 가루약 좀 있느냐고 물었죠. 그랬더니 엘리자베스가 자기한테는 없지만, 퍼트리샤의 서랍에 빌린 손수건을 넣어 두다가 거기 그 약이 있는 걸 봤으니 갖다 주겠다고 했습니다. 퍼트리샤가 신경 쓰지 않을 거라며, 엘리자베스는 2층으로 올라가 중탄산소다 병을 들고 돌아왔습니다. 병 아랫부분에 아주 조금 남아 있더군요. 그래서 저는 엘리자베스에게 고맙다고 하고, 그 병을 화장실로 가져가서 남은 것을 몽땅 따라 찻숟가락으로 1숟갈 분량을 물에 탄 다음, 그 물을 저어서 마셨습니다."

"찻숟가락 1개 분량이라고요? 찻숟가락 1개 분량이라니! 하느님, 맙소사!"

샤프 경위가 넋 나간 얼굴로 아키봄보를 응시했다. 콥 경장은 경악스러운 표정으로 몸을 앞으로 숙였다. 허버드 부인은 분명치 않은 발음으로 이렇게 외쳤다.

"라스푸틴!"

"찻숟가락으로 1숟갈 분량의 모르핀을 마셨단 말인가요?"

"그럼요. 전 그게 중탄산염인 줄 알았으니까요."

"좋아요, 좋아. 하지만 당신이 지금 어떻게 여기 앉아 있는지 모르겠군요!"

"물론 그 후에 아팠습니다. 굉장히 아팠죠. 저녁을 너무 많이 먹어서만은 아니었어요. 배에 통증, 엄청난 통증을 느꼈습니다."

"당신이 어떻게 죽지 않았는지 모르겠군요!"

"라스푸틴. 사람들이 라스푸틴에게 독약을 여러 번 반복해서 주었기 때문에, 라스푸틴은 독약을 먹고도 죽지 않았어요!"

허버드 부인이 말했다.

아키봄보의 말은 계속되었다.

"그래서 다음 날 배가 좀 나아졌을 때, 그 병을 들고 약국으로 가서 병 밑에 아주 조금 남은 가루를 약사에게 보이며, 이게 뭐기에 이걸 먹고 이렇게 배가 아픈 거냐고 물어보았습니다."

"그랬더니?"

"그랬더니 그 약사가 나중에 오라고 하더군요. 그래서 나중에 갔더니, '당연하죠! 이건 중탄산염이 아니에요. 부웅소예요. 부웅산. 이건 눈에 넣어도 되지만, 찻숟갈로 1숟가락을 삼키면 당연히 배가 아프지요.'라고 말했어요."

"붕소라고요? 하지만 붕소가 어떻게 그 병 안에 들어 있지요? 모르핀은 어떻게 된 건가요? 실타래처럼 얽히고설킨 사건이군!"

샤프 경위가 멍한 표정으로 아키봄보를 쳐다보며 투덜거렸다.

"그래서 곰곰이 생각해 보았습니다."

"곰곰이 생각해 보았다고요. 그런데 무슨 생각을 한 겁니까?"

"실리아 양에 대해, 실리아 양이 어떻게 죽었는지, 그리고 실리아 양이 죽은 후에 누가 그 방으로 가서 빈 모르핀 병과 자살하겠다는 내용이 적힌 종이쪽지를 놓아둔 것인지에 대해 생각해 봤습니다."

아키봄보가 말을 멈추자, 샤프 경위가 고개를 끄덕여 보였다.

"누가 그런 짓을 했을까요? 여학생이 그런 짓을 했다면 일이 쉬웠겠지만, 남자였다면 이 건물의 아래층으로 내려갔다가, 다른 쪽 계단을 올라야 했을 테고, 그러면 누군가 잠에서 깨어 그 사람의 발소리를 듣거나 그 사람을 봤을 테니 쉽지 않았을 겁니다. 그래서 그 사람이 이 기숙사에, 그것도 실리아의 옆방에 산다고 가정해 봤습니다. 실리아가 집 안에 있다가 일을 당했으니까요. 무슨 말인지 아시겠습니까? 그자가 쓰는 방의 창문 밖에도 발코니가 있고, 실리아의 창문 밖에도 발코니가 있습니다. 게다가 실리아가 위생적인 습관 때문에 창문을 열어 놓고 잔다고 치면, 그리고 만일 그 남자가 체격이 크고 힘이 세고 평소에 운동을 하는 사람이라면, 맞은 편 발코니로 뛰어넘을 수 있었을 겁니다."

"건물의 다른 쪽으로 실리아의 옆방이라면, 가만있자, 그 방은 나이절과…… 그리고…… 그리고……."

"레너드 베이트슨의 방이죠. 레너드 베이트슨."

샤프 경위가 들고 있던 종이 뭉치를 손가락으로 톡톡 치며 말했다.

"렌 베이트슨은 아주 좋은 사람입니다. 제게도 가장 친절하죠. 하지만 심리학적으로는 표면 밑에서 무슨 일이 벌어지고 있는지 아무도 모르는 법입니다. 그렇지 않습니까? 현대의 이론은 그렇습니다. 찬드라 랄은 자기 눈에 쓰는 붕산이 없어지자 몹시 화를 냈는데, 나중에 물어보니 렌 베이트슨이 가져갔었다고 대답하더군요……."

아키봄보 군이 서글픈 목소리로 말했다.

"누군가 나이절의 서랍에서 모르핀을 가져다 대신 붕산을 채워 놓았고, 퍼트리샤 레인이 와서 그게 모르핀인 줄 알고 중탄산염 소다로 바꿔 놓았지만, 실은 그건 붕산 가루였다……. 그렇군요……. 알겠습니다……."

"제가 도움을 드렸나요?"

아키봄보가 공손하게 물었다.

"그래요. 과연 많은 도움이 되었어요. 다른 사람에게는 이 말을 하지 않았으면 해요."

"알겠습니다, 경위님. 조심하겠습니다."

아키봄보가 모두에게 공손히 인사를 하고 방에서 나갔다.

"렌 베이트슨이라니. 아, 안 돼."

허버드 부인이 고통스러운 신음을 토해 냈다.

샤프 경위가 허버드 부인을 쳐다봤다.

"레너드 베이트슨이 범인이길 바라지 않으시나 보죠?"

"렌을 좋아했어요. 성질을 부리긴 하지만, 언제나 무척 상냥하거든요."

"많은 범죄자들이 그런 특성을 갖고 있죠."

경위가 작은 종이 뭉치를 조심스럽게 펼쳤다. 허버드 부인이 몸을 앞으로 숙인 채 그의 움직임을 주시했다.

흰 종이 위에 짧고 붉은 곱슬머리 두 가닥이 놓여 있었…….

"아! 이럴 수가."

허버드 부인이 탄식했다.

"그렇습니다. 제 경험으로 볼 때, 대부분의 살인자는 적어도 한 가지 실수는 저지릅니다."

19장

I

"이 친구야, 아름답군. 아주 맑아. 아름답도록 맑다고."

에르퀼 푸아로가 감탄사를 연발했다.

"꼭 수프 얘기하듯 하시는군요. 푸아로 씨한테는 콩소메(맑은 수프 — 옮긴이)일지 몰라도, 제게는 아직 걸쭉하고 탁한 가짜 거북 수프(거북 대신 송아지 고기를 넣어 만든 수프 — 옮긴이)입니다."

샤프 경위가 투덜거렸다.

"지금은 그렇지 않습니다. 모든 게 제자리에 착착 들어맞아요."

"이것도요?"

샤프 경위가 허버드 부인에게 했듯이 빨간 머리카락 두 가닥을 내보였다.

푸아로가 샤프 경위와 거의 똑같은 반응을 보였다.

"아, 그래. 이걸 뭐라고 하죠? 이건 고의적인 실수입니다."

두 사람의 눈이 마주쳤다.

"실은 아무도 자기 생각만큼 똑똑하지 않은 법입니다."

에르퀼 푸아로가 말했다.

'에르퀼 푸아로도 그렇단 말인가?'

샤프 경위는 이렇게 반문하고 싶은 유혹을 느꼈지만 애써 참았다.

"제가 아까 말한 건 어떤가요. 그것도 다 들어맞나요?"

"그렇습니다. 내일 한바탕 일이 벌어질겁니다."

"경위님도 가십니까?"

"아뇨, 전 히코리가 26번지로 갈 예정입니다. 그 일은 콥이 담당할 겁니다."

"콥에게 행운을 빌어 주죠."

에르퀼 푸아로가 천천히 유리잔을 들어 올렸다. 잔에는 박하를 넣은 리큐어가 담겨 있었다.

"희망을 위하여."

샤프 경위가 위스키 잔을 들어 올리며 말했다.

II

"대단한 걸 생각해 냈군. 이곳 말이야."

콥 경장이 말했다.

그는 '사브리나 페어'의 쇼윈도를 바라보며 억지 감탄을 했다. 값비싼 유리 작품인 '반투명한 녹색 유리의 물결'에 에워싸인 채, 짧고 우아한 팬티를 입고 드러누운 사브리나 주위로 아름답게 포장된 여러 가지 화장품이 쌓여 있었다. 사브리나는 팬티 한 장을 걸친 위에 조잡한 인조 보석을 주렁주렁 매달고 있었다.

"이건 신성 모독이야. 사브리나 페어라니, 사브리나는 밀턴이 쓴 시에 나오는 인물 아닌가."

맥크레 형사가 못마땅한지 콧방귀를 뀌며 말했다.

"이 친구야, 밀턴의 작품은 성경이 아닐세."

"자네도 『실낙원』이 아담과 이브와 에덴 동산 그리고 지옥의 온갖 악마에 관한 이야기임을 부인하진 않겠지. 그게 종교적이지 않다면, 대체 뭐가 종교적이란 말이야?"

콥 경장은 논쟁의 여지가 있는 이 문제에 개입하지 않았다. 콥 경장이 용감하게 '사브리나 페어'를 향해 발걸음을 옮겼고, 뚱한 맥크레 형사가 그 뒤를 따랐다. 외관을 온통 연분홍빛으로 꾸민 '사브리나 페어'에서 경장과 그를 뒤따르는 형사는 진주 목걸이를 건 돼지처럼 전혀 어울리지 않아 보였다.

우아한 연어 살빛 분홍색으로 차려입은 세련된 여인이 바닥을 딛는 두 발의 움직임이 거의 보이지 않게 헤엄치듯 두 사람에게 다가왔다.

"안녕하십니까, 부인."

콥 경장이 이렇게 말하며 신분증을 내보이자, 사랑스러운 그 여인은 허둥거리며 뒤로 물러났다. 그러고는 똑같이 사랑스럽지만 약간 늙어 보이는 여인이 나타났다. 그 여인은 나이와 주름살의 흔적이 보이지 않는 매끄러운 뺨에 청회색 머리칼을 한, 번쩍번쩍 빛이 나는 멋진 공작 부인 같았다. 상대를 평가하는 듯한 여인의 차가운 잿빛 눈과 콥 경장의 흔들림 없는 시선이 마주쳤다.

"이런 일은 한 번도 없었는데. 자, 이쪽으로 오세요."

공작 부인이 심각한 표정으로 말했다.

여인은 콥 경장을 안내해 사각 모양의 매장을 지났다. 매장 가운데에는 잡지와 정기 간행물이 아무렇게나 쌓인 탁자가 놓여 있었다. 모든 벽에는 커튼이 내려져 있고, 그 사이로 분홍색 가운을 입은 여종업원들의 손에 얼굴을 내맡긴 채 누워 있는 여인들의 모습이 얼핏얼핏 보였다.

공작 부인은 두 경찰관을 작은 사무실 같은 방으로 데리고 갔다. 그 방에는 접이식 뚜껑이 달린 커다란 책상 하나와 소박한 의자 여러 개가 놓여 있을 뿐, 북쪽에서 들어오는 맹렬한 햇빛을 가릴 커튼 하나 없었다.

"저는 루커스 부인으로 이곳의 소유주고, 동업자인 홉하우스 양은 오늘 나오지 않았습니다."

공작 부인이 말했다.

"그렇습니까, 부인."

이미 그런 사실을 알고 있던 콥 경장이 말했다.

"수색 영장을 가져오셨으니 달리 무슨 할 말이 있겠습니까? 여기가 홉하우스 양의 개인 사무실입니다. 아무쪼록 여기 계신 고객들을 불안하게 하지 않으셨으면 합니다."

루커스 부인이 말했다.

"그 점은 걱정할 필요 없으실 겁니다. 저희가 찾는 것이 매장에 있을 것 같지는 않으니까요."

콥 경장이 말했다.

콥 경장은 루커스 부인이 마지못해 물러갈 때까지 정중한 태도로 기다렸다. 그런 다음 발레리 홉하우스의 사무실을 둘러보았다. 좁다란 창문 너머로 메이페어 회사가 소유한 다른 건물의 후면이 보였다. 사무실 벽은 엷은 회색 벽판으로 장식되어 있고, 바닥에는 값비싼 페르시아 산 양탄자 2장이 깔려 있었다. 콥 경장은 벽에 붙은 작은 금고에서부터 커다란 책상까지 사무실 안을 샅샅이 훑어봤다.

"금고 안에는 없을 거야. 너무 뻔하잖아."

콥 경장이 말했다.

15분 후, 사무실 금고와 책상 서랍 안의 내용물이 모두 모습을 드러냈다.

"허탕 치는 거 아냐?"

비관적이고 부정적인 성향을 지닌 맥크레 형사가 말했다.

"이제 시작일 뿐이야."

콥 경장이 말했다.

서랍 안의 내용물을 모두 꺼내 종류별로 말끔히 분류한 콥 경장이 이제 서랍을 빼내 거꾸로 뒤집었다.

콥 경장이 기쁨의 탄성을 질렀다.

"여기 있네."

서랍 아래쪽 뒷면에 금박 문자가 찍힌 작은 군청색 책자 6개가 접착용 테이프로 붙어 있었다.

"여권이야. 영국 외무부 장관이 발행한 것으로 되어 있군. 한 기관의 권위를 이렇게 우습게 추락시키다니."

콥 경장이 말했다.

여권을 펴 들고 안에 붙은 사진을 대조해 보는 콥 경장을 따라, 맥크레 형사도 관심을 가지고 몸을 굽혀 여권을 들여다보았다.

"같은 여자라고 보기 힘들군, 안 그래?"

맥크레 형사가 말했다.

여권은 다실바 부인, 아이린 프렌치 양, 올가 콘 부인, 니나 리 메쉬리에 양, 글래디스 토머스 부인, 모이라 오닐 양 이름으로 되어 있었다. 사진은 25세에서 40세로 보이도록 변장을 한, 검은 피부를 한 젊은 여성의 모습이었다.

"이마 위로 높이 빗어 올린 머리, 곱슬머리, 직모, 급사 같은 단발 등등 사진을 찍을 때마다 머리 모양을 다르게 했군. 올가 콘의 사진을 찍을 때는 코에 뭔가를 붙였고, 토머스 부인 사진을 찍을 때는 뺨이 튀어나와 보이도록 입 안에 뭘 물었어. 여기 외국 여권이 2개 더 있군. 알제리인 마무디 부인과 아일랜드인 셰일라 도노반이야. 발레리 홉하우스는 분명 이 여러 가지 이름으로 된 은행 계좌를 모두 갖고 있을 거야."

"조금 복잡하군, 안 그래?"

"복잡할 수밖에 없다네, 이 친구야. 국세청이 매번 곤란한 질문을 꼬치꼬치 해 대거든. 밀수로 돈을 버는 건 별로 어렵지 않지만, 정작 어려운 일은 그렇게 번 자금의 정당한 출처를 대는 거라네! 이 아가씨가 메이페어에서 작은 도박을 시작한 건 아마도 그 때문일걸. 도박으로 돈을 버는 것이 소득세를 부과당하지 않는 유일한 길이니까. 그렇게 벌어들인 돈의 상당 부분을 알제리와 프랑스 은행 그리고 아일랜드에 은닉해 놨을 거야. 이 모든 일은 그럴듯한 사업처럼 보이도록 철저하게 준비된 거야. 하지만 그러던 어느 날, 홉하우스 양이 이 가짜 여권 중 하나를 히코리가에 가져갔을 거고, 가엾은 실리아가 그걸 보고만 거지."

20장

"홉하우스 양이 머리를 좀 썼군요."

샤프 경위가 카드를 섞는 사람처럼 여권을 양손으로 이리저리 움직이며, 아버지 같은 관대한 어조로 말했다.

"재정적인 문제는 상당히 복잡했습니다. 덕분에 이 은행 저 은행 정신없이 뒤지고 다녔죠. 재정적인 문제의 뒤처리를 잘해 두었더군요. 2년 정도 뒤에는 모든 일을 깨끗이 정리하고 외국으로 건너가 영원히 행복하게 살았을 법했습니다. 불법으로 벌어들인 돈으로 말이죠. 그다지 큰일을 벌인 건 아니었습니다. 불법 다이아몬드와 사파이어 등을 들여오고, 훔친 장물을 나라 밖으로 내갔고, 이에 곁들여 마약을 취급한 거죠. 하지만 빈틈없이 일을 처리했더군요. 홉하우스 양은 자기 이름과 다른 여러 사람의 이름으로 외국에 나갔지만, 지나치게 자주 나가진 않았습니다. 게다가 실질적인 밀수는 언제나 내막을 모르는 다른 사람이 실행했죠. 홉하우스 양은 적당한 시점에 해외에서 배낭을 바꿔치기하는 행동 대원을 두고 있었어요. 그래요, 아주 영특한 생각이었습니다. 하지만 우리에게는 감사하게도 그런 사실을 깨닫게 해 준 푸아로 선생이 있지. 홉하우스 양이 가엾은 실리아에게 심리적인 이유를 대 가며 물건을 훔치도록 한 것도 무척 교활한 일이었습니다. 하지만 당신은 현명하게도 그것을 즉시 간파하지 않았습니까, 무슈 푸아로?”

샤프 경위가 말했다.

푸아로가 쑥스러운 듯 미소를 지어 보였고, 허버드 부인은 감탄의 눈길로 푸아로를 응시했다. 세 사람은 허버드 부인의 거실에서 철저히 비공개 대화를 나누고 있었다.

“탐욕 때문에 타락한 겁니다. 홉하우스 양은 퍼트리샤 레인의 반지에 박힌 값비싼 다이아몬드에 유혹을 느꼈죠. 하지만 홉하우스 양이 어리석었던 건, 그 일로 인해서 그 여자가 값비싼 보석을 다룬 경험이 있고, 따라서 다이아몬드를 빼내 지르콘으로 바꿀 생각을 했을 거라는 단서를 제공했기 때문입니다. 그래, 전 그 일 때문에 발레리 홉하우스에 대해 깊이 생각해 보게 되었습니다. 또한 제가 실리아에게 그런 일을 시킨 걸 비난하자, 홉하우스 양은 그런 일을 시킨 건 사실이지만, 교활해서 친구가 너무 안돼 보여서 그랬다고 철저히 위장했지요.”

푸아로가 말했다.

“아무리 그래도 사람을 죽이다니! 냉혈한 같으니라고. 전 사실 아직도 믿어지지가 않아요."

허버드 부인이 말했다.

"아직은 홉하우스 양에게 실리아 오스틴의 살인 혐의를 씌울 수 없습니다. 물론 밀수 건에 있어서는 홉하우스 양을 마음대로 할 수 있지만. 그건 하나도 어렵지 않지요. 하지만 살인 혐의를 확정짓는 일은 좀 더 까다로워요. 검찰이 충분히 납득하지 못할 겁니다. 물론 동기도 있고 개연성도 있지요. 홉하우스 양이 그 내기 사건과 나이절이 모르핀을 갖고 있었다는 사실에 대해 알고 있었을 가능성이 있지만, 확실한 증거가 없는 데다 다른 두 사람의 죽음도 고려해야 하니까요. 홉하우스 양이 니콜레티스 부인을 독살했을 수는 있지만, 퍼트리샤 레인은 죽이지 않은 게 틀림없습니다. 사실, 홉하우스 양은 퍼트리샤 레인에 대한 살인 혐의를 완벽하게 벗을 수 있는 유일한 사람입니다. 홉하우스 양이 6시에 이 집에서 나갔다는 사실을 제로니모가 확신하고 있으니까요. 홉하우스 양이 제로니모에게 뇌물을 먹였을지는 모르지만……."

샤프 경위가 침울한 표정으로 설명했다.

"그게 아닙니다. 홉하우스 양은 제로니모에게 뇌물을 먹이지 않았습니다."

푸아로가 손을 내저으며 반박했다.

"길모퉁이 약국에서 일하는 약사의 진술도 확보해 두었습니다. 그 약사는 홉하우스 양을 상당히 잘 알고 있는데, 홉하우스 양이 6시 5분에 약국으로 들어와 화장용 분과 아스피린을 산 후에 전화를 사용했다고 하더군요. 홉하우스 양은 6시 15분에 그 약국에서 나와 택시 주차장에서 택시를 잡아탔습니다."

경위의 말에 푸아로가 의자에서 몸을 똑바로 일으켜 세우며 말했다.

"근사하군요! 바로 우리가 원하던 겁니다!"

"대체 무슨 뚱딴지같은 소립니까?"

"홉하우스 양이 그 약국에 있는 공중전화에서 분명히 전화를 걸었다는 뜻이지요."

"이봐요, 무슈 푸아로. 이미 밝혀진 사실을 잊지 맙시다. 6시 8분까지 퍼트리샤 레인은 살아 있었고, 바로 이 방에서 경찰서로 전화를 했습니다. 이 사실에는 동의하겠죠?"

샤프 경위가 푸아로를 성난 얼굴로 쳐다보며 말했다.

"난 퍼트리샤 레인이 이 방에서 전화를 걸었다고 생각하지 않아요."

"그렇다면 아래층 복도에서 걸었든가."

"복도에서도 아닙니다."

샤프 경위가 한숨을 내쉬었다.

"경찰서로 전화가 걸려왔었다는 사실은 부인하지 않겠죠? 나와 내 밑의 경장, 나이 순경 그리고 나이절 채프먼이 모두 환상을 봤다고 말하진 않겠죠?"

"물론 아닙니다. 당신한테 전화가 걸려온 건 사실입니다. 하지만 길모퉁이 약국에 있는 공중전화에서 걸려온 전화였을지도 모른다는 생각이 듭니다."

샤프 경위가 순간 입을 딱 벌렸다.

"그러니까 그 전화를 건 게 발레리 홉하우스였단 말입니까? 퍼트리샤 레인은 이미 죽었는데, 발레리 홉하우스가 퍼트리샤 레인 흉내를 내서 전화를 했단 말이죠?"

"내 말이 바로 그겁니다."

샤프 경위는 한동안 아무 말도 하지 못했다. 잠시 후 그가 주먹으로 탁자를 세게 내리쳤다.

"그럴 리 없어요. 내가 직접 목소리를 들었는데……."

"물론 당신도 들었죠, 흥분해서 숨을 헐떡거리는 여자의 목소리를. 하지만 당신은 그게 퍼트리샤 레인의 목소리라고 자신 있게 말할 만큼 퍼트리샤를 잘 알지 못하지 않습니까."

"그렇긴 하죠. 하지만 실제로 전화를 받은 건 나이절 채프먼이었습니다. 나이절 채프먼도 퍼트리샤 레인의 목소리를 모른다고 말하진 않죠? 전화로 목소리를 속이거나, 남의 목소리를 흉내 내는 건 쉬운 일이 아닙니다. 전화를 건 게 퍼트리샤 레인이 아니었다면, 나이절이 금방 알아차렸을 겁니다."

"그렇죠. 나이절 채프먼은 알고 있었을 겁니다. 그게 퍼트리샤 레인의 목소리가 아니라는 걸 아주 잘 알고 있었을 거예요. 조금 전에 뒤통수를 쳐서 죽인 사람인데, 왜 그걸 몰랐겠습니까."

푸아로가 말했다.

샤프 경위는 잠시 아무 말도 하지 못했다.

"나이절 채프먼이라고요? 나이절 채프먼이란 말입니까? 하지만 퍼트리샤 레인이 죽은 걸 알고 어린아이처럼 목 놓아 울던걸요."

"나이절은 퍼트리샤 레인이 자신의 이익에 위협이 된다고 여기지 않았다면 어느 누구보다 그 여학생을 좋아했을 겁니다. 하지만 그런 사실도 퍼트리샤 레인의 목숨을 구하진 못한 겁니다. 나이절 채프먼은 처음부터 유력한 용의 선상에 올라 있었습니다. 누가 모르핀을 갖고 있었죠? 나이절 채프먼이죠. 누가 사기와 살인을 계획하고 실행할 만큼 대담함과 얕은 꾀를 지녔죠? 나이절 채프먼입니다. 누가 냉혹하면서도 자만심이 강한가요? 나이절 채프먼입니다. 나이절 채프먼은 살인자의 모든 특성을 다 갖고 있습니다. 지나친 자만심에서 비롯된 허영심, 가득한 악의, 가능한 모든 방법을 동원해 자신을 주목하게 만들려는 무모함. 멋진 이중 속임수를 쓰기 위해 녹색 잉크를 사용하고, 그러다 결국 자만심이 지나쳐 레너드 베이트슨의 머리카락을 퍼트리샤 레인의 손가락 사이에 끼워 넣는 어리석은 실수를 저지르지 않았습니까? 퍼트리샤가 뒤통수를 맞아 살인자의 머리카락을 쥘 수 없다는 사실을 간과한 거죠. 살인자들은 다 그렇습니다. 자만심에 넘쳐, 자신의 명석함에 대한 찬미에 빠져, 자신이 지닌 매력에 기대 그런 짓을 저지르죠. 나이절에게도 매력이 있지 않습니까. 절대로 성장하지 않고, 성장할 생각이 전혀 없으며, 자기 자신과 자기가 원하는 것만을 바라보는, 응석받이 아이가 지닌 모든 매력을 갖고 있는 사람이 바로 나이절입니다!"

"무슈 푸아로, 그렇지만 이유가 뭡니까? 왜 살인을 저지른 거죠?

실리아 오스틴은 그렇다 치고, 왜 퍼트리샤 레인까지?"

"우리가 바로 그걸 알아내야 합니다."

21장

"정말 오랜만이군요. 이렇게 찾아 주시니 반갑습니다."

연로한 엔디콧 씨가 에르퀼 푸아로에게 인사를 건넸다. 그는 예리한 눈으로 푸아로를 살폈다.

"실은 용건이 있어 이렇게 왔습니다."

에르퀼 푸아로가 말했다.

"아시다시피 저는 선생께 큰 신세를 졌습니다. 고약한 애버너시 사건을 깨끗이 해결해 주셨으니까요."

"여기 이렇게 계신 걸 보고 적잖이 놀랐습니다. 은퇴하신 줄 알았습니다."

노변호사가 흐릿한 미소를 지었다. 그는 가장 명망 높고 역사가 오랜 법률 회사를 운영하고 있었다.

"오늘은 특별히 아주 오래된 고객의 일 때문에 들렀습니다. 옛 친구 한둘의 일을 아직 봐주고 있어서요."

"아서 스탠리 경이 선생님의 오랜 친구이자 고객 아니십니까?"

"맞습니다. 그 친구가 상당히 젊었을 때부터 법률에 관한 모든 일을 제가 봐주고 있습니다. 예외적이라고 할 만큼, 아주 똑똑한 친구지요."

"어제 저녁 6시 뉴스에 그분의 사망 소식이 난 걸로 알고 있습니다."

"그렇습니다. 장례식은 금요일에 거행됩니다. 한동안 병석에 있었지요. 악성 종양이었던 걸로 알고 있습니다."

"스탠리 부인은 몇 년 전에 작고하셨지요?"

"대략 2년 반 전입니다."

엔디콧 씨의 예리한 눈이 무성한 눈썹 아래에서 푸아로를 날카롭게 주시했다.

"어떻게 돌아가셨는지요?"

"수면제 과다 복용입니다. 메디날이었던 것 같습니다."

노변호사가 즉시 대답했다.

"부검을 했습니까?"

"그렇습니다. 스탠리 부인이 실수로 그 약을 과용했다는 판결이 내려졌습니다."

"사실인가요?"

엔디콧 씨는 한동안 아무 말도 하지 않았다.

"무례를 범하고 싶지는 않습니다. 충분한 이유가 있어 그렇게 물으시는 걸 테니까요. 메디날은 위험한 약에 속합니다. 정량과 치사량의 차이가 그리 크지 않거든요. 복용자가 졸음에 겨워 이미 먹은 것을 잊고 또 1알을 먹는다면, 그것만으로도 치명적인 결과를 낳을 수 있습니다."

푸아로가 고개를 끄덕였다.

"스탠리 부인이 그런 경우에 속합니까?"

"그런 것 같습니다. 자살의 징후도 없었고, 자살할 만한 성향도 아니었으니까요."

"그렇다면 다른 징후도 없었습니까?"

엔디콧 씨가 예리한 눈길로 다시 푸아로를 쳐다봤다.

"남편분의 증언이 있습니다."

"그분이 뭐라고 증언하셨나요?"

"스탠리 부인이 그날 밤 정량을 복용한 후에 혼란을 일으켜 또 1알을 달라고 했다는 점을 분명히 밝혔습니다."

"그분이 거짓말을 하셨을까요?"

"무슈 푸아로, 그런 무례한 질문이 어디 있습니까? 대체 왜 제가 알려진 것과 다른 내막을 알 거라고 생각하는 거죠?"

푸아로가 미소 지었다. 화를 낸다고 해도 푸아로를 속일 수는 없었다.

"전 선생님이 아주 잘 알고 계실 거라 생각합니다. 하지만 내막을 밝히시라고 추궁해서 선생님을 당혹스럽게 만들 생각은 추호도 없습니다. 대신 선생님의 의견을 묻겠습니다. 다른 인간에 대한 한 인간의 의견 말입니다. 아서 스탠리 경은 다른 여자와 결혼하고 싶어 자기 아내를 죽일 수도 있는, 그런 인간이었습니까?"

엔디콧 경이 말벌에라도 쏘인 듯 펄쩍 뛰었다.

"터무니없습니다. 정말 터무니없는 말씀입니다. 게다가 다른 여자라니요. 스탠리는 아내만을 사랑했습니다."

엔디콧 경이 성난 음성으로 대답했다.

"그렇군요. 그럴 것 같았습니다. 이제 제가 선생님을 찾아뵌 목적을 말씀드리지요. 선생님은 아서 스탠리 경의 유언장을 작성한 사무 변호사입니다. 그분의 유언집행인일 수도 있고요."

"그렇습니다."

"아서 스탠리 경에게는 아들이 하나 있었습니다. 스탠리 경의 아내가 세상을 떠날 무렵 아버지와 아들은 다툼을 벌였습니다. 아들은 아버지와 다투고 집을 나갔지요. 심지어 아들은 성까지 바꾸었습니다."

"그건 제가 모르는 일입니다. 성을 뭐라고 바꿨답니까?"

"그건 나중에 말씀드리도록 하겠습니다. 그 전에 제가 한 가지 추측을 해 보겠습니다. 제 추측이 옳으면, 선생님께서도 그 사실을 시인해 주십시오. 제 생각엔 아서 스탠리 경이 선생님께 밀봉된 편지를 남겼을 것 같습니다. 자신이 죽은 뒤나 아니면 어떤 특정한 상황에 열어 보라는 부탁과 함께 말입니다."

"무슈 푸아로, 이럴 수가! 중세라면 당신은 분명 화형에 처해졌을 겁니다. 어떻게 그런 사실을 안단 말입니까!"

"그렇다면 제 말이 맞는 겁니까? 제 생각에 그 편지에는 2가지 선택 사항이 담겨 있을 것 같습니다. 편지 자체를 없애 버리거나, 아니면 선생님으로 하여금 어떤 특정한 조치를 취하도록 하는 내용이겠지요."

푸아로가 잠시 말을 멈췄다가 놀라서 외쳤다.

"봉 디유(설마)! 그 편지를 벌써 없애 버리신 건 아니……."

엔디콧 씨가 천천히 고개를 가로젓자, 푸아로가 안도의 한숨을 내쉬었다.

"우리는 결코 서두르지 않습니다. 저 자신이 완전히 납득할 때까지 철저한 조사를 해야 하니까요."

엔디콧 씨가 푸아로를 비난하듯 말했다. 그러고는 한동안 말을 멈췄다.

"이것은 결코 외부에 드러나서는 안 되는 비밀 사항입니다. 푸아로 선생한테도……."

그는 엄숙하게 말하더니 다시금 고개를 절레절레 저었다.

"선생님께서 제게 말씀해 주셔야 할 충분한 이유를 밝힌다면 어떻겠습니까?"

"그건 선생에게 달려 있습니다. 우리가 지금 논의하고 있는 문제에 대해 선생이 뭘 어떻게 알고 계시다는 건지 짐작도 못하겠습니다."

"저는 아는 게 없습니다. 그래서 추측할 수밖에 없습니다. 만일 제가 옳다면……."

"그럴 가능성은 거의 없을 겁니다."

엔디콧 씨가 손을 내저으며 말했다.

푸아로가 깊은 한숨을 쉰 후에 입을 열었다.

"그렇다면 좋습니다. 제 생각엔 그 편지에 이런 내용이 담겨 있을 것 같습니다. 아서 스탠리 경이 사망하면, 선생님은 그의 아들 나이절의 행방을 추적해, 나이절이 어디서 어떻게 살고 있는지, 특히 그가 어떤 범죄 활동에 가담하고 있지는 않은지 확인하셔야 할 겁니다."

이번에는 엔디콧 경이 지닌 법조인으로서의 확고부동한 차분함이 크게 흔들렸다. 엔디콧 경이 그의 입에서 나올 법하지 않은 탄식을 내뱉었다.

"사실을 모두 알고 계신 것 같으니, 선생이 알고 싶어 하시는 것을 모두 말씀드리겠습니다. 선생이 일을 하는 도중에 나이절을 알게 되신 것 같군요. 그 젊은 악마 놈은 지금 어떻게 지내고 있습니까?"

"내막은 이런 것 같더군요. 나이절은 집을 나온 후에 성을 바꾸고, 그 이유를 궁금해하는 사람에게는 유산 문제로 그럴 수밖에 없었다고 둘러댔습니다. 그렇게 지내다 마약과 보석류를 밀수하는 사람들과 알게 되었습니다. 제 생각엔 그 밀수단이 최종적으로 이용한 수법인, 무고하고 성실한 학생들을 이용하는 간교한 꾀를 짜낸 게 바로 나이절인 것 같습니다. 이 모든 사건은 두 사람에 의해 이루어졌습니다. 성을 바꾼 나이절 채프먼과, 처음에 그를 밀수단에 소개한 발레리 홉하우스라는 젊은 여성입니다. 소규모의 개인 사업이고 수수료를 받고 일했지만, 이들은 막대한 이득을 챙겼습니다. 밀수품은 부피가 적게 나가야 했습니다. 하지만 수천 파운드의 가치가 나가는 보석과 마약은 아주 작은 공간만을 차지합니다. 예기치 못한 사건이 발생하기 전까지는 모든 일이 순조롭게 진행되었습니다. 어느 날 경찰이 케임브리지 인근에서 일어난 살인 사건 때문에 나이절이 사는 하숙집에 찾아와 조사를 벌인 것입니다. 이 일로 나이절이 몹시 당황할 수밖에 없었던 이유를 짐작하실 수 있을 것입니다. 나이절은 경찰이 자신을 뒤쫓는다고 생각했습니다. 그는 당황한 나머지 전구를 빼내 집 안의 불빛을 흐릿하게 만들고, 배낭을 뒤뜰로 가지고 나가 잘게 잘라 보일러 뒤에 밀어 넣었습니다. 가짜로 만든 배낭의 아랫부분에 마약의 흔적이 남아 있을까 두려웠던 것입니다.

실은 나이절은 자신과 아무 관련도 없는 일로 당황했던 것입니다. 경찰은 어느 유라시안 학생에 대해 조사하기 위해 그 하숙집에 들른 것일 뿐이었으니까요. 하지만 그 하숙집에 사는 어느 여학생이 우연히 창밖을 내다보다 나이절이 배낭을 자르는 광경을 목격한 것입니다. 그렇다고 해서 그 여학생이 즉시 살해당한 것은 아닙니다. 대신 교활한 계획을 짜내, 그 여학생을 아주 불리한 입장에 빠뜨릴 어리석은 짓을 하도록 유인한 것입니다. 그러나 이들은 그 계획을 너무 지나치게 몰아붙였습니다. 그 결과 제가 그곳에 불려 갔고, 경찰을 부르라고 충고했습니다. 그 여학생은 당황한 나머지 모든 것을 자백했습니다. 즉, 자신이 저지른 짓을 고백한 것입니다. 제 생각엔 그 여학생이 나이절에게 가서, 배낭 사건과 동료 학생의 공책에 잉크를 엎지른 일을 자백하라고 촉구한 것 같습니다. 나이절도 공범자도 계획 전부를 망칠 수도 있는 배낭에 주의가 쏠리리라고는 미처 예상하지 못한 것입니다. 게다가 실리아라는 문제의 그 여학생이 다른 위험한 사실도 알고 있었다는 것을 제가 거기서 저녁을 먹은 날 밤에 알게 되었습니다. 그 여학생은 나이절의 정체를 알고 있었습니다."

"하지만 틀림없이……."

엔디콧 씨가 인상을 찌푸렸다.

"나이절은 집을 나온 뒤로 완전히 다른 인생을 살았습니다. 그를 전에 알던 친구들은 지금 그의 성이 채프먼이라는 사실은 알겠지만, 나이절이 무슨 일을 하는지는 모를 것입니다. 그 하숙집에는 그의 진짜 성이 스탠리라는 것을 아는 사람이 아무도 없었습니다. 그런데 실리아가 갑자기 그가 두 가지 신분을 지니고 있다는 사실을 누설한 것입니다. 또한 실리아는 발레리 홉하우스가 가짜 여권으로 외국에 드나든다는 사실을 일찌감치 알고 있었습니다. 너무 많은 것을 알았던 셈이지요. 다음 날 저녁 실리아는 약속대로 나이절을 만나러 어디론가 나갔습니다. 나이절은 실리아에게 모르핀을 탄 커피를 먹였습니다. 실리아는 수면 중에 죽었고, 모든 것은 자살로 보이도록 위장되었습니다."

엔디콧 씨가 몸을 떨었다. 격심한 고통이 그의 얼굴을 휩쓸고 지나갔다. 그가 숨죽인 목소리로 뭐라 중얼거렸다.

"하지만 이게 전부가 아닙니다. 여러 개의 하숙집과 학생 클럽을 소유한 여인이 의심스러운 상황이 벌어진 후에 목숨을 잃었고, 결국 마지막으로 가장 잔인하고 냉혹한 범죄가 벌어지기에 이르렀습니다. 퍼트리샤 레인이라는, 나이절에게 헌신했고 나이절도 내심 좋아했던 한 여학생이 자신도 모르게 그의 일에 관여하던 중 한 발 더 나아가 아버지와 화해해야 한다고 주장하다가 살해당했던 것입니다. 나이절은 이 여학생에게 온갖 거짓말을 늘어놓았지만, 완고한 그 여학생이 나이절의 아버지에게 쓴 편지를 찢기고도 또 편지를 쓰리란 사실을 깨달은 것입니다. 선생님이라면, 그 편지가 나이절에게 그토록 치명적인 까닭을 제게 설명해 주실 수 있을 듯합니다."

푸아로가 말을 마치자, 엔디콧 씨가 자리에서 일어섰다. 그는 방을 가로질러 금고로 가서, 금고 문을 열고 기다란 편지 봉투를 꺼내 들고 돌아왔다. 그 봉투의 뒷면에는 찢어진 붉은 봉인이 붙어 있었다. 그가 동봉되어 있던 편지 두 장을 꺼내 푸아로에게 내밀었다.

친애하는 엔디콧

자넨 내가 죽은 후 이 편지를 개봉하게 될 걸세. 난 자네가 내 아들 나이절의 행방을 찾아 그 애가 어떤 범죄든 범죄에 가담하지 않았는지 알아봐 주길 바라네.

이제 오직 나만 알고 있는 사실을 자네에게 털어놓으려 하네. 나이절은 원래 만족할 줄 모르는 성격이라네. 그 애는 내 이름을 위조해 수표에 서명한 죄를 2번이나 저질렀다네. 두 경우 모두 은행에 내 서명이라고 말했지만, 다시는 그렇게 해 주지 않겠노라고 아들 녀석에게 경고했다네. 세 번째로는 제 엄마의 이름을 위조했지. 아내가 아들을 혼내자, 아들 녀석은 나에게 알리지 말아 달라고 빌었다네. 아내는 그걸 거부했지. 늘 아들 문제로 나와 의논해 왔었기에 아내는 내게 알리겠다고 분명히 말했던 걸세. 그러자 나이절이 아내에게 수면제를 건넸는데, 양을 과다하게 넣었다네. 하지만 그 약이 효력을 나타내기 전에 아내가 내 방으로 와서 내게 모든 것을 털어놓았다네. 이튿날 아내는 싸늘한 주검으로 발견되었고, 난 누구 짓인지 알고 있었지.

나는 나이절을 꾸짖으며, 모든 사실을 경찰에 알리겠다고 말했다네. 나이절은 필사적으로 내게 매달렸지. 엔디콧, 자네라면 어떻게 했겠나? 난 내 아들에 대해 아무런 환상도 없으며, 그 애가 어떤 인간인지 잘 알고 있는데, 나이절은 양심도 동정심도 없는 위험한 부적응아라네. 그런 아이를 구해 줄 아무 이유도 없었지. 하지만 사랑하는 아내를 생각하자 마음이 흔들렸다네. 아내는 과연 내가 정의를 실현하기를 바랐을까? 난 답을 알고 있었다네. 아내는 아들이 사형에 처해지기를 원치 않았을 걸세. 내가 우리 가문의 이름을 더럽히길 겁내듯, 아내도 그걸 겁냈을 거라고 생각했네. 하지만 고려해야 할 일이 또 하나 있었다네. 난 한 번 살인을 저지른 자는 영원한 살인자라고 굳게 믿는 사람이라네. 그러니 앞으로 다른 희생자가 생길 수도 있다네. 잘한 일인지 잘못한 일인지는 모르겠지만, 나는 아들과 약속을 한 가지 했다네. 나이절이 자신이 저지른 범죄를 고백하는 글을 쓰면 내가 그것을 보관하기로 한 걸세. 그 애는 우리 집을 떠나 다시는 돌아오지 않고 혼자 힘으로 새로운 인생을 꾸려 나가기로 했다네. 내가 그 애에게 두 번째 기회를 준 셈이지. 아내 이름으로 되어 있던 돈은 자동적으로 그 애에게 가게 되어 있다네. 나이절은 훌륭한 교육을 받았으니,

좋은 일을 할 수 있을 걸세.

하지만 만일 그 애가 다시 범죄를 저질러 유죄를 선고받는다면, 그 애가 내게 남긴 고백을 경찰에 넘기기로 했다네. 나는 내 안전을 도모하기 위해 내가 죽어도 문제는 해결되지 않을 거라고 말해 두었다네.

자넨 나의 가장 오랜 친구일세. 이제 내 짐을 자네 어깨 위에 내려놓네. 그리고 자네 친구이기도 했던 죽은 여인의 이름으로 부탁하네. 나이절을 찾아 주게. 그 애가 범죄를 저지른 기록이 없으면, 이 편지와 나이절의 고백이 담긴 동봉한 편지를 없애 버리게. 하지만 만일 그렇지 않다면, 정의를 실현해 주게나.

자네의 진실한 친구,
아서 스탠리

"아!"

푸아로가 긴 한숨을 내쉬며 동봉된 편지를 펼쳤다.

195X년 11월 18일 내가 메디날을 많이 주어 어머니를 살해했음을 여기 고백하는 바이다.

나이절 스탠리

22장

 "홉하우스 양, 자신이 지금 어떤 처지에 있는지 잘 알 겁니다. 이미 경고했듯이……."
 발레리 홉하우스가 샤프 경위의 말을 가로막았다.
 "제가 지금 어떤 처지에 있는지 잘 압니다. 제가 하는 말이 증거로 사용될 수 있다고 경고하셨죠. 그 점에 대해서는 준비가 되어 있습니다. 저는 밀수 혐의를 받고 있고 희망은 없습니다. 그건 오랫동안 감옥살이를 해야 한다는 의미죠. 또 다른 사실은 제가 살인의 공범으로 기소되리라는 겁니다."
 "자발적으로 진술하면 도움이 될 수도 있지만, 난 어떤 약속도 권유도 할 수 없습니다……."
 "신경 안 써요. 자살을 하거나, 아니면 감옥에서 여러 해 동안 고생하겠지요. 진술을 하겠습니다. 제가 공범에 해당할지는 모르지만,

전 살인자는 아니에요. 살인을 의도한 적도, 원한 적도 없어요. 전 그렇게 바보가 아니거든요. 저는 나이절에 대한 재판이 엄정하게 이루어지길 바랍니다·······.

 실리아는 너무 많은 것을 알고 있었지만, 전 그 문제에 어떻게든 대처할 수 있었어요. 그런데 나이절이 제게 시간을 주지 않았어요. 나이절이 실리아를 밖으로 불러내, 그 배낭 사건과 잉크를 엎지른 일을 고백하겠다고 말한 다음, 실리아가 마실 커피 잔에 모르핀을 몰래 집어넣은 거예요. 나이절은 실리아가 허버드 부인에게 쓴 편지를 일찌감치 확보해 두었다가 그 편지에서 '자살'을 뜻하는 표현으로 쓸 곳을 찢어 냈어요. 나이절은 (버리는 척했다가 회수해 둔) 빈 모르핀 병과 그 쪽지를 실리아의 침대 옆에 놓아두었지요. 이제 보니 나이절은 상당히 단시간 내에 살인을 계획했던 것 같아요. 그런 다음 나이절은 제게 와서 자신이 한 짓에 대해 말해 주었어요. 저는 저 자신을 위해 나이절 편에 설 수밖에 없었지요.

 니콜레티스 부인에게도 같은 일이 일어난 것 같아요. 나이절은, 부인이 술을 마시면서 점점 믿고 의지하기 어렵게 변한다고 생각하고는, 부인이 집으로 가는 길 어딘가에서 만나 독살한 것 같아요. 나이절은 제게 자기가 한 일이 아니라고 부인했어요. 하지만 나이절 짓이라는 생각이 들어요. 그런 다음 퍼트리샤 일이 일어났죠. 나이절이 제 방으로 와서 무슨 일이 있었는지 털어놓았어요. 그러고는 제가 어떻게 해야 하는지 알려 주었고, 나이절과 저는 확실한 알리바이를 만들어야 했어요. 그때 이미 전 진퇴양난에 빠져 있었고, 헤

어날 길이 없었죠……. 경찰에 잡히지 않았다면, 어디 먼 외국으로 나가서 새로운 인생을 살 생각이었어요. 그런데 이렇게 경찰에 잡히고 말았네요……. 이제 제게 중요한 것은 단 한 가지뿐입니다. 미소 짓는 그 잔인한 악마를 반드시 교수형에 처해 주세요."

샤프 경위가 깊은 한숨을 쉬었다. 발레리 홉하우스의 진술은 아주 만족스러웠고 거짓말 같은 행운이었다. 하지만 그는 여전히 궁금한 게 있었다.

순경이 연필을 뺐다.

"내가 충분히 이해했는지 모르겠군요."

샤프 경위가 입을 열었다.

발레리가 그의 말을 가로막았다.

"이해하실 필요 없어요. 제게는 그럴 만한 이유가 있으니까요."

"니콜레티스 부인이?"

에르퀼 푸아로가 아주 조심스럽게 물었다.

그는 발레리가 거칠게 숨을 들이쉬는 소리를 놓치지 않았다.

"부인이 아가씨 어머니지요, 그렇죠?"

"그래요. 우리 엄마예요……."

발레리 홉하우스가 말했다.

23장

"난 이해할 수 없어."

아키봄보가 투덜거리며 말했다.

그가 빨간 머리를 한 두 사람을 불안한 눈길로 번갈아 응시했다.

아키봄보는 샐리 핀치와 렌 베이트슨이 나누는 대화를 잘 이해하지 못했다.

"넌 나이절이 날 의심받게 하려고 했던 것 같아, 아니면 널 의심받게 하려고 했던 것 같아?"

샐리가 물었다.

"둘 다일 거야. 그 머리카락은 내 빗에서 떼어 낸 것 같아."

렌 베이트슨이 대답했다.

"난 정말 모르겠어. 그렇다면 나이절이 발코니를 뛰어넘은 거야?"

아키봄보가 물었다.

"나이절은 고양이처럼 잘 뛰어. 하지만 난 그렇게 넓은 공간은 뛰어넘지 못해. 몸이 너무 무겁거든."

"널 부당하게 의심한 것에 대해 아주 깊이 그리고 진심으로 사과하고 싶어."

"괜찮아."

렌이 말했다.

"사실, 네가 많은 도움을 줬어. 붕산에 대한 네 모든 생각 말이야."

샐리가 말했다.

아키봄보의 얼굴이 환해졌다.

"나이절이 완전한 부적응아라는 사실을 일찌감치 알았어야 했어."

렌이 말했다.

"아, 이럴 수가. 네가 방금 콜린 같은 말을 하다니. 솔직히 나이절을 보면 늘 섬뜩한 느낌이 들었어. 결국 그 이유를 알게 되다니. 렌, 가엾은 아서 스탠리 경이 감정에 흔들리지 않고 나이절을 바로 경찰에 넘겼다면, 그 세 사람이 목숨을 잃을 필요는 없지 않았을까? 그건 아주 중대한 결과를 초래한 결정이었어."

"하지만 그분이 어떤 마음으로 그런 결정을 내리셨을지 짐작은 가."

"샐리, 제발."

"왜, 아키봄보?"

"오늘 밤 파티에서 우리 교수님을 만나면, 내가 좋은 생각을 해냈다고 말씀 좀 드려 줄래? 교수님은 종종 내가 혼란스러운 사고 체계를 갖고 있다고 얘기하시거든."

"내가 교수님께 말씀드려 줄게."

샐리가 말했다.

"일주일 뒤면 넌 미국에 있겠구나."

렌 베이트슨이 침울한 얼굴로 말했다.

한동안 아무도 입을 열지 않았다.

"다시 돌아올 거야. 아니면 네가 미국으로 와서 공부를 해도 좋고."

샐리가 말했다.

"그래서 뭐하겠어?"

"아키봄보, 네가 언젠가 내 결혼식의 신랑 들러리가 되어 줄래?"

"신랑 들러리가 뭔데?"

"예를 들어 여기 있는 렌이 신랑이라고 하고, 신랑이 네게 반지를 주면 넌 그 반지를 보관하고 있다가, 결혼식 날 근사하게 차려입고 신랑과 함께 교회로 오는 거야. 적당한 때에 신랑이 네게 반지를 달라고 해서 네가 반지를 건네주면, 신랑은 그걸 내 손가락에 끼워 주는 거야. 그러면 오르간 연주자가 결혼 행진곡을 연주하고, 모두 눈물을 흘리는 거지. 그리고 거기 우리가 있을 거야."

"그러니까 너와 렌이 결혼할 거라는 말이야?"

"바로 그거야."

"샐리!"

"물론, 렌이 싫어하지 않는다면 말이야."

"샐리! 하지만 넌 우리 아버지를 몰라서 하는 말이야……."

"그래서 어쨌다는 거야? 물론 알아. 그래, 너희 아버지는 제정신이 아니셔. 하지만 괜찮아. 그런 아버지는 많다고."

"유전되는 정신병은 아니야. 샐리, 내가 그 점은 확실히 말할 수 있어. 내가 그것 때문에 널 좋아하면서도 얼마나 절망했는지 넌 모를 거야."

"아주 조금 의혹을 품었던 건 사실이야."

"오래전, 그러니까 원자력 시대와 과학적 사고가 등장하기 이전에, 아프리카에는 아주 흥미롭고 진기한 결혼 풍습이 있었어. 말하자면……."

"말하지 않는 게 좋을 것 같아. 그 얘기를 들으면, 렌과 내가 얼굴을 붉히게 될 것 같으니까. 붉은 머리를 한 사람이 얼굴을 붉히면 눈에 확 띄거든."

에르퀼 푸아로가 레몬 양이 내놓은 문서 중 마지막 편지에 서명을 했다.

"아주 좋아요. 한 자도 실수가 없어요."

푸아로가 근엄하게 말했다.

"제가 실수를 자주 하지는 않는다고 생각하는데요."

레몬 양이 조금 기분 상한 얼굴로 말했다.

"자주는 아니지만, 그런 일이 있기는 있었어요. 그건 그렇고 언니는 어떻게 지내시나요?"

"북유럽의 여러 도시를 돌아보는 크루즈 여행을 생각 중이랍니다, 무슈 푸아로."

"아."

만일 크루즈에서 무슨 일이 벌어진다면……?

그 자신은 누가 권유해도 결코 바다 여행을 떠나지 않을 터였다…….

에르퀼 푸아로의 뒤편에 있던 시계가 1시를 알렸다.

시계가 1시를 치네.
쥐가 달려 내려오네.
히코리 디코리 독.

에르퀼 푸아로가 읊조렸다.
"뭐라셨죠, 무슈 푸아로?"
"아무것도 아닙니다."

〈끝〉

옮긴이 | 홍현숙

1966년 서울에서 태어나 연세대학교 불어불문학과를 졸업했다. 현재 전문 번역가로 활동 중이며, 옮긴 책으로 『자부심의 기적』, 『미켈란젤로의 딸』, 『아메리칸 퀼트』, 『할머니가 있는 풍경』, 『에덴의 벌거숭이들』, 『내 마음속 심리 카페』, 『세계 서스펜스 걸작선(전3권)』 등이 있다.

애거서 크리스티 전집

히코리 디코리 독

3판 1쇄 찍음 2025년 6월 27일
3판 1쇄 펴냄 2025년 7월 4일

지은이 | 애거서 크리스티
옮긴이 | 홍현숙
발행인 | 박근섭
편집인 | 김준혁
책임편집 | 정미리
펴낸곳 | 황금가지

출판등록 | 2009. 10. 8 (제2009-000273호)
주소 | 135-887 서울 강남구 신사동 506 강판출판문화센터 5층
전화 | 영업부 515-2000 편집부 3446-8774 팩시밀리 515-2007
홈페이지 | www.goldenbough.co.kr

ⓒ ㈜민음인, 2025. Printed in Seoul, Korea
ISBN 978-89-8273-771-8 04840
ISBN 978-89-8273-700-8 04840 (set)

㈜민음인은 민음사 출판 그룹의 자회사입니다.
황금가지는 ㈜민음인의 픽션 전문 출간 브랜드입니다.